大家读诗经

雅

余世存——译注

北京联合出版公司
Beijing United Publishing Co.,Ltd.

目 录

雅

小雅

大雅

小　雅

大　雅

鹿鸣

呦呦鹿鸣[1]，食野之苹[2]。
我有嘉宾，鼓瑟吹笙。
吹笙鼓簧[3]，承筐是将[4]。
人之好我[5]，示我周行[6]。
呦呦鹿鸣，食野之蒿。
我有嘉宾，德音孔昭[7]。
视民不恌[8]，君子是则是效[9]。
我有旨酒[10]，嘉宾式燕以敖[11]。
呦呦鹿鸣，食野之芩[12]。
我有嘉宾，鼓瑟鼓琴。
鼓瑟鼓琴，和乐且湛[13]。
我有旨酒，以燕乐嘉宾之心。

注释

❶ **呦（yōu）呦**：鹿的叫声。
❷ **苹**：草名，浮萍。
❸ **簧**：乐器中用以发声的片状振动体，这里指乐器。
❹ **承**：捧着。**将**：献上。
❺ **好**：关爱。
❻ **周行（háng）**：大路。
❼ **德音**：美德。**孔**：很，十分。**昭**：鲜明。
❽ **视**：示，昭示。**恌（tiāo）**：轻佻。
❾ **则**：榜样。**效**：模仿。

⑩ **旨酒**：美酒。
⑪ **式**：语气助词，无实义。**燕**：同“宴”。**敖**：同“遨”，意思是游玩。
⑫ **芩**（qín）：草名，属蒿类植物。
⑬ **湛**（dān）：尽兴。

译　文

群鹿呦呦郊外鸣，尽情吃苹甚安闲。
我有嘉宾来相会，奏瑟吹笙表欢迎。
吹起笙来接贵客，捧筐赠物致敬情。
贵客心中喜欢我，治国大道给我呈。
群鹿呦呦在鸣叫，吃那青蒿野地里。
我有嘉宾喜相见，他们德高美名彰。
做民表率不轻薄，君子效法好榜样。
我有甜酒来奉献，嘉宾宴饮心欢畅。
群鹿呦呦鸣叫欢，野外食芩乐融融。
我有嘉宾来相见，奏瑟弹琴热烈迎。
奏瑟弹琴来助兴，和平安乐情意深。
我有甜酒勤奉献，嘉宾畅饮心欢腾。

解读

《鹿鸣》是一首描写聚会场景的宴饮诗，《小雅》中一共有十四首宴饮诗，《鹿鸣》是其中的第一篇。只不过，《鹿鸣》的聚会不是普通朋友间的聚会，而是老板请下属吃饭的宴会，曹操在《短歌行》里引用了开头的四句，直接把这首宴会乐歌定义成了君王求贤的姿态。到了唐朝，科举考试之后的宴会，就叫作“鹿鸣宴”；据说这个说法一直延续到了明清时期。

《鹿鸣》一共分三段，每一段都以“呦呦鹿鸣”起兴，第一段营造了一个非常欢乐的聚会场景：一群小鹿一边吃草一边鸣叫，我这场宴会上来了好多嘉宾，管乐齐鸣，待客礼数周到，主人客气地说：欢迎各位光临，示我以大道。如果这是一场上司邀请下属的宴会，那么现在这个气氛将是毫无隔阂的。第二段主人开始说话，他说：我的嘉宾们人品道德都很好，都是君子，都是道德楷模。这是上司在夸赞下属，也是在勉励下属。最后一段，又回到宴会的欢乐气氛中，琴瑟又开始弹奏，大家开始说说笑笑，宾主尽欢。在我们今天看来，这可能是一场年终聚会，也可能是一场郊外团建，领导希望员工们不要拘束，尽情地表达意见，总之，全场是一种欢乐的气氛。

也许因为曹操的《短歌行》太有名，使得很多人对鹿鸣开头几句印象深刻。曹操开头就感叹人生苦短，后来又向往“我有嘉宾，鼓瑟吹笙”的快乐，虽然曹操藏着招贤纳士的心，但在整首《短歌行》里，的确只有这四句是快

▶ 鹿鸣

原野空廓，鹿儿相伴在吃草，不远处有人在弹奏，乐声悠扬，美酒香醇，宾主尽欢。曹操在他的《短歌行》里，就引用了这首诗的前四句：“呦呦鹿鸣，食野之苹。我有嘉宾，鼓瑟吹笙”，借以表示他求贤若渴的心情。后世的“鹿鸣宴”则起源于唐朝。

乐的。《鹿鸣》的成诗时间大约是在西周中期，那是一个相对和乐团结的时期，所以《鹿鸣》本身的的确确是一首充满欢乐的饮宴诗。

有人说，《鹿鸣》是西周年轻贵族走入社会的“入门教科书”，这么定义也无可厚非。宴饮聚会本来就是一种社交仪式，是一种特定的表达形式，相对而言，生理需求上的吃喝就变得不重要了。对中国人来说，这种宴饮更是形成了一种特定的文化，聚会的意义在于从不熟悉到熟悉，从不了解到了解，从而达到行动和思想的一致，最后宾主尽欢，这么看，《鹿鸣》所写的就是一场非常成功的聚会。

四 牡

四牡騑騑[1]，周道倭迟[2]。
岂不怀归？王事靡盬[3]，我心伤悲！
四牡騑騑，啴啴骆马[4]。
岂不怀归？王事靡盬，不遑启处[5]！
翩翩者鵻[6]，载飞载下[7]，集于苞栩。
王事靡盬，不遑将父！
翩翩者鵻，载飞载止，集于苞杞。
王事靡盬，不遑将母！
驾彼四骆，载骤骎骎[8]。岂不怀归？
是用作歌，将母来谂[9]！

注释

❶ 骓（fēi）：马行走不停的样子。
❷ 倭（wēi）迟：迂回遥远的样子。
❸ 盬（gǔ）：停止。
❹ 啴（tān）啴：喘息的样子。
❺ 启处（chǔ）：安居休息。
❻ 骓（zhuī）：鸟名，鹁鸪。
❼ 载：语气词。
❽ 骤：马奔驰。骎（qīn）骎：马速行的样子。
❾ 谂（shěn）：想念。

译　文

四匹雄马蹄不停，跑在曲折大道上。
难道不把家人想？君王事情无休止，使我心中常悲伤！
四匹雄马脚不停，骆马劳累都喘息。
难道不想把家回？君王之事无尽时，没有闲时来歇息！
鸽子展翅在蓝天，忽上忽下不安闲，停落丛生柞树间。
君王事情没有完，供养父亲无时间！
鹁鸪展翅飞蓝天，时飞时落尽情耍，栖息丛生杞树间。
君王事情忙不尽，供养老母无时间！
四匹骆马同驾车，快速奔跑冲向前。难道不想将家返？
所以写了这首诗，将我母亲来想念！

解读

这是一首描写服劳役的人思念故乡、思念父母的行役诗。在古代，百姓除了缴纳各种赋税之外，还经常为国家或贵族无偿劳动，而这种义务劳动往往离家很远，无穷无尽，所以常年在外行役的人对故土亲人倍加思念。

全诗五章，基本上都采用“赋”的手法，即直接叙事：一个风尘仆仆的小吏驾驶着一辆四匹马的大车，在宽广的大路上风驰电掣，马的腿已经累得在不停地颤抖，但是他一刻也不能停留，因为君王的差事还没有完成呢。远处有漂亮的鸟儿飞来，时高时低，累了就停在树上休息，鸟儿累了都能在树上休息一会儿，而他却没有时间停留，都是因为君王的差事还没有完成。小吏心中暗暗悲伤：难道我就不想回到家乡吗？难道我就没有父母需要赡养吗？可是又能怎么办呢？君王的差事太多了！可是身不由己啊！只能做一首诗歌来寄托对父母深深的思念。

这首诗开篇就为全诗定下了一种悲伤凄凉的基调：诗人在“王事靡盬”与“岂不怀归”这对矛盾中展现了人物“我心伤悲”的感情世界。这种悲伤的感情色彩贯穿全诗，其余各章内容都是对这种情绪的具体补充和描绘。诗中小吏的境遇在那个艰难的时代并不少见，他也只是众多饱受苦难的百姓在文学作品中的一个典型代表。

如今，在火车站的熙熙攘攘的人群中，同样有无数普通的面孔为生活而四处奔走，终日不得停歇，虽然不再是为他人“行役”，但也是为生活所迫。养家糊口、赡养父母、抚育子女，成年人的世界没有“容易”二字。

皇皇者华

皇皇者华，于彼原隰[1]。

駪駪征夫[2]，每怀靡及。
我马维驹，六辔如濡。
载驰载驱，周爰咨诹[3]。
我马维骐，六辔如丝。
载驰载驱，周爰咨谋。
我马维骆，六辔沃若[4]。
载驰载驱，周爰咨度。
我马维骃，六辔既均[5]。
载驰载驱，周爰咨询。

注释

1. 原隰（xí）：平原和低洼地。
2. 征夫：行人。
3. 咨诹（zōu）：询问咨询。
4. 沃若：有光泽。
5. 均：协调，调和。

译文

花朵灿烂多鲜艳，开在平原低湿处。
使者众多奉君命，常怕访察有漏遗。
为我拉车四匹驹，六条缰绳软而滑。
驱马疾行向前奔，遍访贤才把事商。
拉车四马青又黑，六条缰绳软如丝。
驱马向前奔四方，求贤谋划军国事。
四匹骆马驾车行，六条缰绳很光洁。

驱马奔驰往四方，遍访民众做计划。
四匹骆马把车驾，手握六缰真匀称。
驱马向前四处跑，遍访贤能多询问。

解读

这首诗赞扬了一位秉承国君使命、重任在身、兢兢业业、忠于职守的官吏。在那政治黑暗、社会动荡的年代，能有一位这样为国操劳的官吏实属不易。

这首诗开篇就给人一个广阔的视野：在那广袤的原野上盛开着一片片灿烂明媚的野花，一辆马车在这原野上疾驰，在车上的是一位神色凝重、忧心忡忡的官吏，他一边凝望着无边的原野，一边思考是否圆满地完成了国君交给自己的使命，他抖动着手中的缰绳，策马奔驰，遍访民间，寻找那治国的人才和方略。

这首诗境界宏大而意味深长：广袤的原野、疾驰的马车、沉思的官吏，既描绘出了官吏出使的辛苦，又表现了他终于使命。从措辞来看，诗句婉转流畅，但诗意却非常庄重。至于国君给他的使命的具体内容是什么，则在诗的第二章至第五章中借官吏的口气反复表达，足见使臣时刻不忘君命，克己奉公。

诗中描绘了一位古代“公仆”的形象，现代也不乏这样的案例：新冠肺炎疫情肆虐，无数医疗工作者和公务人员全力奋战，日夜不休，得到了社会各界群众发自内心的认可和赞扬。无论在什么时代，这样的人都是人民颂扬的对象。

常　棣

常棣之华[1]，鄂不韡韡[2]。
凡今之人，莫如兄弟。
死丧之威[3]，兄弟孔怀[4]。
原隰裒矣[5]，兄弟求矣。
脊令在原[6]，兄弟急难。
每有良朋，况也永叹[7]。
兄弟阋于墙[8]，外御其务[9]。
每有良朋，烝也无戎[10]。
丧乱既平，既安且宁。
虽有兄弟，不如友生[11]。
傧尔笾豆[12]，饮酒之饫[13]。
兄弟既具，和乐且孺[14]。
妻子好合，如鼓瑟琴。
兄弟既翕[15]，和乐且湛[16]。
宜尔室家，乐尔妻帑[17]。
是究是图[18]，亶其然乎[19]！

注释

❶ **常棣**：即棠棣，郁李。**华**：花。
❷ **鄂**：同“萼”，花萼。**不**：岂不。**韡（wěi）韡**：花色鲜明的样子。
❸ **威**：畏惧。

❹ 孔怀：十分地想念。
❺ 裒（póu）：堆积。
❻ 脊令（jí líng）：鹡鸰，水鸟名。
❼ 况：发语词。永叹：长叹。
❽ 阋（xì）于墙：在家里面争吵。阋，争吵。
❾ 务（wǔ）：同“侮”，欺侮。
❿ 烝：乃。戎：帮助。
⓫ 生：语气助词，没有实义。
⓬ 傧（bīn）：陈设，陈列。
⓭ 饫（yù）：酒足饭饱。
⓮ 孺：亲近。
⓯ 翕：聚和。
⓰ 湛：长久。
⓱ 孥（nú）：儿女。
⓲ 究：思虑。图：谋划。
⓳ 亶（dǎn）：诚然，确实。

译　文

棠棣花啊棠棣花，花朵鲜艳多娇美。
如今世上所有人，完全不如亲兄弟。
遇到死丧可怕事，只有兄弟挂于心。
广阔原隰少一人，只有兄弟遍地寻。
脊令鸟儿在平原，唯有兄弟救危难。
虽有良朋在身边，只能为你长声叹。
兄弟家里有争吵，遇到外侮共抵挡。
虽有良朋在身边，终究不能帮大忙。
等到丧乱全平息，生活安宁不相依。
这时虽有亲兄弟，不如朋友情意蜜。
摆列你的笾和豆，家宴之上饮酒畅。

兄弟全部在一处，和乐愉快人人有。
妻子儿女情意合，如同奏乐声和谐。
兄弟全都聚一处，和乐尽欢真亲热。
祝你全家情意好，妻子儿女皆欢喜。
兄弟关系深探究，确实如此当牢记。

解读

这是一首周人在宴会上劝诫兄弟友爱的诗。

全诗八章，可分四层。首章为第一层，先比兴，后议论，开门见山，阐明主题:“凡今之人，莫如兄弟。”这种寓议论于抒情的点睛之笔，既是诗人对兄弟亲情的颂赞，也表现了华夏先民传统的人伦观念。第二、三、四章为第二层，诗人通过三个典型情境，对“莫如兄弟”的诗歌主旨做了具体深入的申发。第五章是第三层，这部分内容从正面理想回到了当时的现实，也就是理想中的“莫如兄弟”变成了现实中的“不如友生”。最后一层是第六、七、八章，展现了兄弟和睦，骨肉相亲，全家团圆的场景。

兄弟亲情，是永恒的文学主题，本诗用对比的方法，凸显了“凡今之人，莫如兄弟”这一主旨。诗中对手足之情的描写，真挚感人，影响深远。古人看重和强调兄弟亲情是有特殊原因的，一方面是因为血缘；另一方面是父系社会的观念使然。

古语云:“兄弟同心，其利断金。”当今的家庭多是独生子女，很难体会到兄弟情深的感受，但也不用担心，随着国家“二孩”“三孩”政策的推行，许多人很快就能体会到这种珍贵的情感了。

伐木

伐木丁丁[1]，鸟鸣嘤嘤。
出自幽谷，迁于乔木。
嘤其鸣矣，求其友声。
相彼鸟矣[2]，犹求友声[3]。
矧伊人矣[4]，不求友生？
神之听之，终和且平。
伐木许许，酾酒有芎[5]。
既有肥羜[6]，以速诸父[7]。
宁适不来[8]，微我弗顾。
於粲洒扫，陈馈八簋[9]。
既有肥牡，以速诸舅。
宁适不来，微我有咎[10]。
伐木于阪，酾酒有衍。
笾豆有践，兄弟无远。
民之失德，乾馃以愆[11]。
有酒湑我[12]，无酒酤我。
坎坎鼓我[13]，蹲蹲舞我[14]。
迨我暇矣，饮此湑矣。

注释

❶ **丁**（zhēng）**丁**：伐木声。
❷ **相**：看。
❸ **犹**：还是，仍旧。
❹ **矧**（shěn）：况且，何况。
❺ **釃**（shī）：滤，过滤。**有**：助词，放在形容词前。**芎**（xù）：甘美。
❻ **羜**：五个月的小羊。
❼ **以**：用。**速**：邀请，宴请。**诸父**：同族的长辈。
❽ **宁**：宁可。**适**：恰好。
❾ **陈**：摆放。**馈**：食物。**簋**：古代的一种食器。
❿ **咎**：过错，过失。
⓫ **干餱**（hóu）：干粮，指普通食物。**愆**：过失。
⓬ **湑**：滤酒去渣。**酤**：买酒。
⓭ **坎坎**：鼓声。
⓮ **蹲**（cún）**蹲**：跳舞的样子。

译 文

砍伐树木丁丁响，鸟儿嘤嘤在鸣唱。
它从深谷飞出来，现在飞落大树上。
嘤嘤连声唱不停，寻找同伴来相帮。
来看那些小飞鸟，尚知求友来帮忙。
何况我们乃人类，能不求友相依傍？
神灵察知人求友，必让你把和平享。
砍伐树木许许响，滤过美酒散芳香。
已经宰杀小肥羊，敬请父辈来品尝。
宁肯请他不能来，非我不把他看望。
内外洒扫多鲜亮，八盘食品俱陈列。
已经宰杀肥公羊，快请舅辈齐品尝。

宁肯请他来不成，非我有错任人讲。
砍伐树木在山坡，滤过美酒都斟满。
食器样样摆整齐，亲兄亲弟莫疏远。
人们有时来争吵，干粮待客不真诚。
有酒我要先过滤，无酒去买我拿钱。
我来击鼓咚咚响，我们大伙舞翩翩。
趁我现在有空闲，畅饮清酒尽欢颜。

解读

这是一首宴请亲朋故友的诗歌。这首诗和《伐檀》不同，它不是描述伐木劳动，而是由伐木兴起，说到友情的可贵。

本诗共有三章。第一章通过鸟鸣来起兴，伐木声使鸟儿恐慌逃跑，但是它们没有忘记通知自己的同类赶紧搬家迁居。诗人认为帮助鸟儿及时脱离危险的因素是友情，帮助鸟儿继续过着安宁生活的也是友情，那么人就应和鸟儿一样努力来经营自己的友情，让亲朋好友都过上和平安宁的生活。随后两章的内容都是集中笔墨来描写宴饮：第二章诗人用甘甜的美酒、肥嫩的羔羊、丰盛的美食来招待亲朋好友，同时又将屋子打扫干净，这些都表明主人是诚心诚意招待大家的，他宴请的目的不仅只是出于礼仪，也是为了寻求友谊；第三章前四句是第二章的延续和发展，告诉读者这次宴请的同辈朋友，酒菜丰盛，礼节周到。最后诗人表达了自己的美好愿望：普通人之间要以诚相待，亲友间要相互理解、信任、和睦快乐地相处。

诗人使用了一种先迂回再正面的表达方式：先通过描

写山林中鸟儿的活动来表达亲友的重要性，再正面阐述了自己宴请亲友的场面。这种表达十分新颖有趣，给诗歌增添灵动的色彩。

亲朋好友是我们人类重要的社会关系，真诚又是维持这种关系的重要因素，因为真诚的朋友实在是太珍贵了。

天保

天保定尔，亦孔之固。
俾尔单厚[1]，何福不除[2]。
俾尔多益，以莫不庶[3]。
天保定尔，俾尔戬穀[4]。
罄无不宜[5]，受天百禄。
降尔遐福，维日不足。
天保定尔，以莫不兴。
如山如阜，如冈如陵，
如川之方至，以莫不增。
吉蠲为饎[6]，是用孝享[7]。
禴祠烝尝[8]，于公先王。
君曰卜尔[9]，万寿无疆。
神之吊矣[10]，诒尔多福。
民之质矣，日用饮食。
群黎百姓，遍为尔德。
如月之恒[11]，如日之升。

如南山之寿，不骞不崩⑫。
如松柏之茂，无不尔或承⑬。

注释

❶俾（bǐ）：让，使。单（dǎn）厚：富足，丰厚。
❷除：予，赐。
❸庶：富。
❹戬（jiǎn）：福。
❺罄：尽。遐：长久。
❻蠲（juān）：通“涓”，清洁。饎（chì）：酒食。
❼孝享：献祭。
❽禴（yuè）祠烝尝：分别是夏、春、冬、秋四季的祭礼。
❾卜：予。
❿吊：至。
⓫恒：月上弦。
⓬骞：亏损。
⓭承：拥护。

译 文

上天保佑你安定，致使政权很牢固。
使你国势甚雄厚，一切幸福全赐予。
赏赐财物多又多，使你周朝极富裕。
上天保佑你安定，赏赠给你福和禄。
使你一切都适宜，承受上天样样福。
降你幸福久远长，唯恐时间有不足。
上天保佑你安定，使你一切全兴盛。
财物多如山和阜，又像山冈和丘陵。
如同河水滚滚来，使你万物逐日增。

择取吉日备酒食，用它献祭祖庙中。
春夏秋冬都祭祀，奉献先王和先公。
先祖都说赐给你，万寿无疆永无终。
天神已经到身边，赐予幸福多又大。
百姓质朴无伪饰，只求饮食不求它。
所有民众和贵族，受你恩德都感化。
周朝就像上弦月，如同朝日升蓝天。
如同南山寿无边，不损不崩稳而坚。
如同松柏永茂盛，拥戴周王众人愿。

解读

有学者认为，这是召公在周宣王继位时所作的一首诗。召公作为宣王的抚养人、老师及臣子，他在诗中表达了自己对宣王的鼓励和期望，也同时表达了自己“敬天保民”的政治理想。

诗人首先宣称新王是受天命而即位，上天肯定会维护他的统治，宣王治理下的国家会稳固长久，语气坚定，充满了说服力和感染力。第二章，诗人从不同的角度表明上天的厚爱，声称新王即位后，上天将竭尽所能地保佑王室，使其安定繁荣，一切顺遂。在第三章中，诗人反复使用譬喻的手法，极言上天对新王的佑护和偏爱。第四章开始，诗人转换笔锋，诉说对先祖的祭祀，来期待他们对新王的护佑。单靠神灵的护佑是不够的，他的统治还需要百姓的支持，第五章的后四句开始表达国人对其的拥戴。最后一章，诗人用博喻的手法预言新王的统治一定会和日月一样永恒，和南山松柏一样长青。

这首诗通过描写臣子对君主的颂扬，祈求苍天神灵赐福，集中地体现了周人敬天保民的思想意识，体现了周人稳定而强烈的天命观。周人这种“保民”思想，与殷商相比，具有极大的进步意义。三千年后的今天，顺应自然规律的“敬天”思想，和关注民生的“保民”思想，仍然没有过时，对国家的长治久安、繁荣兴旺依然有着极其重要的作用。

采　薇

采薇采薇[1]，薇亦作止[2]。
曰归曰归，岁亦莫止[3]。
靡室靡家，猃狁之故[4]。
不遑启居[5]，猃狁之故。
采薇采薇，薇亦柔止[6]。
曰归曰归，心亦忧止。
忧心烈烈，载饥载渴。
我戍未定，靡使归聘[7]。
采薇采薇，薇亦刚止[8]。
曰归曰归，岁亦阳止[9]。
王事靡盬[10]，不遑启处。
忧心孔疚[11]，我行不来。
彼尔维何[12]？维常之华。
彼路斯何[13]？君子之车。
戎车既驾，四牡业业[14]。

岂敢定居，一月三捷[15]。
驾彼四牡，四牡骙骙[16]。
君子所依，小人所腓[17]。
四牡翼翼[18]，象弭鱼服[19]。
岂不日戒？猃狁孔棘[20]。
昔我往矣，杨柳依依[21]。
今我来思，雨雪霏霏[22]。
行道迟迟，载渴载饥。
我心伤悲，莫知我哀！

注释

❶ 薇：一种野菜。
❷ 亦：语气助词，没有实义。作：初生。止：语气助词，没有实义。
❸ 莫：同“暮”，晚。
❹ 猃狁（xiǎn yǔn）：北方少数民族。
❺ 遑：空闲。启：坐下。居：住下。
❻ 柔：软嫩。这里指初生的薇菜。
❼ 聘：问候。
❽ 刚：坚硬。这里指薇菜已长大。
❾ 阳：指农历十月。
❿ 盬：止息。
⓫ 疚：病。
⓬ 尔：花开茂盛的样子。
⓭ 路：辂，大车。
⓮ 业业：强壮的样子。
⓯ 捷：交战，作战。
⓰ 骙（kuí）骙：马强壮的样子。
⓱ 腓（féi）：隐蔽，掩护。
⓲ 翼翼：排列整齐的样子。

⑲**弭**：弓两头的弯曲处。**鱼服**：海豹皮制的箭袋。
⑳**棘**：危急。
㉑**依依**：茂盛的样子。
㉒**雨（yù）**：下雨。**霏霏**：纷纷下落的样子。

译　文

采薇菜啊采薇菜，菜苗刚露出地面。
说回家呀说回家，已到年终还未回。
虽有家庭似没有，只因猃狁频扰边。
没有时间来闲坐，只因猃狁国难安。
采薇菜啊采薇菜，薇菜鲜嫩在山间。
说回家呀说回家，心中忧虑家没还。
心急如焚好难受，又饿又渴饥肠转。
我的驻地总不定，无人归家问平安。
采薇菜啊采薇菜，薇菜茎秆已硬老。
说回家呀说回家，年末十月又来到。
君王事情总没完，没有时间闲待着。
内心忧伤好痛苦，出征不见有慰劳。
那是何花在盛开？棠棣花儿在怒放。
那是何车高又大？将帅之车镇四面。
兵车全都驾起来，四匹公马好雄壮。
怎敢停下来定居，每月多次打胜仗。
公马四匹驾车忙，四匹公马好强壮。
将帅坐在大车上，战士靠车把矢防。
四匹公马真整齐，象弭鱼服在身旁。

怎敢一天不警戒？玁狁进犯很猖狂。
想起以前出征时，杨柳依依轻摇荡。
今天凯旋把家还，漫天落雪纷纷扬。
道路遥远好漫长，又饿又渴饥肠转。
我的内心很悲苦，无人知我哀与伤！

解读

《采薇》是《诗经》中的名篇，也是一首戍边战士的归家曲。《采薇》对后世边塞诗的创作影响很大，杜甫、陈陶、范仲淹等都受到过这首诗的影响。如果把历史上各个朝代对这首诗的解析和评述综合起来，应该可以超过一部《诗经》的厚度。“昔我往矣，杨柳依依。今我来思，雨雪霏霏。”最后一章的神来之笔，被评为“诗三百”最佳诗句之一。后来王夫之给这一句写了个评价：以乐景写哀，以哀景写乐，倍增其哀乐。

这首诗很像一部电影开头的倒叙，现在我们读起来也非常有画面感：两千多年前，在一个雪花纷纷的冬天，一个退役的战士，在返乡途中独行。道路崎岖，他又饥又渴，当边关渐远，乡关渐近，他遥望家乡，抚今追昔，不禁思绪纷繁，百感交集，艰苦的军旅生活、激烈的战斗场面、无数次登高望乡的情景，一幕幕又出现在他的眼前。全诗一共分六章，前三章都是以采薇起兴，但是起兴之中又兼有赋的手法。薇，就是豆苗，战士采薇充饥，可见戍边生活的艰苦。“薇亦作止”“薇亦柔止”“薇亦刚止”，循序渐进，从中我们可以看到薇草从破土出芽到幼苗柔嫩，再到茎叶老硬的生长过程，这就是时间，而时间的推移预示着战争的漫长和战士的煎熬。第四章和第五章从这种情绪中走了出来，开始讲述战斗的激烈和战时紧张的生活。最后一章又回到了现实，也就是那个千古名句“昔我往矣，杨柳依依。今我来思，雨雪霏霏”，这是抒情伤怀的，但更多的是在传递一种反战思想。最后，作者说：“我心伤悲，莫知我哀”，全诗就在这种孤独无助的悲叹中结束。

如果用电影视角来看《采薇》，其实每一个章节都可以是一个独立单元。我们可以从诗里面看到这个战士的矛盾心理，这种矛盾是非常有张力的，一方面是战斗意识，另一方面是思乡情怀；一方面是为国而战的责任感，另一方面是怀乡恋家的个人情感。这种既对立又统一的情绪，让这个战士的形象一下就鲜活了起来。

《采薇》对中国文学史的影响不用多言，后世看这首诗有不同的角度，如它所蕴含的家国情怀，它所隐喻的反战思想，以及它对人物和故事的描绘等等。其实，受《采薇》深远影响的不止是杜甫、陈陶，再往前看，受《采薇》

▶ 采薇

在大雪纷纷的日子，回家路上的人迹是罕见的，征人昔日采摘薇菜与金戈铁马的记忆清晰可见。有人心中悲伤，可又有谁能知道他的悲伤呢？唐代的陈陶写的“可怜无定河边骨，犹是春闺梦里人”，与“昔我往矣，杨柳依依。今我来思，雨雪霏霏”同为流传至今的著名诗句。

影响的还有谢安。众所周知，谢安是军事家，淝水之战的胜利就得益于这位军事奇才。其实谢安和两千年前的这个战士很像，他也是在国家需要的时候，挺身而出，为国而战，但战事绵延下来，朝廷奸佞当道，让他看到长久的征战未必就能得到好的结果。另一方面，在他的亲人陆陆续续离世之后，他开始意识到亲情对于一个人的重要性，所以，他让出了兵权，和这个老兵一样，退役返乡。也许，谢安退役时，想的和《采薇》里"昔我往矣，杨柳依依"的情景是一样的。其实无论历史走了多远，一个老兵的情怀都是一样的，这也许就是为什么《采薇》流传了几千年，还依旧鲜活的原因。

出　车

我出我车[1]，于彼牧矣[2]。
自天子所，谓我来矣[3]。
召彼仆夫，谓之载矣。
王事多难，维其棘矣。
我出我车，于彼郊矣。
设此旐矣[4]，建彼旄矣。
彼旟旐斯，胡不旆旆[5]？
忧心悄悄，仆夫况瘁[6]。
王命南仲，往城于方[7]。
出车彭彭[8]，旂旐央央[9]。
天子命我，城彼朔方[10]。

赫赫南仲，猃狁于襄[11]。
昔我往矣，黍稷方华。
今我来思，雨雪载涂。
王事多难，不遑启居。
岂不怀归？畏此简书。
喓喓草虫，趯趯阜螽。
未见君子，忧心忡忡。
既见君子，我心则降。
赫赫南仲，薄伐西戎[12]。
春日迟迟，卉木萋萋。
仓庚喈喈，采蘩祁祁。
执讯获丑，薄言还归。
赫赫南仲，猃狁于夷。

注释

❶ **出**：出动。**车**：战车。
❷ **于**：去，到。**牧**：郊外。
❸ **谓我来**：对我说，让我出征来到这里。
❹ **设**：设立，竖起。**旐**（zhào）：有龟蛇图案的旗子。
❺ **旆**（pèi）**旆**：垂下来。
❻ **况**：生病。**瘁**（cuì）：憔悴。
❼ **往**：去。**城**：建城。**于方**：地名。
❽ **彭彭**：盛多的样子。
❾ **央央**：鲜明的样子。
❿ **朔方**：北方。
⓫ **襄**：除，灭。
⓬ **薄**：助词，用于动词前，无实义。

译 文

我将战车开出来，兵车来到远郊外。
天子那里把令下，命我出征来塞北。
忙将车夫来召集，兵士辎重多装载。
国家如今有危难，玁狁犯边急破坏。
我把战车开出来，兵车来至那城外。
陈列龟蛇旗飘摇，树起旄旗高又高。
鹰隼旗啊龟蛇旗，微风吹动能不飘？
心中忧伤情意苦，车夫憔悴累难受。
宣王命令那南仲，要到北方去筑城。
拉车马儿多雄壮，各种军旗都鲜明。
天子给我下命令，进军于方去筑城。
赫赫南仲有威名，定把玁狁除干净。
往日从军我出发，那时黍稷正开花。
今日凯旋我回家，雪落满路白花花。
君王之事多危难，要想安坐没闲暇。
难道不想回家乡？宣王命令好可怕。
蝈蝈喓喓叫不停，蚱蜢跳跃草地上。
不见南仲他的人，心中不安甚忧伤。
已见南仲在眼前，心中忧虑全扫光。
赫赫南仲威名扬，速伐西戎上战场。
春天太阳慢悠悠，草木茂盛连一片。
黄莺欢乐在歌唱，很多姑娘采蘩忙。
捉敌审讯或割耳，周军急忙都凯旋。
赫赫南仲威名扬，平定玁狁保平安。

解读

这是一首叙述战争过程、赞美将领英明指挥、颂扬国君丰功伟绩的诗歌。

本诗前三章将描写重点放在了战前情景上，用画面的描绘和心理暗示相叠加的方式来进行细节刻画，详细地描绘了王命紧急，将士慷慨赴难的情形。第一章写南仲将军奉王命出征的情形；第二章写军旗猎猎，突出了军队的声势浩大；第三章写南仲将军在朔方的战斗；第四章描写将士归来途中被风雪阻隔在路上的情景；第五章是用士兵妻子的口吻来写对丈夫的思念，描绘了想象中夫妻团聚的情景；第六章写归家路上的所见所闻并再次炫耀将军的赫赫军功。

诗中并未正面描写战争场面，只是用“狎狁于襄”来阐述战争结果。全诗描写的重点是战争前的准备工作，详尽描绘了雄壮的军威、浩大的声势，以及全国上下的同仇敌忾。此外，本诗还描写了战争后方人民平静而安逸的生活，这一切都暗示着这场战争的正义性和必然胜利的结果。

自古“得道多助，失道寡助”，战争的正义与否对战争结果有着很大的影响。我们不鼓吹战争，也不惧怕战争，不侵略他国，也决不容许他国侵略。

杕 杜

有杕之杜[1]，有晥其实[2]。
王事靡盬，继嗣我日[3]。

日月阳止[4]，女心伤止，征夫遑止！
有杕之杜，其叶萋萋。
王事靡盬，我心伤悲。
卉木萋止，女心悲止，征夫归止！
陟彼北山，言采其杞[5]。
王事靡盬，忧我父母。
檀车幝幝[6]，四牡痯痯[7]，征夫不远！
匪载匪来，忧心孔疚。
斯逝不至，而多为恤[8]。
卜筮偕止，会言近止，征夫迩止！

注释

❶ **有**：助词，在形容词前，无实义。
❷ **睆**（huǎn）：果实饱满的样子。
❸ **嗣**：续，延长。**我日**：服役时间。
❹ **日月**：时间，光阴。**阳**：阴历十月。**止**：句末语气词。
❺ **杞**：枸杞。
❻ **幝**（chǎn）：破敝的样子。
❼ **痯**（guǎn）**痯**：疲惫的样子。
❽ **恤**：忧。

译　文

棠梨挺立在生长，圆圆果实挂枝头。
君王之事无停止，服役之期又延长。
时间已经到十月，妇人心中好悲伤，征人应有闲时光！

棠梨挺拔独生长，青青枝叶长得旺。
国王之事没有尽，使我心中多感伤。
草木茂盛在生长，妇人心中真凄凉，征人将要归故乡！
登上北边那山冈，多多将那枸杞采。
君王之事没完了，父母无靠我心忧。
檀木兵车已破败，四匹雄马已累坏，离家不远征人来！
役期已满没人问，心愁成病好凄凉。
役期早过人未来，徒增忧虑心内伤。
龟甲蓍草俱卜卦，二者之言都一样，征人已近家门旁！

解读

这是一首描写妻子在家思念久役不归的丈夫的诗。这首诗侧面表达了古代劳动人民深厚的爱情及亲情，也反映了漫长的徭役对普通百姓造成的巨大伤害。

这首诗以孤独生长的棠梨起兴，表达了在家中长久等待的妻子心中那难以排遣的孤独忧伤之情。国家的徭役无穷无尽，丈夫服役时间的越来越长，早已超过期限，女子数着日子盼望丈夫归来，可是冬去春来，却不见他归来。登上北山采集枸杞，国家的徭役无穷无尽，谁来赡养父母？恍惚间，女子好像看到丈夫驾着破旧的车马，从远处缓缓走来，擦擦眼睛，却发现只是幻觉。女子内心忧伤不止，自言自语：用龟甲、蓍草占卜，卦象显示丈夫会回来的，而且马上就会回来的。

此诗的表现风格极具特色：诗中不但描写了女子数着日子盼望丈夫归来的情景，还写到女子登上北山时因思念丈夫所产生的幻觉，最后还写到女子去占卜算卦，预测丈夫就快回来了。这几项可能是每一个思念丈夫的妻子都会做的典型事件，形象地勾勒出一个思夫心切、日夜焦虑的妻子形象。

在古代，繁重的徭役摧毁了无数幸福的家庭，制造了无数的人间悲剧，家中的妻子翘首以盼、望眼欲穿，而他乡的征人可能早已是一具枯骨，身埋荒冢。

鱼丽

鱼丽于罶[1]，鲿鲨。
君子有酒，旨且多[2]。
鱼丽于罶，鲂鳢。
君子有酒，多且旨。
鱼丽于罶，鰋鲤。
君子有酒，旨且有。
物其多矣，维其嘉矣[3]。
物其旨矣，维其偕矣[4]。
物其有矣，维其时矣[5]。

注释

❶ **丽**（lí）：同“罹”，遭遇，落入。**罶**（liǔ）：竹制的捕鱼工具。
❷ **多**：指应有尽有。
❸ **维其**：这里指因为如此。
❹ **偕**：指品种齐全。
❺ **时**：适时。

译　文

鱼儿闯进那鱼笼，黄颊吹沙皆被捉。
贵族老爷有酒喝，味道佳来品种多。
鱼儿钻进那鱼笼，鲂鱼黑鱼不一样。
贵族家里有酒喝，品种多来味道佳。
鱼儿游进那鱼筐，鲇鱼鲤鱼不放过。
贵族之家有酒饮，味道佳来种类丰。
各种食物非常多，都乃佳品上等货。
每种食品都甜美，都是佳肴全齐备。
山珍海味品类多，都是适时新鲜货。

解读

这是一首周代款待宾客时所唱的乐歌。在周代的高级宴会上，一般都会有歌舞伴奏，这可能就是当时宴会上所演奏的一首歌的歌词。

全诗六章，尽显欢乐的气氛。前三章赞美菜肴丰盛，后三章赞美年丰物阜，因此主宾在宴会当中得以尽情享受。在前三章中，每章四句，皆以“鱼丽”起兴，具体地称赞主人酒宴的丰盛、礼遇的周到，是全诗的主体部分；在后三章中，诗人紧扣前三章中三个重要词语“多、旨、有”，进而赞美在丰年之后食物种类繁多，人民安居乐业。

这首诗作为一首乐歌，具体的唱法虽然已经无从考据，但从诗歌的语言运用方面，仍能得到一些启示：前三章章法相同，采用“四,二,四,三”的参差句式，在唱法上既有反复赞美之意，又有参差不齐的音乐节奏，便于重唱或合唱。后三章点明主题，渲染气氛，每句句末用“矣”字结尾来延长咏叹时间，放慢节奏，非常适合在宴会上演唱。

从这首诗中可以看出，周代贵族的宴会不但食物丰盛，而且还有乐歌相伴：一场盛宴即将开始，主人和宾客纷纷落座，侍女们鱼贯而出，奉上美酒佳肴，钟鼓悠扬，一位窈窕的舞者一边舞动着衣袖，一边歌唱：“鱼丽于罶，鲿鲨。君子有酒，旨且多……”

南有嘉鱼

南有嘉鱼，烝然罩罩❶。
君子有酒，嘉宾式燕以乐❷。
南有嘉鱼，烝然汕汕❸。
君子有酒，嘉宾式燕以衎❹。
南有樛木，甘瓠累之❺。
君子有酒，嘉宾式燕绥之❻。
翩翩者雏，烝然来思。
君子有酒，嘉宾式燕又思❼。

注释

❶ 烝：众，这里指鱼很多。罩：捕鱼具。
❷ 式：应当。燕：饮酒。
❸ 汕（shàn）汕：游来游去的样子。
❹ 衎（kàn）：乐。
❺ 累（léi）：缠绕。
❻ 绥：惬意，安乐。

❼ 又：劝酒。

译 文

南方江河有好鱼，渔民撒网捕好多。
贵族老爷有酒吃，嘉宾宴饮乐陶陶。
南方江河有好鱼，随波畅游尾摇摆。
贵族老爷有美酒，嘉宾宴饮都欢快。
南山有树枝干弯，甘瓠秧蔓绕枝缠。
贵族家里藏美酒，嘉宾乐饮心意舒。
斑鸠展翅在蓝天，群飞到此来游玩。
贵族老爷藏美酒，嘉宾畅饮将酒劝。

解读

和《鹿鸣》一样，《南有嘉鱼》也是一首宴会上的乐歌。后世的许多《诗经》解读者总觉得所有宴饮诗都有招揽求贤的意味，似乎《小雅》里面每一首宴饮诗都可以解释为帝王在招揽贤才。但实际上，这应该就是早期贵族聚会时候用来烘托气氛的诗，后期从贵族圈传播到平民圈，普通人聚会也会用到它。

既然是宴会上的歌，那么一定是欢乐的。这篇也是复沓联章的形式，前两章开头反复咏沓：南方鱼儿美，随波畅游啊；接着又说，宴会上有好酒啊，嘉宾们都很开心。我们可以感受到这是一虚一实的写法，烘托了同一种气氛，用我们现在的词汇来说，就是“和谐”。前两章这是个开始，第三章作者又说：不仅水里有好鱼，陆地上还有葫芦在藤上缠绕，和前两章一样，也是借此来表达宾主之间的融洽。第四章，镜头开始上扬，天上还有一群鹁鸪在飞，大家喝完酒就可以去打猎了。全篇只有这四章，并不复杂，也不拖沓。但水里游的、地上长的、天上飞的全都概括了，顺序上依次拔高，显然宴会的气氛也越来越浓。

不可否认，《诗经》中所有的宴饮诗都和礼乐有着密不可分的关系，这篇也是一样。周公制礼，周人开始重视礼和德，小雅里面的宴饮诗所歌颂的不仅是宴礼的形式，更重要的是人的内在道德风范。这首诗里，虽然天上地下的都涵盖到了，看上去天马行空不着边际，但作者想表达的核心，依旧是主宾之间的礼遇与和谐。

我们现在看《诗经》里面的宴饮场景，可以感受到几千年来中国宴饮文化的变革。先秦时期，人们是重礼的，无论是请客的“君子”，还是赴宴的“嘉宾”，都是依着宴会礼仪进行的。到了唐朝，喝酒这件事儿本身，渐渐成了重点，李白就有“五花马，千金裘，呼儿将出换美酒，与尔同销万古愁”，唐朝人的宴饮诗多得数不过来，但绝大部分都是豪迈痛饮型的，这和当时唐朝的风气也是有关系的。到了宋代，欧阳修说：“白发戴花君莫笑，六幺催拍盏频传，人生何处似尊前！”不可否认，即便同样是喝花酒，宋人喝得婉转而忧郁。到了明清，经历过元曲的发展，明清的宴饮开始被酒令占领，最著名的就是《红楼梦》二十八回中宝玉说的那一段：“女儿悲，青春已大守空闺。”雅与俗的交错融合，形成了那个时代的宴饮文化。经历了几千年，我们今天的宴饮文化又是什么呢？

南山有台

南山有台[1]，北山有莱。
乐只君子[2]，邦家之基。
乐只君子，万寿无期。
南山有桑，北山有杨。
乐只君子，邦家之光。
乐只君子，万寿无疆。
南山有杞，北山有李。
乐只君子，民之父母。
乐只君子，德音不已[3]。
南山有栲，北山有杻。
乐只君子，遐不眉寿[4]？
乐只君子，德音是茂。
南山有枸，北山有楰。
乐只君子，遐不黄耇[5]？
乐只君子，保艾尔后[6]。

注释

❶ **台**：莎草。

❷ **乐**：快乐，愉快。**只**：句中语气词。**君子**：这里指贵族。

❸ **已**：停止。

❹ **遐**：同“胡”，为什么。**眉寿**：长寿。

❺ 黄耇（gǒu）：长寿。耇，老。
❻ 保：安。艾：养。

译　文

南山莎草长得盛，北山莱草盖山脊。
贵族老爷好快乐，他是国家好根基。
贵族老爷好快乐，祝你长寿永无期。
南山生有那桑树，北山处处长白杨。
贵族老爷好快乐，他为国家争荣光。
贵族老爷好快乐，祝福你万寿无疆。
南山生有那杞树，北山李树在生长。
贵族老爷好快乐，他是人们好爹娘。
贵族老爷好快乐，美名永久天下扬。
南山之上栲树长，北山杻树长得旺。
贵族老爷好快乐，能不长寿把福享？
贵族老爷好快乐，声誉美好永传扬。
南山生有枸杞树，北山生长那山楸。
贵族老爷好快乐，怎能不寿岁千秋？
贵族老爷好快乐，保护子孙江山久。

解读

这首诗歌是周代贵族宴飨宾客的通用乐歌。它与《小雅·鱼丽》《小雅·南有嘉鱼》是同一组宴饮诗。

全诗五章，每章六句，每章开头均以南山、北山的草木起兴，来比喻国家拥有具备各种美德的君子贤人。这些

"兴语"之后是表功祝寿，每章两次直呼"乐只君子"，可见祝愿的人和被祝愿的人之间的亲密关系。第四、五两章用"遐不眉寿""遐不黄耇"两个反问句表达祝愿：这样的君子怎能不健康长寿呢？这样的君子怎能不延年益寿呢？最后一句"保艾尔后"由祝福先辈延伸到祝福他的后裔，是诗歌的高潮之处。

这首诗的内容虽然简单，但结构安排相当精巧，五章首尾呼应，循环往复，语意粘连，逐层递进，具有很强的层次感与节奏感。选词用字，精简凝练、匠心独运。作为宴飨通用的乐歌，它的娱乐、祝愿、歌颂、庆贺的综合功能显而易见。

《诗经》中《小雅》部分多是一些歌功颂德的通用乐歌，更像我们当今在某些仪式上的固定乐曲，虽然节奏鲜明，但缺少一定的现实意义。

蓼 萧

蓼彼萧斯[1]，零露湑兮[2]。
既见君子，我心写兮[3]。
燕笑语兮，是以有誉处兮[4]。
蓼彼萧斯，零露瀼瀼[5]。
既见君子，为龙为光。
其德不爽，寿考不忘。
蓼彼萧斯，零露泥泥[6]。
既见君子，孔燕岂弟[7]。

宜兄宜弟，令德寿岂[8]。
蓼彼萧斯，零露浓浓。
既见君子，鞗革忡忡[9]。
和鸾雝雝[10]，万福攸同[11]。

注释

1 **蓼**（lù）：长大的样子。
2 **零**：落。
3 **写**：输写，舒畅。
4 **是以**：以是，因此。**誉**：通“豫”，畅快悠闲。
5 **瀼**（ráng）**瀼**：盛貌的样子。
6 **泥**（nǐ）**泥**：濡湿的样子。
7 **岂弟**（kǎi tì）：同“恺悌”，和易近人。
8 **岂**：乐。
9 **鞗**（tiáo）**革**：马辔头上的铜饰物。**忡忡**：垂饰的样子。
10 **雝**（yōng）**雝**：鸟和鸣的样子，在这里形容铃声。
11 **攸**：所。

译　文

白蒿生得高又大，落满露珠湿漉漉。
贵族老爷我见到，心中舒畅好欢乐。
饮酒说笑意相投，因此才有安乐处。
白蒿生得高又大，落满露珠湿漉漉。
贵族老爷我见到，拥有宠爱和荣光。
你有美德无偏差，永生永世不消亡。
白蒿生得高又大，落满露珠湿漉漉。

贵族老爷我见到，安乐平易真和睦。
如兄如弟情意浓，美德长寿又幸福。
白蒿生得高又大，枝叶湿润露水浓。
贵族老爷我见到，马缰绳停下从容。
鸾铃声声真和谐，万种幸福你聚拢。

解读

这是诸侯在宴会上称颂周王的诗歌。据南宋时期著名理学家朱熹分析，这首诗是诸侯朝见天子之时，天子为之赐宴，以示恩宠，诸侯于是赋诗回应天子。这首诗无论在内容或是形式上，都体现出了“雅”的典型风格。蓼，既长且大的样子；萧，就是白蒿，一种草本植物。

诗歌首章先渲染出了一片和睦亲密的氛围，以蓼萧、零露起兴，写诸侯见到天子的喜悦欢快；第二、三章称颂周天子的崇高美德，为其祝寿，同时也点出了诸侯与天子之间融洽和睦的关系；末章写天子车驾华贵，场面宏大，进一步歌颂天子。

周人在克商建政以后，宗亲功臣分封四方，为避免因利益分配而产生内讧，所以周人建立了以血缘关系为纽带的宗法制度，用以协调宗室内部的关系。周天子对同姓诸侯大国称伯父、小国称叔父，异姓诸侯则称伯舅、叔舅，这些称谓都反映出周天子通过亲缘关系来笼络诸侯的意图。

因为周人的政治制度是以血缘关系为纽带建立起来的，所以周人格外重视亲情，同时也十分注重通过宴饮场合来增进亲友之间的关系，在《诗经》中有很多反映宴飨亲友的诗歌。周人对亲情的重视也一直延续到今天，平时遇到婚丧嫁娶、或者逢年过节等特殊日子，人们总会邀请亲友来吃饭喝酒，在觥筹交错、推杯换盏的过程中，不知不觉就拉进了彼此的距离。小到一个家庭，大到一个国家，都在刻意地和亲友邻居保持着良好的社交关系。

湛露

湛湛露斯❶，匪阳不晞❷。
厌厌夜饮❸，不醉无归。
湛湛露斯，在彼丰草。
厌厌夜饮，在宗载考❹。
湛湛露斯，在彼杞棘。
显允君子❺，莫不令德❻。
其桐其椅，其实离离❼。
岂弟君子，莫不令仪❽。

注释

❶湛（zhàn）湛：露重的样子。
❷晞：干。
❸厌厌：安详的样子。
❹宗：宗庙。载：举行。考：祭祀庆典。
❺显：光明坦荡。允：诚实守信。
❻令：彰显，完善。
❼离离：果实多而密集的样子。
❽仪：礼仪风范。

译 文

清晨露水很浓重，太阳不出晒不干。
夜晚饮酒多安乐，谁不喝醉不返回。
清晨露水很浓重，就在茂盛野草间。
夜晚饮酒多安乐，在那宗庙祭祖先。
清晨露水很浓重，沾湿枸杞酸枣树。
显赫诚实众宾客，无处不显示美德。
山桐子树梧桐树，果实累累无可数。
和乐平易众宾客，容止礼节都超俗。

解读

这是一首周天子款待诸侯的诗歌。据《左传》记载："昔诸侯朝正于王，王宴乐之，于是赋《湛露》，则天子当阳，诸侯用命也。"《左传》是一部信史，它的记载是真实可信的。周王朝分封诸侯于天下，诸侯定时朝觐天子，以示忠诚，天子宴请诸侯，以示恩宠。

这首诗歌总共有四章，前两章写劝酒，以湛露为喻，表明不醉不归的用意，这也表现出主人的热情好客。第三章就开始升华主题了，指出宴飨之义不能仅仅满足于酒肉之事，还应该要塑造美好的德行。第四章写宴会结束，宾客也具有美好的仪态风度。

从现存周代文献中可以发现，周人很重视德行的修养，并且认为有无德行将直接决定一个人的命运和前途，所以周公制礼作乐时将德的观念嵌入到礼乐仪式当中，包括饮酒作乐的宴饮之礼，这首诗中"显允君子，莫不令德"就是这一观念的反映。

贵族集团之间的饮酒宴会绝非平日里我们所想见的那样，就是吃喝玩乐，尽兴而归，贵族的宴饮更具有增进感情、联络情谊的功能，具有浓厚的政治意义。周天子分封诸侯，王朝疆土幅员辽阔，诸侯远在天边，中央要想确保对地方的有效控制，在法令规矩之外，必然要辅之以君臣情谊。所以这也是周人重视宴饮的意义所在，利用诸侯朝觐的机会，虽是饮酒作乐之事，但其用意是在对诸侯施以恩德，赐以福禄，从而实现笼络诸侯的政治意图。

彤弓

彤弓弨兮❶，受言藏之❷。
我有嘉宾，中心贶之❸。
钟鼓既设，一朝飨之❹。
彤弓弨兮，受言载之。
我有嘉宾，中心喜之。
钟鼓既设，一朝右之❺。
彤弓弨兮，受言櫜之❻。
我有嘉宾，中心好之。
钟鼓既设，一朝酬之❼。

注释

❶彤弓：朱红的弓。
❷言：语气词。
❸贶（kuàng）：爱戴。

❹ 飨：用酒食款待人。
❺ 右：劝酒。
❻ 櫜（gāo）：隐藏。
❼ 酬：劝酒。

译 文

朱红之弓弦松弛，接受过来将它藏。
我有嘉宾在朝堂，心中喜欢好欣赏。
钟和鼓来都摆好，一朝尽情来宴飨。
朱红之弓弦松弛，接受过来载车上。
我有嘉宾于朝堂，心中喜悦多夸奖。
钟和鼓来排列好，一朝劝酒真欢畅。
朱红之弓弦松弛，将它收到櫜中间。
我有嘉宾在朝堂，心中把他来喜欢。
钟和鼓啊都排好，一朝把酒来酬酢。

解读

这是周天子赏赐有功诸侯后在宫廷中举办宴会时所唱的乐歌。依照周代礼仪，天子赐予诸侯彤弓，就意味着赐予了他征伐而不用另行请旨的大权，对诸侯而言这是一种至高的荣耀和权力，比如西周初年的鲁公伯禽、齐太公望（即我们熟知的姜子牙），都享有这一权力。

这首诗有三章，结构大致相似，均写架设钟鼓，用隆重的礼节来款待有功诸侯，并且点明中心，即赐予诸侯彤弓，让他供奉于祖庙之中，这既是荣耀，也是责任。诗歌重章叠唱，思想情感逐渐深入。

彤弓实际上是一种权力的象征，以示该诸侯有代天子征伐的特权，如周室东迁，周平王因晋文侯迎立有功，赐予他彤弓；春秋时期城濮之战后，晋文公有尊王攘夷、战胜荆楚的功勋，周襄王也赐予他彤弓。

周王朝克商以后，大肆分封姬姓宗亲、有功之臣以及前代后裔，让他们替王朝镇守四方。诸侯国就是一个个从王朝复制出去的小朝廷，在封地和属国内国君具有至高无上的权威。但与此同时，周天子为防范诸侯生贰心，在朝廷与诸侯之间又设置了一层管理者——方伯，赐予他们征伐不臣的特权。方伯一般都由与王室极为亲近、在政治上绝对可靠的宗亲担任，如鲁公伯禽、唐叔虞等天子的亲兄弟。在周天子无暇面面俱到地关注各诸侯国时，方伯就替周天子担负起了这一使命。

菁菁者莪

菁菁者莪[1]，在彼中阿[2]。
既见君子，乐且有仪。
菁菁者莪，在彼中沚[3]。
既见君子，我心则喜。
菁菁者莪，在彼中陵[4]。
既见君子，锡我百朋[5]。
泛泛杨舟，载沉载浮[6]。
既见君子，我心则休[7]。

注释

❶ **菁菁**：草木繁盛的样子。**莪**（é）：莪蒿。
❷ **阿**（ē）：大的丘陵。
❸ **沚**：水中小洲。
❹ **陵**：大土丘。
❺ **锡**：赠送。**百朋**：白金。朋，古代货币单位。
❻ **载**：或，则。
❼ **休**：定，放心。

译文

莪蒿长得真茂盛，在丘陵中遍地生。
已经看到那个人，高兴又举止得体。
莪蒿长得多茂盛，水中陆地处处生。
已经看到那个人，心中欢喜是真情。
莪蒿长得多茂盛，土山之上满地生。
已经看到那个人，赏赐给我一百金。
杨木船儿漂荡荡，忽落忽浮水中间。
已经看到那个人，心中宁静且无忧。

解读

这同样是一首爱情诗，而且是一首非常有争议的爱情诗。争议在于，在南宋之前，大家认为这是一首歌颂“君子成材”的诗，但是到了南宋，朱熹说，这种说法简直是“全无诗意”，这分明是一首宴饮诗。但今人更倾向于这是一首描写恋爱心情的诗，如果再进一步，它描写了一个少女和他的心上人“一见钟情，再见倾心，第三次恨不得嫁给他”的故事。

这是《诗经》里常见的四言诗，简单而且上口，但是少女一见钟情的心思跃然而出。第一段，少女在莪蒿茂盛的山坳里遇见了一个仪表堂堂的男生，这时候，女生心如鹿撞，感觉自己已经恋爱了，这是两个人感情的萌芽阶段。第二段，在莪蒿茂盛的沙洲之滨，又遇见了这个男生，女生的心情开始用“狂喜”来形容，这就开始了热恋的阶段。第三段，在莪蒿蓬勃茂盛的山丘上，女生第三次见到男生，这次男生送了她礼物，“百朋”算是重金了，这算不算定情之资呢？到了第四章，画风变了，两人一起在水面泛舟，“载沉载浮”这句特别有味道，因为它隐喻着两个人从此之后携手一生，浮沉与共。

全篇就只有四段，但它的魅力在于用这么短的篇幅讲述了一个特别美好的爱情故事，我们知道前三段是从山坳到沙洲，再到山丘，随着地势越来越高，两个人的感情也越来越明朗，这种变化中，也伴随着女生热烈的情感，前三段反复咏唱“既见君子”，女生所有的心情都是因为见到了心上人。

几千年的时间跨度，让《诗经》中的很多语言无法与现代相接，这样就导致了我们今天读《诗经》有很多误解。这首诗里，最后一句：既见君子，我心则休。如果套用我们现代汉语的解释，休，就是停止了，但在古汉语中，休，是欢喜的意思。如果明白了这种差异，我们就能很清楚地了解这首诗所要表达的情感了，这个女生从对一个男生一见钟情，到最后如愿和他携手一生，她并没有因为嫁给心仪的人了，就不再心动，不再欣喜，反而是更加欢喜，因为在“载沉载浮”的生活中，有一个相爱的人相伴，是一件很幸福的事。这种情感，古今皆同。

六　月

六月栖栖[1]，戎车既饬[2]。
四牡骙骙[3]，载是常服[4]。
猃狁孔炽[6]，我是用急[7]。
王于出征，以匡王国[8]。
比物四骊[9]，闲之维则[10]。
维此六月，既成我服。
我服既成，于三十里。
王于出征，以佐天子。
四牡修广[11]，其大有颙。
薄伐猃狁，以奏肤公[12]。
有严有翼，共武之服[13]。
共武之服，以定王国。
猃狁匪茹[14]，整居焦获[15]。
侵镐及方，至于泾阳。
织文鸟章[16]，白旆央央[17]。
元戎十乘，以先启行。
戎车既安，如轾如轩[18]。
四牡既佶[19]，既佶且闲。
薄伐猃狁，至于大原。

文武吉甫，万邦为宪。
吉甫燕喜，既多受祉[20]。
来归自镐，我行永久。
饮御诸友[21]，炰鳖脍鲤[22]。
侯谁在矣，张仲孝友。

注释

❶ 栖（xī）栖：惶惶不安。
❷ 饬（chì）：整饬，整顿。
❸ 骙（kuí）骙：马强壮的样子。
❹ 载：设立。常：日月旗。服：军服。
❻ 炽：气势热烈。
❼ 是用：因此。急：紧急动员。
❽ 匡：拯救。
❾ 比：协调，配合一致。
❿ 闲：训练。则：规则。
⓫ 修：长。广：大。
⓬ 奏：为。肤：大。公：功。
⓭ 共：通“恭”，严肃对待。
⓮ 茹：度。
⓯ 整：整齐。居：驻扎。焦获：地名。
⓰ 织：通“帜”，旗帜。
⓱ 央央：鲜明的样子。
⓲ 如：或。轾（zhì）：向下俯。轩：向上冲。
⓳ 佶：健壮的样子。
⓴ 祉：福。
㉑ 御：进。
㉒ 炰（páo）：烹煮。

译 文

六月兴师往来忙，兵车修好上战场。
四匹雄马真强壮，常用军服车上装。
猃狁侵扰太猖狂，我们所以很紧张。
周王下令伐顽敌，救助国家保君王。
四匹黑马力量齐，遵守规章驯马忙。
在此盛夏六月天，军服制成穿身上。
军服制成身上穿，每天仅走三十里。
周王下令讨敌寇，辅佐天子保边疆。
四匹雄马好高大，又高又大精神好。
我们征伐那猃狁，建立显赫大功劳。
又威严来又恭谨，认真打仗将敌讨。
认真打仗讨顽敌，国家安定君权保。
猃狁势力并不小，占据焦获那地方。
侵夺镐地与朔方，甚至深入到泾阳。
鹰隼图案画旗上，旗端飘带多鲜亮。
大的兵车有十辆，开路奔驰往前闯。
兵车全都很安稳，自由俯仰无损伤。
四匹公马太雄壮，雄壮熟练驾车忙。
我们征讨那猃狁，追至太原那地方。
吉甫有文又有武，他是万国好榜样。
宴请宾朋吉甫乐，终得许多福与祥。
从那镐地凯旋回，在路跋涉时间长。
酒食献给众亲友，甲鱼鲤鱼尽情吃。
席间宾朋还有谁，孝友张仲得赞扬。

解读

这是叙述且赞美西周宣王时期的名臣尹吉甫北伐猃狁取得大胜的诗歌。西周后期在经历了厉王朝的“国人暴动”后，政局动荡，无暇他顾，以致边境上四夷交侵，战事不断。到周宣王即位后，开始整顿内政，在军事上也开始有了新的起色，这首诗就是宣王中兴的一大例证。

这首诗歌全诗六章，叙写尹吉甫北伐猃狁的战争全程。前四章主要叙述这次战争的起因、时间，以及周军在主帅指挥下所做的迅速勇猛的应急反应，第五章从战果辉煌的喜悦之中流露出对主帅的赞美和叹服，末章写凯旋班师以后庆功宴上喧嚣热闹的场景。

尹吉甫是周宣王中兴事业中不可多得的文武全才，他既能披甲上阵，率师出征，展现出非凡的军事才能，又能指点江山，激扬文字，创作了多首文采斐然的诗歌，比如《大雅·崧高》《烝民》等诗歌，诗歌卒章明确指出诗歌是由尹吉甫所作，可见他的卓越才能。

北方边患一直都是中原王朝的心腹大患，从周代的猃狁，到秦汉时代的匈奴，中原王朝在北部边防上一直紧绷着一根弦，这也是历代为何都格外重视长城防御作用的原因。在驻守边防的过程中，也涌现出来了一大批能征善战的将帅，比如周宣王时期的尹吉甫、秦始皇时期的蒙恬，以及汉武帝时期的卫青、霍去病，他们都为保卫边疆做出了重要贡献，因此名垂青史，成为后世文人墨客赞美的对象，也成为无数热血男儿仰慕的英雄人物。

采 芑

薄言采芑[1]，于彼新田[2]，于此菑亩[3]。
方叔莅止，其车三千，师干之试[4]。
方叔率止，乘其四骐，四骐翼翼[5]。
路车有奭[6]，簟茀鱼服，钩膺鞗革[7]。
薄言采芑，于彼新田，于此中乡。
方叔莅止，其车三千，旂旐央央。
方叔率止，约軧错衡[8]，八鸾玱玱[9]。
服其命服，朱芾斯皇[10]，有玱葱珩[11]。
鴥彼飞隼，其飞戾天[12]，亦集爰止[13]。
方叔莅止，其车三千，师干之试。
方叔率止，钲人伐鼓，陈师鞠旅[14]。
显允方叔，伐鼓渊渊[15]，振旅阗阗[16]。
蠢尔蛮荆，大邦为仇。
方叔元老，克壮其犹[17]。
方叔率止，执讯获丑[18]。
戎车啴啴，啴啴焞焞[19]，如霆如雷[20]。
显允方叔，征伐猃狁，蛮荆来威。

注释

[1] 芑（qǐ）：苦菜。

❷ **新田**：开垦两年的田地。
❸ **菑**（zī）：开垦一年的田地。
❹ **师**：军队。**干**：武器。**之**：放在动词前复指前置宾语。**试**：操练，演习。
❺ **翼翼**：整齐的样子。
❻ **奭**（shì）：赤色。
❼ **钩膺**：马颈和胸部的带饰。**鞗革**：带有铜饰的马辔头。
❽ **约**：缠绕。**軧**（qí）：车毂的装饰。**错**：金色。**衡**：车上驾牲口的横木。
❾ **鸾**：铃铛。**玱**（qiāng）**玱**：铃声。
❿ **芾**：通“韨”，官服上的纹饰。**皇**：鲜艳耀眼。
⓫ **葱**：绿色。**珩**（héng）：佩玉。
⓬ **戾**：至。
⓭ **爰**：在这里。
⓮ **陈师**：整列队伍。**鞠旅**：告诫士众。
⓯ **渊渊**：鼓声。
⓰ **振**：指挥。**阗**（tián）**阗**：击鼓声。
⓱ **克**：能够。**犹**：谋略。
⓲ **执、获**：俘虏。**讯**：将领。**丑**：士兵。
⓳ **啴**（tān）**啴**：众多。**焞**（tūn）**焞**：盛多的样子。
⓴ **霆**：霹雷。

译文

兵士皆来采苦菜，在那新田采些来，在那初垦田里采。
卿士方叔已到来，三千兵车一行行，训练兵士用盾牌。
方叔带军是统帅，四骐驾车跑得快，骐马四匹多齐整。
大车红色真气派，竹席遮车鱼皮袋，钩膺马勒有皮带。
兵士人人采苦菜，在那新田大地里，在那乡中采摘忙。
卿士方叔已到来，亲领兵车三千辆，各种军旗多鲜亮。
方叔领兵是统帅，毂缠红皮衡雕花，八个鸾铃响叮当。
披上周王加封服，朱红蔽膝多辉煌，葱绿佩玉叮当响。

那只鹞鹰展翅飞，直冲蓝天在翱翔，有时栖息大树上。
卿士方叔已来到，亲带兵车三千辆，兵士持盾训练忙。
方叔率兵上战场，敲钲击鼓很安详，列队誓师把话讲。
显赫方叔有威信，进军击鼓声声响，兵心振奋军容壮。
愚蠢无知那蛮荆，与我大国结仇怨。
想那方叔为元老，谋划一定很谨严。
方叔统帅自有方，俘虏敌军必凯旋。
战车行进响隆隆，隆隆车声不间断，如那雷霆响彻天。
威风凛凛我方叔，曾征玁狁于北边，也能以威服荆蛮。

解读

这是叙述、赞美方叔南征荆蛮的诗歌。周宣王即位时所面临的是他的父亲周厉王给他留下的一个满目疮痍的烂摊子，不仅国内人心丧失，边境上也不得安宁。北方有玁狁，南方有荆蛮，都在虎视眈眈，好在宣王选贤举能，将这些危局都应付了过去，方叔就是众多贤臣中的一位。

与《六月》凯旋班师不同，这首诗歌实际上是一篇战前檄文。全诗四章，前三章极力描写王师军容之盛，气势之强，也写方叔威严赫赫，治军严整，末章辞色俱厉，直奔主题，以浩浩军威震慑蛮荆，令其归服。

这首诗并未像其他战争主题的诗歌一样，集中描写战事的危急、战争的惨烈、战士的疲倦，而是用华美壮丽的辞藻大力烘托王师的强盛和主帅的英武，以达到震慑敌人的效果，军队兵强马壮，军威气势如虹，显示出一往无前、战无不胜的决心和气魄。

诗中所言蛮荆，也就是后来春秋战国时期一直与中原诸侯国斗争角力的楚国。和其他齐、鲁、卫等服膺于周王朝的诸侯国不同，楚国一直以蛮夷自居，也不与周文化圈内的诸侯交善，甚至时不时还有挑衅周王朝权威的举动。在周宣王之前的昭王时期，昭王就因为南征楚国而死于汉水，故此楚国的存在对周王朝来说是一个巨大的威胁。所以春秋时期诸侯能否称霸并得到天下认可，其中一个很重要的因素就是能否压制楚国，齐桓公、晋文公都做到了这一点，所以才受到周天子的册封。

车　攻

我车既攻[1]，我马既同[2]。
四牡庞庞[3]，驾言徂东。
田车既好，四牡孔阜[4]。
东有甫草，驾言行狩。
之子于苗，选徒嚣嚣[5]。
建旐设旄，搏兽于敖[6]。
驾彼四牡，四牡奕奕。
赤芾金舄[7]，会同有绎[8]。
决拾既佽[9]，弓矢既调。
射夫既同[10]，助我举柴[11]。
四黄既驾，两骖不猗。
不失其驰，舍矢如破[12]。
萧萧马鸣，悠悠旆旌。

徒御不惊⑬，大庖不盈⑭。
之子于征，有闻无声。
允矣君子⑮，展也大成⑯。

注释

❶ 攻：牢固。
❷ 同：一样。
❸ 庞（lóng）庞：高大壮健的样子。
❹ 阜：壮大。
❺ 选：通“算”。嚣（áo）嚣：喧嚣。
❻ 敖：敖山，地名。
❼ 赤芾：红色蔽衣。金舄（xì）：金色的鞋子。
❽ 绎：秩序井然。
❾ 决：扳指。拾：护臂。既：已经。佽（cì）：齐全。
❿ 射夫：射手。
⓫ 柴：打死的猎物。
⓬ 舍矢如破：发矢命中，如椎破物。
⓭ 徒：士卒。御：车夫。不：通“丕”，很，十分。惊（jǐng）：通“警”，机警，敏捷。
⓮ 庖：厨房。
⓯ 允：信。
⓰ 展：诚。

译 文

我的猎车皆坚固，我的马匹选配齐。
四匹雄马大而壮，驾车向东去洛邑。
猎车已经准备齐，四匹雄马多肥壮。
洛邑有那圃田草，驾车烧草围猎场。

宣王六月来打猎，选拔猎手声喧哗。
竖起旄旗牦牛尾，敖山野兽我来打。
四匹雄马驾猎车，雄马四匹高又壮。
红色蔽膝金头鞋，诸侯络绎见宣王。
扳指护袖多便利，强弓利箭配直来。
对对射手配合好，帮我将那猎物抬。
四匹黄马来驾车，两匹骖马不外跑。
指挥驱驰他有法，箭箭射出中目标。
猎马鸣叫声萧萧，旌旗众多随风摆。
步卒车夫很机警，厨房遍堆鹿虎豹。
宣王猎罢把京还，只闻车声无喧哗。
确确实实是君子，真真把那大功建。

解读

这是记载周宣王在东都洛阳会盟诸侯并举行田猎的诗歌。古时皇帝举行田猎，大都有军事演习的作用，在非战时保持士卒对军事内容的熟练，以备战时可顺利出征。周宣王中兴，既重文事，又重武备，这一次在东都洛阳举行田猎，隐隐有向天下诸侯显示武力之意。

全诗八章，首章写车马将往东方狩猎，第二、三章点明狩猎地点是圃田和敖山，第四章写诸侯来朝，第五、六两章描述射猎，第七、八章写射猎结束整队收兵，其中以七章中“萧萧马鸣、悠悠旆旌”二句，以动写静，艺术手法高超。

东都洛阳是周王朝为经营东方设立的一个政治中心。

西都镐京是周人的大本营所在地，周人灭商以后，势力向东辐射到今山东沿海一带，周人怕鞭长莫及，失去控制，于是西周初立之时，便在周公旦的主持下营建东都，用以就近控制东方，周宣王此次于东都大会诸侯，亦有这一层用意。

唐代伟大诗人杜甫曾写有诗歌《后出塞》，其中有“落日照大旗，马鸣风萧萧”这样名闻天下的诗句，即是对这首诗中“萧萧马鸣，悠悠旆旌”的化用。杜甫这句诗勾勒出了一幅声色并茂的暮野行军图，他细致描摹了边地傍晚军队行进的情景：日落西山，军旗瑟瑟，战马长鸣，朔风萧萧。夕阳与战旗相辉映，风声与马嘶相交织，仿佛可以让读者随着诗人的笔触亲身去体验那种壮阔悲凉的行军之事。

吉　日

吉日维戊，既伯既祷[1]。
田车既好，四牡孔阜。
升彼大阜，从其群丑[2]。
吉日庚午，既差我马[3]。
兽之所同，麀鹿麌麌[4]。
漆沮之从[5]，天子之所。
瞻彼中原，其祁孔有[6]。
儦儦俟俟[7]，或群或友。
悉率左右，以燕天子[8]。

既张我弓，既挟我矢。
发彼小豝[9]，殪此大兕[10]。
以御宾客，且以酌醴[11]。

注释

❶ **伯**：马的祖先。**祷**：祭祀，祷告。
❷ **从**：追逐。**丑**：指野兽。
❸ **差**：选择。**鹿**：母鹿。
❹ **麌（yǔ）麌**：鹿群聚的样子。
❺ **漆沮**：漆水、沮水。
❻ **祁**：大猎物。
❼ **儦（biāo）儦**：奔跑的样子。**俟（sì）俟**：行走的样子。
❽ **燕**：取悦。
❾ **小豝（bā）**：小母猪。
❿ **殪（yì）**：射死。**兕（sì）**：野牛。
⓫ **醴**：甜酒。

译　文

戊辰之日真吉祥，祭祀之后祭马神。
猎车已经准备好，四匹公马多肥壮。
登上那边大土山，追逐群兽乐洋洋。
庚午也是吉祥日，最好猎马已选得。
找那群兽聚集地，母鹿成群真丰富。
追到漆沮河水边，乃是天子射猎处。
瞻望高原草地广，大兽很多好猎场。
或疾驰来或缓行，三只两只成群跑。
全都赶到王左右，供王尽射好舒畅。

已经拉开我的弓，手持箭杆定方向。

一箭射死小母猪，再射野牛倒草里。

野味进献宾客尝，兕角作杯甜酒香。

解读

这是一首介绍周王田猎的诗歌，本诗是《车攻》的姊妹篇，表现出周王朝强盛的军容、深厚的国力，但《吉日》所写的场面和气象不如《车攻》那样宏大瑰丽。再者《车攻》还反映了周王会盟诸侯的场景，《吉日》仅聚焦于周王田猎之事。

全诗四章，再现了周宣王田猎时选择吉日祭祀马神、野外田猎、满载而归、宴饮群臣的整个过程。首章写田猎之前的准备，次章写田猎之地是漆水流域，第三章写群臣驱赶鹿群至天子处，等待他射箭，第四章极言射猎的顺利。

周宣王于内忧外患之中继承王位，首先摆在他面前的问题就是如何应对频繁袭扰边境的蛮夷。为实现他振兴王朝的宏图大志，他格外重视军事武备，一者震慑诸侯，二者以战练兵，以期可以在沙场上奋勇当先。

《车攻》《吉日》是对天子田猎之乐的描写，对后世的文学创作有深远影响。汉武帝时期著名文学家司马相如曾写过《上林赋》等经典名篇，写天子田猎，辞曰“于是乎背秋涉冬，天子校猎。乘镂象，六玉虬，拖蜺旌，靡云旗，前皮轩，后道游……椎蜚廉，弄獬豸，格虾蛤，铤猛氏，羂騕袅，射封豕。箭不苟害，解脰陷脑，弓不虚发，应声而倒”。此文表现出田猎时猎手们高超的射箭技艺、过硬的军事素养，辞藻华美、文采斐然，一读之下让人血脉偾张，激动不已。

鸿 雁

鸿雁于飞，肃肃其羽[1]。
之子于征[2]，劬劳于野[3]。
爰及矜人[4]，哀此鳏寡[5]。
鸿雁于飞，集于中泽[6]。
之子于垣[7]，百堵皆作[8]。
虽则劬劳，其究安宅[9]。
鸿雁于飞，哀鸣嗷嗷。
维此哲人[10]，谓我劬劳。
维彼愚人，谓我宣骄[11]。

注释

[1] **肃肃**：翅膀飞动的声音。
[2] **之子**：这个人。**征**：出行。
[3] **劬（qú）劳**：辛苦劳累。
[4] **爰**：助词，无实义。**及**：施加。**矜人**：穷苦人。
[5] **鳏寡**：年老无妻叫鳏，年老无夫叫寡。
[6] **中泽**：泽中，水中。
[7] **垣（yuán）**：墙头。
[8] **堵**：墙壁，古时一丈墙叫板，五板叫堵。
[9] **究**：穷。**宅**：居。
[10] **哲人**：明理的人，聪明的人。
[11] **宣骄**：外表骄傲、逞强。

译 文

大雁蓝天群翱翔，奋击双翅肃肃响。
这些流民返故乡，野外辛劳奔波累。
关照这些贫苦人，可怜鳏寡更心伤。
大雁蓝天群翱翔，暂休降落泽中央。
督导流民忙筑墙，许多高墙被筑起。
虽然大家皆劳苦，终究将有安居房。
大雁蓝天群翱翔，嗷嗷哀鸣真凄凉。
只有那些明理人，言我为民操劳忙。
也有那些愚昧人，说我骄奢令民伤。

解读

这是一首无家可归的流民自叙悲苦人生经历的诗歌，百姓离散，流落江湖，四处漂泊而居无定所。作者受尽艰难而无力改变，感叹自己的命运就像天上四散飞去的鸿雁一样，在拼命寻找自己的栖身之所。诗人哀叹自己、怜悯流民，于是写下了这首诗歌。

诗歌共三章，以鸿雁起兴，并借以自喻。作者看到流民漂泊无依，整日过着食不果腹、衣不蔽体、居无定所的生活，怎一个“苦”字了得！诗歌末章“鸿雁于飞，哀鸣嗷嗷”更是读之令人心碎，作者用鸿雁哀鸣以自比，“哀鸿遍野”这一成语也源自这首诗歌。

《诗经》有“饥者歌其食，劳者歌其事”的现实主义传统，其所唱所咏，大多都是生活中亲身经历的慨叹。这类诗歌在《国风》中数量居多，如《伐檀》《硕鼠》等诗，大都宣泄了自己对现实生活的不满和哀伤,《鸿雁》一诗也有这样的特征。

在饥荒或战争年代，灾难来临时首当其冲的就是底层百姓，他们没有权势可以倚仗，没有基业可以固守，只能任由命运蹂躏。在命运的捉弄下，他们可能要流落他乡，可能要寄人篱下，甚至可能朝不保夕，这些苦难都可能在不经意间降临。在文学史上也有很多反映民生疾苦的诗篇，比如东汉末年著名诗人陈琳所作《饮马长城窟行》，诗曰“生男慎莫举，生女哺用脯。君独不见长城下，死人骸骨相撑拄”，就深刻地反映了底层民众悲惨的命运。

庭　燎

夜如何其?
夜未央[1]，庭燎之光[2]。
君子至止，鸾声将将。
夜如何其?
夜未艾[3]，庭燎晣晣[4]。
君子至止，鸾声哕哕。
夜如何其?
夜乡晨[5]，庭燎有辉。
君子至止，言观其旂[6]。

注释

[1] 央：尽，完。

❷ 庭燎：庭中用以照明的火把。
❸ 艾：止，尽。
❹ 晢晢：明亮的样子。
❺ 乡（xiàng）：同“向”，趋于，倾向。
❻ 旂（qí）：古代九旗之一，上绘有蛟龙，杆头有铃。

译 文

夜色已到啥时候？
时间还未到天明，庭中火炬火焰浓。
诸侯高官至朝廷，鸾铃锵锵声声鸣。
夜色已到啥时候？
夜色还未全退却，庭中火炬明晃晃。
诸侯高官至朝堂，唯闻铃声叮当响。
夜色已到啥时候？
时间已经近破晓，庭中火炬昭昭明。
诸侯高官至朝廷，已见龙旗风中影。

解读

这是表现周宣王勤于政务、不辞辛苦的诗歌。第二天有诸侯来朝，当天晚上周宣王为此无法入睡，多次向身边的侍从询问时辰，好让自己对第二天的朝会有所准备。通过这凌晨失眠的细节表现出周宣王的勤政，这样的表达方式较为含蓄，这种敬业精神也间接为宣王中兴做了铺垫。

诗歌按照时间递进的顺序，依次写了“夜未央”“夜未艾”“夜乡晨”等三个时间点的景象，在这不同时段内，宫廷中燃烧着的火炬所发出的亮光也是不尽相同的。通过这样的递进顺序，反映出周宣王急于临朝、勤于政事的迫切心情。

这首诗着重刻画周宣王临朝之前的状态和情景，周宣王因为要会见诸侯而夜不能寐，可见其对于军国大事的积极态度，一个勤政敬业的君王形象就这样浮现在读者面前，诗歌采用以小见大的方式为读者理解“宣王中兴”提供了一个独特的视角。

周宣王这种勤于政事、孜孜不倦的精神为他创立中兴伟业奠定了良好的基础，因此也受到后世史家的赞扬。勤政忘我的君主向来会受到世人的称道，比如世人所熟知的明太祖朱元璋，他就是一个典型的工作狂，据说他每天批阅 200 多份奏疏，处理 400 多件公务，这种惊人的工作效率在历史上的皇帝当中是罕见的。清代的雍正皇帝，比起朱元璋来更是有过之而无不及，据说他每天只睡两个时辰，其余时间全部都在办公，这两位皇帝的勤政也确实为国家的兴旺和富强打下了坚实的基础。

沔　水

沔彼流水❶，朝宗于海❷。
鴥彼飞隼❸，载飞载止。
嗟我兄弟，邦人诸友。
莫肯念乱❹，谁无父母？
沔彼流水，其流汤汤❺。
鴥彼飞隼，载飞载扬。

念彼不迹[6]，载起载行。
心之忧矣，不可弭忘[7]。
鴥彼飞隼，率彼中陵[8]。
民之讹言[9]，宁莫之惩[10]？
我友敬矣[11]，谗言其兴。

注释

1 沔（miǎn）：水流满的样子。
2 朝宗：诸侯朝见天子，这里指百川入海。
3 鴥（yù）：鸟疾飞的样子。
4 念：忧心，挂念。乱：动荡混乱。
5 汤（shāng）汤：水势盛大的样子。
6 不迹：不轨的事。
7 弭：止息，停止。
8 陵：大土山。
9 讹（é）言：说假话。
10 惩：禁止。
11 敬：同“儆”，警惕。

译文

盈盈河水朝东流，归向大海不回头。
隼鸟展翅飞腾急，或飞或止终不休。
可叹同姓诸兄弟，还有异姓众宾朋。
没谁肯于止祸乱，都有父母能无忧？
盈盈江水朝东流，浩浩汤汤奔海洋。
隼鸟奋翅向蓝天，越飞越高任翱翔。
想起越轨不法人，此起彼伏真乱忙。

我的心中好忧伤，紧紧缠身不消亡。
隼鸟疾飞蓝天上，沿着山陵任飞扬。
百姓当中有谣言，为何不能止诽谤？
我的朋友要警惕，谗言将会流四方。

解读

这是因忧谗畏讥而劝诫朋友的诗歌。在朝堂之上忠言和谗言并存，忠言可以安邦定国，谗言则会误君误国。政治清明的时候流言蜚语大多无所遁形，但遭逢乱世变局，就再难压制住谗言对忠臣的中伤了。这首诗歌就反映了流言四起之时诗人所产生的忧患意识。

全诗三章，首章写诗人对当权者不制止祸乱深表叹息，次章写诗人对扰乱法度的人和事感到忧虑，卒章写没有人阻止谣言的散播，诗人因此劝告友人应自警自持，防止为谗言所伤。

《诗经》中有大量使用比兴手法的诗歌，但像《沔水》这样连续两组比兴的句子，还比较少见。首章以流水朝宗于海，飞鸟有所止息暗喻诗人的处境不如水和鸟。次章以流水浩荡、鸟飞不止写诗人忧心忡忡、坐立不安。

在政治斗争中，流言杀人远比刀剑杀人更让人心惊胆寒。古往今来，多少仁人志士、忠臣良将不是死于与外敌的斗争，而是死于自己人的谗言。比如秦朝名将蒙恬，忠心耿耿地为大秦守卫长城要塞，“却匈奴七百余里”，功勋卓著，却因为秦二世听信宦官赵高的谗言，被夺权赐死；再如明末名将袁崇焕，为大明朝守卫辽东，将满清铁骑阻于山海关之外，甚至一代枭雄努尔哈赤都在他手下折戟沉沙，但如此忠臣最终依然因流言蜚语而死。蒙、袁二位将军一死，他们所守护的王朝也日薄西山，自取灭亡了。

鹤 鸣

鹤鸣于九皋[1]，声闻于野。
鱼潜在渊，或在于渚[2]。
乐彼之园，爰有树檀[3]，其下维萚[4]。
它山之石[5]，可以为错[6]。
鹤鸣于九皋，声闻于天。
鱼在于渚，或潜在渊。
乐彼之园，爰有树檀，其下维榖[7]。
它山之石，可以攻玉[8]。

注释

❶ **九皋**：曲折深远的沼泽。**皋**（gāo）：沼泽。
❷ **渚**（zhǔ）：水中的小块陆地。
❸ **爰**：语气助词，没有实义。**檀**：紫檀树。
❹ **萚**（tuò）：落下的树叶或皮。
❺ **它**：别的，其他。
❻ **错**：磨玉的石块。
❼ **榖**：楮树。
❽ **攻**：打磨制作。

译 文

仙鹤鸣叫沼泽间，鸣声郊外能闻见。

鱼儿潜伏在深渊，有的游荡沙滩边。
我爱那些美林园，檀树生长上参天，树下落叶松又软。
别的山上有美石，用作磨石可琢玉。
仙鹤鸣叫沼泽间，叫声天上听得见。
鱼儿潜伏在深渊，有的游到沙滩边。
我爱那些美林园，檀树生长上参天，树下楮树连成片。
别的山上有美石，可以用它来磨玉。

解读

这是启迪君王招揽贤才为国所用的诗歌。古人解读这首诗歌，认为它是诗人劝诫周宣王广纳贤士的作品。史载，周宣王时代文臣武将人才济济，如召伯虎、尹吉甫等人，均是彪炳史册的名臣，也正因为有这么多贤臣名将的辅佐，周宣王才能开创中兴伟业。

这首诗通篇采用比喻的修辞手法，用白鹤、池鱼、檀树、它山之石等物，比喻贤者名士，作者之所以这般描写，是想通过一连串的比喻激起君王的求贤之意。此外，这首诗中的“鹤鸣九皋，声闻于天”“它山之石，可以攻玉”都是脍炙人口的名言警句。

除招贤引才的诗旨以外，也有学者认为《鹤鸣》就是一首简单的即景抒情的诗歌。从听觉到视觉，从远景到近景，构成了一幅清新别致的风景图，这幅画有声有色、有情有景，充满了诗意，那种美景也令人产生无限遐想。

“它山之石，可以攻玉”，选拔贤才，确实需要不拘一格，倘若墨守成规，拘泥于出身、年龄或其他因素，那样不知会流失多少人才。周文王渭水寻访太公，不因他年迈而废弃；齐桓公抛却个人恩怨而得管仲辅佐，不因他曾经对自己不恭而愤恨；刘备三顾茅庐请得诸葛亮出山，不因他无尺寸之功而轻慢。这三位明主，都有不同于常人的胆魄和见识，才能如此选贤举能。正所谓千里马常有而伯乐不常有，周文王、齐桓公、刘备等人，可以说是真正的伯乐了。

祈父

祈父！予王之爪牙。
胡转予于恤[1]？靡所止居。
祈父！予王之爪士。
胡转予于恤？靡所氐止[2]。
祈父！亶不聪[3]。
胡转予于恤？有母之尸饔[4]。

注释

1 恤：忧。
2 氐（dǐ）：“柢”的古字。根本。
3 亶（dǎn）：诚。
4 尸：主持。饔（yōng）：熟食。

译文

卫边主管是司马！我是君王的亲信。
为何陷我于忧患？使我无处来为家。

卫边主管是司马！我是君王的心腹。
为何陷我于忧患？使我无处来歇息。
卫边主管是司马！你好昏庸耳不聪。
为何陷我于忧患？母自做饭理不通。

解读

这是守卫王宫的卫士指责祈父的诗歌。祈父，是周代的官名，又称司马，是掌管戍边部队的将领，周代边患频繁，所以在边防保卫上格外重视，在兵员稀缺、无法有效轮岗的情况下，祈父只能调王宫卫士去戍守边关，他这样的做法引起了卫士的反感和抵触，所以作诗以怨刺。

诗歌采用借代的修辞手法，开篇即表明了自己的身份，自己是守卫王宫的卫士，职责是保护天子，但祈父却将自己从生活优渥的环境调到杀声阵阵、条件艰苦的边境去，使得自己没有了安身立命之所，甚至父母都无法照料，怨气冲天，如是而已。

史载，周人一直在和狎狁、荆蛮等异族部落进行军事斗争，在兵员稀缺不能及时轮岗的情况下，为国防安全考虑，所以抽调王宫卫士去充实边防力量，这对长期养尊处优的卫士来说，无疑是从天堂到地狱的转变，故而牢骚满腹，指责司马。

边境苦寒，条件艰辛，所以戍边将士另有一番坚韧和顽强。远自周代以来，中原王朝一直重视边防建设，国家能富强安康，离不开戍边将士的无私奉献，他们在遥远的国境线上日复一日地坚守，为边防安全贡献了青春年华，有的甚至还献出了宝贵的生命。他们在“瀚海阑干百丈冰，愁云惨淡万里凝”的严酷环境中默默坚守，用“黄沙百战穿金甲，不破楼兰终不还”的锐气捍卫着国家的安宁。

白驹

皎皎白驹[1]，食我场苗。
絷之维之[2]，以永今朝[3]。
所谓伊人，于焉逍遥[4]？
皎皎白驹，食我场藿[5]。
絷之维之，以永今夕。
所谓伊人，于焉嘉客？
皎皎白驹，贲然来思[6]。
尔公尔侯？逸豫无期[7]。
慎尔优游[8]，勉尔遁思[9]。
皎皎白驹，在彼空谷[10]。
生刍一束[11]，其人如玉。
毋金玉尔音[12]，而有遐心[13]。

注释

❶ **皎皎**：洁白，光明。这里指马皮毛发光。
❷ **絷**（zhí）：绊。**维**：拴。
❸ **永**：度过。
❹ **焉**：犹言此，在这儿。
❺ **藿**：豆叶。
❻ **贲**（bì）**然**：华美的样子。**来**：来到这里。**思**：句末语气词。
❼ **逸豫**：安乐。

❽ **慎**：小心，珍惜。
❾ **勉**：通免，打消。**遁**：逃离。**思**：想法。
❿ **空谷**：深谷。
⓫ **刍**：喂牲口的草。
⓬ **音**：信。
⓭ **遐**：远。

译　文

洁白光亮小马驹，于我园里吃菜苗。
绊起马足系马缰，延长相聚时光好。
殷勤想念我好友，这儿任你来逍遥？
洁白光亮小马驹，于我菜园把藿尝。
绊起马足系马缰，延长相会好时光。
殷勤想念你这人，什么地方尽欢畅？
洁白光亮小马驹，友人驱马跑得快。
你是公来你是侯？安闲愉快无限期。

▶ **白驹**

皎洁的白马驻足在青苗场，灯光莹莹照亮美酒与佳肴，与友人把酒言欢、秉烛夜谈，无疑是人间难得的美事。彼此分别后，用一束青草，再次等待那像玉一样美好的人，又有什么不可以呢？王勃在写那句人们广为传颂的名句“海内存知己，天涯若比邻”时，应是一样的心情吧。

悠闲逸乐要谨慎，消除遁世的心思。
洁白光亮小马驹，在那山谷幽深处。
青青牧草捆一束，我的友人像美玉。
莫把音信当金玉，且莫存心远离去。

解读

这是描写主人在宴会之后与客人依依惜别、不忍分离的诗歌。诗人的朋友骑着翩翩白马从远方赶来，和诗人把酒问月、秉烛夜谈，二人只恨相聚时间太短，无法酣畅淋漓地指点江山、激扬文字。在和朋友临别之际，诗人甚至想留下他的白马来挽留他，但不得已只能与朋友依依惜别，于是作诗以记之。

诗歌主题虽然是留客惜别，但却聚焦于客人所骑的白驹，以它引出诗人的惜别之情。全诗四章可以分为两层，前三章为第一层，写客人尚未离去之时主人拼命挽留，只想和客人再多一点相处的时间；末章为第二层，写客人已去，诗人深觉遗憾，只有无尽的怀念，期待朋友早点回来。

据《汉书》记载，西汉末年与王莽同时代有个奇人叫陈遵，这个人行为洒脱，待友真诚，有一次与客人相会，当客人要走的时候，陈遵将客人车上的辖（插在轴端孔内的车键，使轮不脱落）投于井中，使车不能行走，借此把客人留住，这与诗中主人拴马留客的方式异曲同工。

中华民族一直有热情好客的优良传统，时至今日仍然如此，客人来访主人必然盛情款待，以尽地主之谊。文学史上也有很多友人惜别的诗歌，如唐代著名诗人王勃有“海内存知己，天涯若比邻”之叹，李白有“桃花潭水深千尺，不及汪伦送我情”之感，王维有“劝君更尽一杯酒，西出阳关无故人”的依依惜别之意，还有“春草明年绿，王孙归不归”的期待等等。这些诗篇情深意切，令人感动！

黄　鸟

黄鸟黄鸟，无集于穀[1]，无啄我粟。
此邦之人，不我肯穀。
言旋言归，复我邦族[2]。
黄鸟黄鸟，无集于桑，无啄我粱。
此邦之人，不可与明[3]。
言旋言归，复我诸兄。
黄鸟黄鸟，无集于栩，无啄我黍。
此邦之人，不可与处。
言旋言归，复我诸父。

注释

1. 穀：楮树。
2. 复：返。
3. 明（méng）：通“盟”，缔结盟约。

译　文

黄雀黄雀听我言，莫要栖息楮树上，莫要啄食我的粟。

这个国家统治者，不肯把我来供养。
回家去呀回家去，快点返回至故乡。
黄雀黄雀听我说，莫要栖止桑树上，莫要啄食我高粱。
这个国家统治者，莫定信约受他诳。
回家去呀回家去，回到诸兄的身旁。
黄雀黄雀听我说，莫要栖息在柞树，不要啄食我的黍。
这个国家统治者，不能和他来相处。
回家去呀回家去，投靠伯父和叔父。

解读

《小雅》中的《黄鸟》是一首思乡的小诗，黄鸟，就是黄雀，这种鸟在那个时代并不被人喜欢，它或者代表悲伤，或者代表被欺凌，总有一种负面的情绪。这首诗大约出自周代末年，那是一个礼崩乐坏的时代，战乱连连，人民流离失所，不得不背井离乡，所以就有了这首诗。在粮食珍贵的农耕时代，黄鸟偷粮，是惹人愤怒的事情，但一只黄雀并不足以激起百姓这么大的怨念，真正让他们心灰意冷的，是当地人对外乡人的排挤和欺凌，黄鸟只是个比喻而已。后世有人说，《黄鸟》和《硕鼠》构成了那时现实生活的两面镜子，家园有硕鼠，他乡有黄鸟，想找一片净土太难了。

这又是一篇第一人称的诗歌，一唱三叹，带着愤怒、不甘和抱怨。三段的开始都用黄鸟起兴，开头就埋怨麻雀，不要落在我的树上！不要吃我的粮食！“无集于榖，无啄我粟”，两个无是“不要”的意思，不止是有埋怨，还带着厌恶感，甚至是有勒令的口吻。接下来，“此邦之人”带着严重的地域感和疏离感，这个地方的人怎样不给我活路、怎样不容我、怎样不好相处，一层层地例数下来，生活的艰辛，漂泊的痛苦，一层层地跟着剥落了下来。因为这样，所以“言旋言归”，旋和归都是回归的意思，这个时候想到的就是回到家乡去，回到亲人的身边去。思归之心，显露无遗。

如果读者把《黄鸟》和《硕鼠》连在一起看，会不会觉得《黄鸟》更为绝望？《硕鼠》虽然也有痛心疾首的斥责，但还向往一种远方的、和乐的田园生活，这是人们的一种期待，是一种尚有希望的生活；而《黄鸟》则是希望的破灭，人们想回家乡，必然是对此地感到绝望，但如果家乡可以安身立命，又有谁愿意背井离乡呢？所以，相较之下，《黄鸟》的悲伤和无望，更胜一筹。

在几千年的农耕时代中，如果不是因为战乱或者大的气候变化，绝大多数人几乎是不会离开家乡的。在那个年代，离乡成了一件人生大事，所以，在中国诗歌中，有一种意象叫作“故乡”。故土难离，是中国人在几千年的农耕文明中沉淀下来的基因。为此，历代的诗人为后世留下了无数的“思乡诗”。随着时代的发展，人们的生活圈越来越大，北方人南下打工，南方人北上创业，小城市的人一批一批地涌向一线城市，这已经成了一种常态。在前程、金钱的诱惑之下，“思乡”这件事儿好像开始变得微不足道。人们不再写诗，甚至在年节的时候，也未必会发一条表达“思乡”情绪的朋友圈。然而几乎所有大城市都会有让人趋之若鹜的地方美食小店，大家会评论是否和自己家乡的味道一样，这也许就是这个时代的思乡方式。我们在觉得付出和收获不成正比的时候、承受委屈的时候，也许也会和这首《黄鸟》一样，想到回家乡去，但是，绝大多数人最终还是选择留下来。有句话说：故乡安置不了肉身，他乡容不下灵魂。这也许就是当下的《黄鸟》。

我行其野

我行其野[1]，蔽芾其樗[2]。
昏姻之故，言就尔居。
尔不我畜[3]，复我邦家[4]。
我行其野，言采其蓫。
昏姻之故，言就尔宿。
尔不我畜，言归斯复。
我行其野，言采其葍。
不思旧姻[5]，求尔新特[6]。
成不以富[7]，亦祇以异。

注释

1 **行**：徘徊。
2 **蔽芾**：繁盛的样子。**樗**（chū）：臭椿树。
3 **畜**：扶养。
4 **复**：返回。
5 **思**：想。**旧姻**：原先的婚约。
6 **特**：配偶。
7 **成**：诚，实在。**以**：凭借。**富**：富裕。

译　文

我在郊外独自行，臭椿枝叶多茂盛。
由于和你有婚约，和你同居把婚成。
如今你不把我爱，返回故乡赶路程。
我在郊外独自行，采羊蹄菜充饥肠。
由于和你有婚约，和你同宿配成双。
如今你不把我爱，返回家乡赶路忙。
我在郊外独自行，采些葍根充饥肠。
你心不思旧恩情，追求新妇喜洋洋。
若非因为她家富，爱心转移全变样。

解读

这是一首远嫁他乡又被抛弃的妇女所作的诗歌。诗人大概是一位劳动妇女，她走在郊野上，遇到田野中长着茂盛的臭椿树，还有僻蓝等恶草，联想到自己远嫁他乡却遇人不淑，心中不胜悲伤。作者以遇到恶木、恶草象征遇到恶人，一番慨叹之下而作此诗以抒情。

这首诗共三章，每章的前二句都是同一个画面的反复再现，描绘出一个人在原野上踽踽独行、孤苦无依的情景，其后四句则是对所描绘画面的深化。在全诗三章的反复咏唱之中，人物情绪也随之不断变化，诗歌所要表达的思想情感也在逐渐澎湃。

在男尊女卑的封建社会当中，在“三从四德”等封建思想的束缚之下，女性的社会地位特别不受尊重，一旦被夫家抛弃，女性就再难有安身立命之所，只能像诗中这位可怜的弃妇一样漂泊无定。诗歌读起来让人倍觉辛酸。

唐代诗人杜甫诗作《佳人》中所描写的女子形象，与《氓》之弃妇有异曲同工之妙。诗曰：“世情恶衰歇，万事随转烛。夫婿轻薄儿，新人已如玉。合昏尚知时，鸳鸯不独宿。但见新人笑，那闻旧人哭。”在弃妇眼中，人情世故就跟随风飘动的烛光一样，昔日的海誓山盟又如何能经得起人性的诡变？在物欲横流、人心思变的快餐时代，对待婚姻和爱情，我们更应该保持一种审慎理性的态度。

斯干

秩秩斯干，幽幽南山[1]。
如竹苞矣，如松茂矣。
兄及弟矣，式相好矣[2]，无相犹矣[3]。
似续妣祖[4]，筑室百堵，西南其户。
爰居爰处[5]，爰笑爰语。
约之阁阁[6]，椓之橐橐[7]。
风雨攸除[8]，鸟鼠攸去，君子攸芋[9]。
如跂斯翼[10]，如矢斯棘[11]，
如鸟斯革[12]，如翚斯飞[13]，君子攸跻[14]。
殖殖其庭[15]，有觉其楹[16]。
哙哙其正[17]，哕哕其冥[18]。君子攸宁。
下莞上簟[19]，乃安斯寝。
乃寝乃兴，乃占我梦[20]。吉梦维何？

维熊维罴，维虺维蛇。
大人占之：
维熊维罴，男子之祥；
维虺维蛇，女子之祥。
乃生男子，载寝之床，
载衣之裳，载弄之璋[21]。
其泣喤喤，朱芾斯皇，室家君王。
乃生女子，载寝之地。
载衣之裼[22]，载弄之瓦[23]。
无非无仪，唯酒食是议，无父母诒罹[24]。

注释

1 **幽幽**：深远的样子。
2 **式**：助词，表示劝诱。
3 **无**：不要。**犹**：计谋，算计。
4 **似续**：继承。**妣**（bǐ）**祖**：祖先。
5 **爰**：在这里。
6 **约**：束。**阁阁**：牢固。
7 **椓**（zhuó）：击。**橐**（tuó）**橐**：敲击的声音。
8 **攸**：语气助词，无实义。
9 **芋**（yǔ）：通“宇”指居住。
10 **跂**（qǐ）：踮起脚。**斯**：结构助词，相当于“的”。**翼**：严肃齐整的样子。
11 **矢**：箭。**棘**：屋角。
12 **革**：翅膀。**翚**（huī）：野鸡。
13 **飞**：飞翔。
14 **跻**：登。
15 **殖殖**：平正。
16 **觉**：高大直立。**楹**：柱子。
17 **哙**（kuài）**哙**：宽敞，透亮。**正**：白天。

⑱ 哕（huì）哕：幽暗宁静。冥：黑夜。
⑲ 莞：草席。簟（diàn）：竹席。
⑳ 占：占卜。
㉑ 弄：把玩。璋：玉制的礼器。
㉒ 裼（tì）：婴儿的包被。
㉓ 瓦：古代纺线的纺锤，这里指将来纺线主持家务。
㉔ 诒（yí）：留下，遗留。罹：祸患。

译 文

山涧之水慢流淌，隐隐幽深终南山。
看那竹子一丛丛，松树茂盛在山间。
周王兄弟来相处，和睦友好都相安，彼此从不相欺骗。
继承先祖大事业，筑起宫室几百间，西面南面修宫门。
周家子孙把家搬，说说笑笑皆欢喜。
捆绑筑板格格响，橐橐夯泥实墙土。
从此不怕风与雨，鸟害鼠患全消除，周王一家有新居。
宫高如人跷脚站，墙角如箭棱分明，
屋宇如鸟张翅膀，好像野鸡展翅翔，周王家庭登新堂。
庭院平坦又宽阔，楹柱直立而高扬。
白天堂内真明亮，黑夜幽暗多深广，周王安居心舒畅。
竹席铺在蒲席上，安然舒适将就寝。
睡下起来都欢畅，占卜梦兆定吉祥。吉祥之梦乃何物？
是熊是罴多勇壮，是虺是蛇模样柔。
太卜详把梦兆讲：
梦乡之中有熊罴，预示生男有吉祥；
梦乡之中有虺蛇，预示生女有吉祥。

若是夫人生男孩，叫他睡在高床上，
给他穿上那下裳，让他玩弄那玉璋。
他的哭声真洪亮，系上红芾多辉煌，长大定是周家王。
若是夫人生女娃，叫她睡在那地上。
包她要用那褯褓，摆弄纺锤莫遗忘。
不违公婆无邪僻，只是做饭家务忙，别给父母添忧伤。

解读

这是一首歌颂周宣王宫殿竣工的诗歌。周宣王即位后内和宗亲，外御强敌，在文武百官的辅佐之下，逐步推行新政，弥补他的父亲周厉王给国家带来的严重创伤。在中兴事业蒸蒸日上之后，自然免不了要将过去在“国人暴动”当中被损毁的宫室翻修，以此凸显出王朝的新气象。

这首诗歌共九章，从内容上而言可分两部分。一至五章主要就宫室本身的建造和结构大肆描摹并进行赞美；六至九章，则是对宫室主人的祝愿和歌颂。这座宫殿选址恰当，依山傍水，还有松竹环绕，清幽雅致，无疑是一处人间胜景，如此也才能配得上周宣王至尊无上的地位。

诗人从大略至具体、由远视到近观、由室外到室内，逐步展现宫殿面貌。跟随诗人的笔触，好像看着一架摄影机似的，随着观察点和镜头焦距的推移，宫殿的内外景观逐渐浮现在读者面前，使得读者对宫殿全貌有了一个完整而清晰的认识。

在中华民族的民俗当中，无论是房屋翻修，抑或是乔迁新居，无疑都是一件值得隆重庆贺的事情。大到国家宫殿，小到家庭房屋，在这样特殊的时刻，主人家一定会摆酒设宴，邀请四方宾朋来家中做客，为新房子增添人气和喜气，来赴宴的客人，也会为主人送上诚挚的祝福。在这样的场面中，房屋张灯结彩，屋内宾朋满座，堂前载歌载舞，展现在我们面前的是一副喜气洋洋、热闹欢腾的景象。平安福地，吉庆人家，新居落成，诸事祥和！美好的生活就从这一间新房子开始了。

无羊

谁谓尔无羊？三百维群。
谁谓尔无牛？九十其犉[1]。
尔羊来思，其角濈濈[2]。
尔牛来思，其耳湿湿[3]。
或降于阿[4]，或饮于池，或寝或讹[5]。
尔牧来思，何蓑何笠[6]，或负其餱[7]。
三十维物，尔牲则具。
尔牧来思，以薪以蒸[8]，以雌以雄。
尔羊来思，矜矜兢兢[9]，不骞不崩[10]。
麾之以肱[11]，毕来既升[12]。
牧人乃梦，众维鱼矣[13]，旐维旟矣[14]，
大人占之：众维鱼矣，实维丰年；
旐维旟矣，室家溱溱[15]。

注释

❶ 犉（rún）：嘴唇是黑色的黄牛。
❷ 濈（jí）濈：聚集在一起的样子。
❸ 湿湿：耳朵摇动的样子。
❹ 阿（ē）：山坳。
❺ 讹：动。
❻ 何：同“荷”，披戴。
❼ 餱：干粮。物：颜色。
❽ 薪：粗柴。蒸：细柴。
❾ 矜矜兢兢：强壮的样子。
❿ 骞：身体亏损。崩：集体生病。
⓫ 麾：同“挥”。肱：手臂。
⓬ 升：登上，这里指入圈。
⓭ 众：指蝗虫。
⓮ 旐（zhào）：龟蛇旗。旟（yú）：鸟隼旗。
⓯ 溱（zhēn）溱：子孙众多。

译　文

谁说你家没有羊？一群足有三百只。
谁说你家没有牛？唇黑黄牛九十只。
你的群羊回家来，互相聚拢角相依。
你的群牛回家来，两耳摇动不停止。
有的牛羊走下山，有的饮水在池边，或睡或醒尽情玩。
你的牧人走回来，披蓑戴笠未得闲，干粮口袋背在肩。
牛羊毛色种类多，祭祀用牲皆齐全。
你的牧人收工回，粗柴细柴全割取，兼猎雌雄禽兽多。
你的群羊奔回家，争先恐后谨慎行，走得平稳不散落。
牧人挥手来指引，群羊进栏真是多。

牧人夜晚入梦乡，梦见蝗虫变作鱼，旐旗众多还有旟，
太卜占卦把梦解：蝗虫忽然变成鱼，定是丰年必富裕；
旐旗旟旗都很多，子孙众多相传续。

解读

这是一首赞颂王朝牲畜繁盛的诗歌。周人以农业立国，农业发展和畜牧业也密切联系在一起，所以周人也格外重视畜牧业。在农耕社会当中，耕牛是重要的劳动力，能替代人力做很多事情，此外，牛羊等也是重要的祭祀用品，所以诗人热情赞美王朝发达的畜牧业。

这首诗歌总共四章，首章言统治者所拥有的牛羊数量之多，次章写牛羊的动态以及牧人放牧牛羊时的娴熟方法，三章写日落西山，牧人驱赶着牛羊归来，卒章写牧人的梦境以及梦醒之后的占卜。

卒章所写的牧人做梦特别有趣，梦到好多鱼和好多旗帜，占卜之人解梦说这意味着来年必是一个丰收之年，并且还会子孙兴旺。俗话说，日有所思、夜有所梦，这些美好的愿望想必牧人也在时常思考，因此才有如此美梦。

在农业社会当中，农民一直将五谷丰登、六畜兴旺视为美好生活的象征，可见在农民心中，畜牧业和农业有着同等重要的地位。牧人看着漫山遍野的牛羊，有时候会在旷野上引吭高歌，有时候会哼着小曲，牛羊在歌声中饮水吃草，那是何等的幸福和惬意。牧童坐在树荫下，“草铺横野六七里，笛弄晚风三四声”，笛声悠扬，晚风拂面，若是游人“借问酒家何处有”，牧童则遥遥挥手示意，指向远处悬挂着旗子的杏花村。

节南山

节彼南山，维石岩岩。
赫赫师尹，民具尔瞻[1]。
忧心如惔[2]，不敢戏谈。
国既卒斩[3]，何用不监[4]？
节彼南山，有实其猗。
赫赫师尹，不平谓何！
天方荐瘥[5]，丧乱弘多。
民言无嘉，憯莫惩嗟[6]。
尹氏大师，维周之氐[7]，
秉国之均[8]，四方是维[9]。
天子是毗[10]，俾民不迷[11]。
不吊昊天[12]，不宜空我师[13]！
弗躬弗亲，庶民弗信。
弗问弗仕，勿罔君子[14]。
式夷式已，无小人殆[15]。
琐琐姻亚[16]，则无朊仕[17]。
昊天不佣，降此鞠讻[18]！
昊天不惠，降此大戾[19]！
君子如届[20]，俾民心阕[21]。
君子如夷，恶怒是违。

不吊昊天，乱靡有定。
式月斯生，俾民不宁！
忧心如酲，谁秉国成？
不自为政，卒劳百姓。
驾彼四牡，四牡项领。
我瞻四方，蹙蹙靡所骋！
方茂尔恶，相尔矛矣。
既夷既怿[22]，如相酬矣[23]。
昊天不平，我王不宁！
不惩其心，覆怨其正。
家父作诵[24]，以究王讻[25]。
式讹尔心，以畜万邦。

注释

❶ **具**：俱。
❷ **惔**：火烧。
❸ **卒**：尽。**斩**：灭绝。
❹ **何用**：为什么。**监**：察。
❺ **方**：正。**荐**：反复，不断。**瘥**（cuó）：疫病，灾难。
❻ **憯**（cǎn）：竟然，居然。**惩**：悔过自新。**嗟**：语末助词。
❼ **周**：周朝。**氐**：根本。
❽ **秉**：掌握。**均**：国家大权。
❾ **维**：维系。
❿ **毗**：辅佐。
⓫ **俾**：以便，使。**民**：百姓。**迷**：失去方向。
⓬ **不吊**：不辨是非，不好。**昊天**：上天。
⓭ **空**：使贫穷。**师**：群众，百姓。
⓮ **罔**：欺骗，迷惑。

⑮ **殆**：陷入困境、危险。
⑯ **琐琐**：小的样子。**姻亚**：裙带关系。
⑰ **朊**（wǔ）：优越，厚实。**仕**：当官。
⑱ **鞫**：极，穷。**讻**：凶，祸乱。
⑲ **戾**：灾祸。
⑳ **届**：极，止。
㉑ **阕**：止息。
㉒ **怿**：喜悦。
㉓ **酬**：反复无常。
㉔ **作诵**：作诗讽刺。
㉕ **究**：追究。**王**：周王朝。**讻**：凶手。**讹**：变化。

译　文

看那高峻终南山，岩石累累堆山间。
声势赫赫尹太师，百姓全都将你看。
人们心忧似火烧，不敢随意来笑谈。
国家将要都灭亡，为何你还不察看？
看那高高终南山，它的山坡宽又宽。
威风显赫太师尹，执政不公因哪般！
上天正在降灾难，人民死亡多动乱。
百姓无人讲好话，你不警戒却心安。
尹氏本是太师官，周家支柱你承担。
治国重任担在肩，靠你维持天下安。
天子需你来辅佐，民不迷惑你指点。
心不善良老天爷，不应让民受苦难！
政事从不亲自抓，百姓不信太师官。
不过问来不察看，各级官吏遭欺骗。

除不平啊罢奸官，莫使百姓遭祸患。
庸碌无能众亲戚，切莫使他当高官。
上天非常不善良，降给百姓大祸乱！
上天实在不仁义，降给百姓大灾难！
太师喜欢动诛杀，民心叛离国不安。
太师处事能公平，百姓怨怒能消散。
心不善良老天爷，总使祸乱不消停。
竟然摧残众生灵，让那万民不安宁。
我心忧愁如醉酒，究竟是谁掌权柄？
君王不肯亲执政，百姓劳苦无安生。
套车驾起四公马，马肥颈粗赶路程。
放眼四方我眺望，甚感局促难驰骋！
对待仇人心憎恨，凝视利矛欲逞凶。
忽又面露和悦色，酒杯频传将礼行。
上天不肯降太平，让我周王不安宁！
尹氏不改邪恶心，反怨众人多批评。
家父我作这首诗，追究尹氏大罪行。
改变你的邪僻心，治理天下享太平。

解读

在《诗经》中，歌颂美好和表达不满的诗都很多，这一首诗就是作者在表达对执政者的不满。南山，是指终南山，“节”是个形容词，高耸巍峨的意思，可见这是一首以山起兴来抨击当权者的诗歌。历代研究者对这首诗的作者均没有争议，但却对他的抨击对象充满争议，一部分人说这是针对当时的君王周幽王的，还有人说这是针对当时的权臣“师尹”的。直到近代，王国维站出来说：这“师尹”根本就不是一个人，而是指掌管兵权的大师和管理文史的尹氏，这根本指的就是满朝文武。如果用当下的语言来说：作者指责的是当时的整个官僚集团。

《节南山》全诗很长，里面包含着叙事，写景，议论，抒情，洋洋洒洒一大篇，却一气呵成，有理有据，类似的风格，会让很多人想起《讨武氏檄》。即便不看内容，单纯从格式上看，我们也能看得出这首诗分三部分。第一部分是《诗经》里常规的写法，以终南山起兴，感叹高山不平，“赫赫师尹，不平谓何”，这是在质问堂堂权臣，怎么如此不公？第二部分开始，诗人的情绪更激烈了，用了整整四章来质问当政的权臣，而且是用排比句的形式：你为什么不能让我们过上好日子？你为什么要任用裙带姻亲？你为什么惹得上天降下灾祸？你为什么不能勤政爱民？历史上很多讽刺权贵或君王的诗大都写得隐晦，属于“暗搓搓”地骂人；但《节南山》这一篇不同，在第三部分，作者直接留下了名字：“家父作诵”，这首诗是我这个叫家父的人写的，而且直截了当地说，写这首诗的原因是“以究王讻”，目的是追究当权者的罪行。所以，这真的是一篇典型的讨伐檄文。

这首诗很长，读下来令人有一种直抒胸臆的痛快感，同时也带着士大夫独有的那种严厉。天灾人祸，全是因为权臣当政却不干正事儿。开篇的时候说：终南山岩石巍峨，树木繁密，以终南山的山势不平，奠定了全篇的基调。一个国家频繁出现天灾，在古人看来是非常不祥的征兆，如果天灾之下还有人祸，那的确是一个国家最大的祸患了。我们学历史会知道，任何一个王朝进入风雨飘摇的时期，基本都会出现权臣当道、政治黑暗的情况，而往往这个时候，就是大批现实主义作品涌现的时候。

在今天，我们说《诗经》是民族创生期的文学，虽然它看上去和我们今天的生活有了很远的距离，但如果我们真的去研读《诗经》，就会发现它对我们的影响一直延续到今天。比如这首《节南山》，就是忧国者对于祸国者的声讨，王国维也曾经说：诗人的忧世之心，和“昨夜西风凋碧树。独上高楼，望尽天涯路”十分神似。这位作者不畏权贵，正直不阿，敢于针砭时弊，可谓士大夫的典范。我们很容易就能联想到一个和他很相似的人——屈原。《离骚》和这首诗一样，都有一种剖心沥胆的风骨，这种对现实的关注、强烈的政治和道德意识、真诚积极的人生态度，被后人概括为“风雅”，直接影响了后世诗人的创作。不仅是屈原的《离骚》，汉乐府诗、建安诗都有对这种精神的直接继承，而且陈子昂、杜甫、白居易和新乐府诸家，也受到《节南山》很大的影响。所以，《诗经》的价值是非常值得我们关注的。

正　月

正月繁霜，我心忧伤。
民之讹言，亦孔之将[1]。
念我独兮，忧心京京[2]。
哀我小心，癙忧以痒[3]。
父母生我，胡俾我瘉[4]？

不自我先，不自我后。
好言自口，莠言自口。
忧心愈愈[5]，是以有侮。
忧心惸惸[6]，念我无禄。
民之无辜，并其臣仆[7]。
哀我人斯，于何从禄？
瞻乌爰止[8]，于谁之屋？
瞻彼中林，侯薪侯蒸[9]。
民今方殆，视天梦梦[10]。
既克有定，靡人弗胜。
有皇上帝，伊谁云憎[11]？
谓山盖卑[12]，为冈为陵。
民之讹言，宁莫之惩？
召彼故老，讯之占梦。
具曰予圣，谁知乌之雌雄？
谓天盖高，不敢不局[13]。
谓地盖厚，不敢不蹐[14]？
维号斯言[15]，有伦有脊[16]。
哀今之人，胡为虺蜴[17]？
瞻彼阪田[18]，有菀其特[19]。
天之扤我[20]，如不我克。
彼求我则，如不我得。
执我仇仇[21]，亦不我力。
心之忧矣，如或结之。

今兹之正，胡然厉矣？
燎之方扬[22]，宁或灭之？
赫赫宗周，褒姒灭之！
终其永怀，又窘阴雨。
其车既载，乃弃尔辅。
载输尔载[23]，将伯助予[24]！
无弃尔辅，员于尔辐[25]。
屡顾尔仆，不输尔载。
终逾绝险，曾是不意。
鱼在于沼，亦匪克乐。
潜虽伏矣，亦孔之炤[26]。
忧心惨惨[27]，念国之为虐[28]！
彼有旨酒，又有嘉肴。
洽比其邻[29]，昏姻孔云。
念我独兮，忧心慇慇。
佌佌彼有屋，蔌蔌方有谷。
民今之无禄，天夭是椓[30]。
哿矣富人[31]，哀此惸独！

注释

❶ **将**：盛大，猖獗。
❷ **京京**：忧不止。
❸ **癙**（shǔ）：抑郁，烦闷。**痒**：生病。
❹ **胡**：为什么。**俾**：使。**瘉**（yù）：痛苦，烦恼。
❺ **愈愈**：忧惧的样子。

⑥ **惸（qióng）惸**：忧思的样子。
⑦ **并**：全，皆。**臣仆**：奴仆。
⑧ **瞻**：看。**爰止**：落在什么地方。
⑨ **侯**：维，只。**薪**：柴草。
⑩ **梦梦**：形容昏聩。
⑪ **伊谁云憎**：憎谁，恨哪个人。
⑫ **盖**：何。**卑**：矮小，低微。
⑬ **局**：低头弯腰。
⑭ **蹐（jí）**：放轻脚步走路。
⑮ **号**：大声说出。**斯言**：这些话。
⑯ **伦**：条理。**脊**：内涵。
⑰ **虺蜴（huǐ yì）**：毒蛇和蜥蜴。
⑱ **阪田**：山坡上的田。
⑲ **菀（wǎn）**：茂盛的样子。
⑳ **扤（wù）**：动、摇。
㉑ **执**：得到。**仇（qiú）仇**：傲慢不逊。
㉒ **燎（liǎo）**：放火烧田除草。
㉓ **输**：掉落。
㉔ **将**：请求。**伯**：大哥。
㉕ **员（yún）**：增益。
㉖ **炤（zhāo）**：明。
㉗ **惨惨**：忧郁的样子。
㉘ **为**：遭受。**虐**：灾祸。
㉙ **洽**：和谐。**邻**：亲近的人。
㉚ **夭**：摧残。**椓**：以斧劈柴，比喻沉重打击。
㉛ **哿（gě）**：表称许之词。

译　文

炎热四月降浓霜，天道反常我心忧。
百姓当中有谣言，沸沸扬扬极夸张。
想起自己很孤独，无数忧愁堆心上。

谨慎小心我悲哀，烦闷忧虑受祸殃。
父母生我在人间，为何让我遭祸患？
生前灾难不曾有，死后灾难未出现。
好话打从人口出，坏话也由人口传。
心中忧伤日日深，反遭侮辱心不宁。
心忧孤独甚不安，想起自己无福禄。
百姓人人无罪过，一旦亡国变奴仆。
可怜我们众辅臣，将从何处得幸福？
看那乌鸦飞何处，觅食降落谁家屋？
看那茫茫树林里，唯有柴草在其间。
百姓正在遭灾难，上天不明多昏庸。
上天终能止恶乱，没人能把它战胜。
光明伟大上帝神，不知你把谁来憎？
那山何尝矮而低，是冈是陵高高站。
百姓当中生谣言，竟不制止任其传？
故旧老臣都召见，询问占梦证灵验。
占梦之人都自夸，乌鸦雌雄谁分辨？
苍天空阔何等高，不敢弯腰来低头。
茫茫大地何等厚，敢不轻轻小步走？
他们呼喊这些话，合情合理有原因。
可怜如今执政官，为何与蛇结成友？
看那山坡崎岖田，庄稼长得好茂盛。
上天肆意摧残我，唯恐不能把我胜。
君王求我心好急，唯恐稍晚用不成。
君王把我得到手，却又怠慢不重用。

我心忧伤难诉说，好像绳子打了结。
当今政坛大官们，为何如此心凶恶？
野火熊熊好旺盛，有人竟能来扑灭？
兴隆显赫周王朝，褒姒竟能把它灭！
忧伤既已时间长，阴雨困扰增凄凉。
大车已经装满货，却把夹板丢一旁。
车载货物掉路上，才请大哥来相帮。
不要丢弃车夹板，还要加固那车辐。
常常看视赶车夫，货物不致丢大路。
终能逾越绝险处，你却不想不测度。
鱼儿游在浅池中，始终不能尽欢腾。
鱼虽潜伏深水中，仍然显著看得见。
心中忧伤很悲痛，想起国家施暴政！
达官贵人饮甜酒，美味佳肴享口福。
与邻亲近很融洽，亲戚周旋相推许。
想起只有我孤单，心中多少愁与苦。
卑微小人有屋住，鄙陋小人有五谷。
现在百姓无幸福，上天降灾人民苦。
富人欢乐来安处，可怜我啊太孤独！

解读

这是周王朝大夫怨刺周幽王并表达忧国忧民之情的诗歌。周幽王是中国历史上有名的昏君、暴君，这方面比他祖父——周厉王有过之而无不及。周幽王在位时期，宠信褒姒，重用奸佞，以致犬戎攻破镐京，杀幽王于骊山之下，西周就此灭亡。诗人感叹国家巨变，作诗讽刺。

这首诗的作者是一个王朝大夫，他有感于周幽王祸国殃民，宠信褒姒，直言怒斥“赫赫宗周，褒姒灭之”。在这样一个谣言四起的险恶政治环境中，他同情人民，也看出了王朝末世贫富差距的悬殊，哀叹自己力量有限，不能正本清源，空有一颗忧国忧民之心却无所作为。

诗歌表现了三种人的心态，第一种是末世昏君，虽无直斥周幽王，但诗人怨刺上天，实则就是宣泄对周幽王的不满；第二种是奸佞宵小，他们巧言令色，结党营私，就是一群国家的蠹虫，但这样的人还能身居高位，掌握大权；第三种是底层民众，他们遭受剥削和压迫，却只能谨小慎微地苟且偷生。

历代王朝，每至末世，总会出现昏君、奸臣、宠妃、爪牙这样的作恶者联盟。上古三代有夏桀、商纣、周幽王，秦朝有二世皇帝，东汉末年有桓、灵二帝，隋朝有炀帝杨广，诸如此类的暴虐昏君，简直数不胜数。他们作恶多端，为祸朝堂，最终承受灾祸的还是广大的底层民众。这样的所作所为如何不让百姓对他们失望透顶？如何能让民众忍辱偷生？正因为国已不国，君已不君，以致民怨沸腾，才有了浩浩荡荡的农民起义，彻底地将这些昏君奸臣埋葬在人民战争的坟墓当中。

十月之交

十月之交，朔日辛卯。
日有食之，亦孔之丑[1]。

彼月而微，此日而微。
今此下民，亦孔之哀。
日月告凶，不用其行[2]。
四国无政，不用其良。
彼月而食，则维其常。
此日而食，于何不臧。
烨烨震电，不宁不令。
百川沸腾，山冢崒崩[3]。
高岸为谷，深谷为陵。
哀今之人，胡憯莫惩[4]！
皇父卿士，番维司徒。
家伯维宰，仲允膳夫。
聚子内史，蹶维趣马。
楀维师氏[5]，艳妻煽方处[6]。
抑此皇父，岂曰不时。
胡为我作，不即我谋？
彻我墙屋，田卒汙莱[7]。
曰予不戕[8]，礼则然矣。
皇父孔圣[9]，作都于向。
择三有事[10]，亶侯多藏[11]。
不慭遗一老，俾守我王。
择有车马，以居徂向。
黾勉从事，不敢告劳。
无罪无辜，谗口嚣嚣。

下民之孽⑫，匪降自天。
噂沓背憎⑬，职竞由人⑭。
悠悠我里⑮，亦孔之痗⑯。
四方有羡⑰，我独居忧。
民莫不逸，我独不敢休。
天命不彻⑱，我不敢效我友自逸。

注释

❶ 丑：恶，不好。
❷ 行：沿轨道运行。
❸ 冢：山顶。
❹ 憯（cǎn）：乃。
❺ 楀（yǔ）：姓。
❻ 艳：美色。方：正在，现时。
❼ 莱：指田土荒芜，杂草丛生。
❽ 戕：残害。
❾ 圣：聪明，这里有讽刺之意。
❿ 择三有事：选择人来担任三卿。
⓫ 藏：积蓄，聚敛。
⓬ 孽（niè）：灾难。
⓭ 噂（zǔn）：会聚。沓：和气的样子。背：背地里。
⓮ 职：主。
⓯ 悠：忧思。里（kuī）：通“悝”，忧思。
⓰ 痗（mèi）：病。
⓱ 羡：宽裕。
⓲ 天命不彻：上天不遵循常道。

译　文

时间刚刚进十月，就在辛卯那一天。

这天日食又发生，极坏征兆太惊险。
不久之前有月食，现在日食又出现。
当今天下老百姓，心中忧伤不堪言。
太阳月亮显凶兆，由于运行不正常。
天下各国无善政，都因不用众贤良。
不久之前有月食，还算正常的现象。
今天日食又出现，为何如此不吉祥。
雷鸣不停电光闪，政治恶劣民不宁。
条条河流水沸腾，山顶崩裂刹那间。
一时高崖成河谷，深谷忽然变成山。
可怜现在执政官，为何不肯引为鉴！
皇父本是卿士官，番氏官职是司徒。
家伯担任那冢宰，仲允任职是膳夫。
棸子做了内史官，趣马蹶氏把王辅。
楀姓担任师氏官，褒姒势盛搞阴谋。
哎呀这位皇父爷，恐怕不是好高官。
为何你将我来骗，不肯来把事商谈？
拆毁我家墙和屋，良地积水变荒田。
还说不是把你害，按理就该如此办。
皇父自认大圣人，建筑都城就在向。
亲自择选三有司，多藏财物饱私囊。
不肯留下一老臣，让他守卫我周王。
挑选有车有马户，同往向邑奔驰忙。
尽力做事为周王，不敢诉说我辛劳。
从政至今无罪过，谗言诬我声嚣嚣。

百姓遭受到灾祸，非自天上向地落。
相聚谈笑背后恨，坏事全由人制造。
我的心中忧思长，好像得大病一场。
四方之人皆欢喜，唯独我在把心伤。
人们生活皆安乐，唯我劳碌终日忙。
上天之意不可知，不敢学友把福享。

解读

这是一首借天地异象抨击皇父等权臣、抒发自己内心悲愤之情的怨刺诗。诗人的目光仍然聚焦于西周末年，有感于奸佞当权，民不聊生，特别是国家乱象横生，发生了很多自然灾害。在对自然认识尚不全面的西周时期，人们很自然地就联想到这是上天对统治者的惩罚和警戒。

诗歌借天地异象来抨击王朝权官的胡作非为，首先言及十月之交的日食和月食，接着言及烨烨震电和山川崩塌，用这些具有强烈视觉冲击效果的异象来引起人们的恐惧和慌张，其后矛头直指皇父卿士等人，指责他们把持朝政、祸国殃民。

西周末年，自然灾害频繁，诗中所描述的“百川沸腾，山冢崒崩。高岸为谷，深谷为陵”，就是今天所说的地震，从震感效果来看，这次地震的强度应在八级以上，和汶川大地震不相上下。在这样的自然灾害降临之际，底层民众首当其冲。

自然灾害在有些情况下也是王朝覆灭的直接动因，比如明朝末年，也面临着同样的问题。史载，明末遭遇了千年不遇的小冰河期，天气酷寒，这一时期的天灾使得粮食大规模减产。同时在崇祯年间，全国很多地方旱情肆虐，此外还有鼠疫等灾害一时出现。这一连串的自然灾害让统治者和百姓措手不及，民不聊生，所以全国各地爆发了大规模农民起义，北方游牧民族因为受鼠疫和冰河期的影响，也南下抢掠财物。这些事件对大明王朝的统治者而言，无疑是致命打击。

雨无正

浩浩昊天，不骏其德[1]。
降丧饥馑，斩伐四国。
旻天疾威[2]，弗虑弗图。
舍彼有罪，既伏其辜。
若此无罪，沦胥以铺[3]。
周宗既灭，靡所止戾[4]。
正大夫离居，莫知我勚[5]。
三事大夫，莫肯夙夜。
邦君诸侯，莫肯朝夕。
庶曰式臧[6]，覆出为恶。
如何昊天，辟言不信[7]。
如彼行迈，则靡所臻[8]。
凡百君子，各敬尔身。
胡不相畏？不畏于天？

戎成不退，饥成不遂。
曾我暬御[9]，憯憯日瘁[10]。
凡百君子，莫肯用讯。
听言则答，谮言则退[11]。
哀哉不能言，匪舌是出，维躬是瘁[12]。
哿矣能言！巧言如流，俾躬处休。
维曰于仕[13]，孔棘且殆[14]。
云不可使，得罪于天子。
亦云可使，怨及朋友。
谓尔迁于王都，曰予未有室家。
鼠思泣血[15]，无言不疾[16]。
昔尔出居，谁从作尔室？

注释

❶**骏**：长，久。
❷**旻（mín）天**：老天。**疾威**：暴戾，残忍。
❸**沦胥（xū）**：轮流，相继。**铺**：陷入苦难。
❹**戾**：至。
❺**莫**：没有人。**勩（yì）**：操劳，忙碌。
❻**庶**：庶几，也许可以。
❼**辟**：法度。
❽**臻**：至。
❾**曾**：居然。**暬（xiè）御**：近臣。
❿**憯（cǎn）憯**：忧愁。**瘁**：憔悴，病弱。
⓫**谮言**：谏言。**退**：叱责。**出**：病。
⓬**维**：语气词。
⓭**于**：去，往。
⓮**殆**：危。

⑮ **鼠**：同“癙”，忧愁。**泣血**：哭得眼睛通红。

⑯ **疾**：痛恨。

译 文

皇天浩大广无边，不肯常常施恩典。
死亡饥荒降人间，摧残天下民遭难。
皇天暴虐很凶残，是是非非都不管。
周王放过有罪人，他们暴行全隐瞒。
就像这些无罪人，相继受害遭祸患。
若是镐京被破灭，没有地方可逃亡。
高官逃命全离京，无人知我为国忙。
三司大夫不尽职，不肯日夜替君王。
四方诸侯也不少，不肯朝夕辅周邦。
希望周王任贤良，他却作恶更猖狂。
皇天皇天怎么办，法度之言你不听。
就如那个远行人，没有目的任驰骋。
那些高官大夫们，明哲保身装正经。
为何彼此不敬畏？也不畏天修德行？
犬戎作乱未撤退，饥荒蔓延也未止。
只有我这侍卫臣，忧伤憔悴为美政。
那些高官大夫们，谁愿向王说真情。
顺从之言王采纳，忠言逆耳王不听。
可叹有话不能讲，不是舌头有病伤，憔悴身体迫遭殃。
能说会道心欢乐！乖巧美言滔滔讲，厚禄高官喜洋洋。

虽说在朝我做官，甚感紧张且危险。
若说真话不顺从，得罪天子把罪担。
若说假话顺周王，定遭朋友来埋怨。
我劝你们迁回都，都说京中无房居。
忧伤落泪带血丝，真话句句遭嫉妒。
以前你们迁出京，谁随你们把房筑？

解读

这是西周覆灭之后王朝大夫讽刺幽王及群臣误国误民的诗歌。周幽王昏庸无道，宠信奸佞，致使国家灭亡，诗人目睹了王朝由盛转衰、由衰而亡的历史进程，心中异常悲愤，他怨恨周幽王不能及时警醒，以致造成身死国灭的惨剧。

诗歌首章感慨并埋怨天命靡常，次章直接揭示了“周宗既灭”这样残酷的现实问题，第三、四章指出亡国的根本原因在于周幽王“辟言不信”，第五章诗人表明自己的艰难处境，第六章诗人说明入朝为官的困难和危殆。卒章诗人劝说居于外邦的人返回都城但遭到拒绝。

也有学者认为这首诗是周厉王时期的作品，但按照诗中所言“周宗既灭”“戎成不退”所描述的情况来看，这和周幽王身死国灭的情形大致吻合。周厉王时王朝虽险遭灭亡，但并未遭到戎狄的攻击，诗中所言大都发生在周幽王遇难后，所以并非是周厉王之时。

诗人陈述了一个惨痛的事实——“周宗既灭，靡所止戾。”国破家亡，以致诗人连一处安身立命之所都难以找到，自己尚且如此，那万千无家可归的黎民百姓，他们的处境只会更糟！中华民族几千年来，每逢国事危急的紧要关头，总会有人发出“誓死不当亡国奴”的怒吼，其原因正在于此。亡国之际，达官显贵可以带着妻儿老小、金银珠宝四散逃难，但被土地牵绊住的底层民众却无处可逃，只能在敌占区任人蹂躏，苟延残喘，处境甚是艰难。

小旻

旻天疾威，敷于下土。
谋犹回遹[1]，何日斯沮[2]？
谋臧不从，不臧覆用。
我视谋犹，亦孔之邛[3]。
潝潝訿訿[4]，亦孔之哀。
谋之其臧，则具是违[5]。
谋之不臧，则具是依。
我视谋犹，伊于胡厎！
我龟既厌[6]，不我告犹[7]。
谋夫孔多，是用不集。
发言盈庭，谁敢执其咎？
如匪行迈谋[8]，是用不得于道。
哀哉为犹，匪先民是程[9]，匪大犹是经。
维迩言是听，维迩言是争。
如彼筑室于道谋[10]，是用不溃于成[11]。
国虽靡止，或圣或否。

民虽靡朊[12]，或哲或谋，或肃或艾。
如彼泉流，无沦胥以败。
不敢暴虎[13]，不敢冯河[14]。
人知其一，莫知其他。
战战兢兢，如临深渊，如履薄冰。

注释

1 **回遹**（yù）：邪僻。
2 **沮**（jǔ）：停止。
3 **邛**（qióng）：错漏百出。
4 **潝**（xì）**潝**：相互应和。**訿**（zǐ）**訿**：诋毁，诽谤。
5 **具**：俱，完全。**违**：违背，违反。
6 **龟**：占卜用的龟壳，指代占卜。**厌**：厌倦，厌烦。
7 **犹**：谋划。
8 **匪**（bǐ）：通“彼”，那，那些。**行迈**：行人。
9 **程**：法律，规则。
10 **谋**：聪明。
11 **溃**：通“遂”，达到。
12 **朊**（hū）：法则。
13 **暴虎**：徒手打虎。
14 **冯**（píng）**河**：涉水过河。

译　文

上天暴虐不慈祥，降灾人间民遭殃。
周王政策甚邪僻，何年何月能改样？
佳谋良策你不从，反却采用坏主张。
我看如今这政策，毛病太多太荒唐。
表面附和背地骂，这种做法令我哀。

出谋划策如真好，定遭反对都抛开。
划策出谋如不好，全都依从拿过来。
我看现在这政策，必使国家形势坏！
屡屡占卜龟厌烦，不把吉凶征兆显。
献策出谋人很多，所以定论议不完。
廷上群臣都发言，出错没人敢承担？
就如远行把事商，绝无结果在路间。
周王定策真可怜，不肯效法那先贤，不认大道作标杆。
只听那些肤浅言，只拿浅言来辩难。
好像路上议盖房，成房理想难实现。
国家虽然并不大，亦有圣人和愚顽。
国民虽然并不多，聪明善谋人皆全，严肃善治人干练。
好像奔流那泉水，不要相继都沦陷。不敢空手打老虎，
不敢徒步涉河川。人知危险就一桩，不知当官更危险。
战战兢兢很小心，如同来到深渊边，如踩薄冰心不安。

解读

这是一首讽刺统治者不能励精图治、整顿朝纲的诗歌。西周末年国势颓废，朝堂之上表现出一种消极、暴躁、悲苦的负面情绪，究其根源，这样的局势和环境都是因上层统治者肆意妄为而引起的。诗人感伤国势，痛恨这些当权者尸位素餐，荼毒生民，故而有此一叹。

诗歌通篇表达了一种悲天悯人、忧国忧民的感伤情绪，既有对上位者的指责和埋怨，也有对政治局势的分析和反思。作者认为当权者应广纳贤士，严于律己，如此才能挽

救危局。其中，诗歌卒章“暴虎冯河”“战战兢兢”等词语，现在已广为流传，成为很多人反躬自省的警句了。

这首诗歌虽然也在讽刺统治者的倒行逆施，但总体来看思想感情没有《节南山》《十月之交》等诗歌那样激烈，反而还有一些对上位者的劝诫和建议，希望他们能改过自新，任用贤臣，恢复朝纲。为国事忧虑之际，还有对自己的反思和自省。

三国时期著名政治家诸葛亮在《出师表》中曾言：“亲贤臣，远小人，此先汉所以兴隆也；亲小人，远贤臣，此后汉所以倾颓也。”其实不止汉代如此，每个王朝都大同小异。王朝在建立之初，大都表现出一种蒸蒸日上、锐意进取的积极精神，而到了末世，大都出现君王昏聩、臣子奸佞的衰败景象，西周如此，汉代也是如此。究其根源，是因为初期的统治者深知创业之艰难，所以倍加谨慎，末世的统治者大都养于深宫妇人之手，只知享乐而不知国事艰难，自然也就没有勤政爱民的动力和追求了。

小宛

宛彼鸣鸠[1]，翰飞戾天[2]。
我心忧伤，念昔先人。
明发不寐[3]，有怀二人[4]。
人之齐圣[5]，饮酒温克[6]。
彼昏不知，壹醉日富[7]。
各敬尔仪，天命不又[8]。

中原有菽，庶民采之。
螟蛉有子[9]，蜾蠃负之[10]。
教诲尔子，式穀似之[11]。
题彼脊令[12]，载飞载鸣。
我日斯迈，而月斯征。
夙兴夜寐，毋忝尔所生[13]。
交交桑扈[14]，率场啄粟。
哀我填寡，宜岸宜狱[15]。
握粟出卜[16]，自何能穀？
温温恭人[17]，如集于木。
惴惴小心，如临于谷。
战战兢兢，如履薄冰。

注释

1. **宛**：小的样子。
2. **翰**：高。**戾**：至，达到。
3. **明发**：天亮。
4. **二人**：指父母亲。
5. **齐圣**：聪明正直。
6. **温克**：蕴藉，从容。
7. **壹**：语气助词，没有实义。**富**：满。
8. **不又**：不再来。
9. **螟蛉**（míng líng）：螟蛾的幼虫。
10. **蜾蠃**（guǒ luǒ）：细腰蜂。
11. **式**：用。**似**：继嗣。
12. **题**（dì）：通“睇”，看。
13. **忝**（tiǎn）：愧，辱没。**生**：指父母。
14. **交交**：飞来飞去。**桑扈**：鸟名。**填**：苦。

⑮岸：通“犴”，牢房。

⑯出：问。

⑰温温：温和谦恭的样子。

译　文

短尾鸠鸟在鸣叫，展翅高飞向蓝天。
我的心中甚忧伤，怀念先前老祖先。
天光亮时仍未眠，思念父母在心间。
人若聪明懂事理，醉能温柔而克制。
那人昏庸无智慧，饮酒必醉日严重。
你的威仪要保持，天命恩赐就一次。
田里大豆在生长，百姓采叶做羹汤。
螟蛉小虫生幼子，蜾蠃背负将它伤。
儿子一定要教育，好传家业日兴旺。
你看那些脊令鸟，边飞边鸣于天空。
我呀天天在远行，你呀月月要出征。
早起晚睡要努力，莫辱父母的美名。
青雀鸟儿在飞翔，沿着谷场把米啄。
可叹我们穷病人，将打官司把牢坐。
抓把粮食去卜卦，怎得吉利把命活？
要做温和谦恭人，好像鸟儿落树上。
惴惴不安心慌张，好像走近深谷旁。
战战兢兢身打颤，好像走在薄冰上。

解读

这是身处乱世的兄弟相互诫勉的诗歌，希望彼此能谨慎行事，不要招惹祸患。据学者分析，这首诗歌的创作背景大概和周王室东迁有关。“骊山之难”后，周平王率周王室东迁至洛阳，朝堂公卿大夫也随之迁徙。诗中所言兄弟，应该就是这东迁群体中的一分子，在临别之际以良言相劝自己的兄弟。

这是一首时局动荡之时弱势群体的悲歌。在混乱的社会秩序中，诗人缅怀祖先、思念父母，倾诉内心的苦闷和无奈。手足兄弟身处乱世，却不能严于律己，每日嗜酒作乐，诗人唯恐兄弟招惹祸患，不得不发出诫勉之叹。

诗歌三章言“螟蛉有子，蜾蠃负之”，蜾蠃即为土蜂，它用螟蛉之子喂养它的幼虫。古人误以为土蜂不能生育，于是视螟蛉幼虫为子，所以古人也将义子称为螟蛉之子。《三国演义》中刘备欲在刘封（原名寇封）和刘禅之间选择继承人的时候，关羽就直言刘封是螟蛉之子不能立嗣，关羽也因此招致刘封的怨恨。

身处乱世之中，上至公卿，下至黎民，都面临着朝不保夕的困境。在太平盛世，有基本的社会秩序存在，即便生活艰苦，也不至于丧失生命，但生逢乱世，且不说财产不能保全，就连性命也都交给了天意，所以古人说：“宁为太平犬，不为乱世人”。乱世之际的黎民百姓，在强盗、恶霸、乱兵眼中无异于待宰的羔羊，五胡乱华之时衣冠南渡，金人南下之时宋人南迁，莫不如是。人命如草芥，有朝难保夕，应该是那些黎民百姓的内心写照吧！

小弁

弁彼鸒斯[1]，归飞提提[2]。
民莫不穀[3]，我独于罹。
何辜于天？我罪伊何？
心之忧矣，云如之何？
踧踧周道[4]，鞫为茂草[5]。
我心忧伤，惄焉如捣[6]。
假寐永叹，维忧用老。
心之忧矣，疢如疾首[7]。
维桑与梓，必恭敬止。
靡瞻匪父，靡依匪母。
不属于毛，不罹于里。
天之生我，我辰安在[8]？
菀彼柳斯[9]，鸣蜩嘒嘒[10]。
有漼者渊[11]，萑苇淠淠[12]。
譬彼舟流，不知所届[13]。
心之忧矣，不遑假寐。
鹿斯之奔，维足伎伎[14]。
雉之朝雊[15]，尚求其雌。
譬彼坏木[16]，疾用无枝。
心之忧矣，宁莫之知。

相彼投兔[17]，尚或先之[18]。
行有死人，尚或墐之[19]。
君子秉心，维其忍之。
心之忧矣，涕既陨之。
君子信谗，如或酬之。
君子不惠，不舒究之。
伐木掎矣[20]，析薪扡矣。
舍彼有罪，予之佗矣[21]。
莫高匪山，莫浚匪泉。
君子无易由言，耳属于垣[22]。
无逝我梁，无发我笱[23]。
我躬不阅[24]，遑恤我后！

注释

❶ 弁（pán）：快乐。鷽（yù）：乌鸦。
❷ 提（shí）提：群飞的样子。
❸ 穀：生活好。
❹ 踧（dí）踧：平坦的样子。周道：大道。
❺ 鞫（jú）：全，尽。
❻ 惄（nì）：难过，伤心。
❼ 疢（chèn）：痛苦。疾首：头疼。
❽ 辰：好运。
❾ 菀（yù）：茂盛的样子。
❿ 蜩：蝉。嘒（huì）嘒：蝉鸣声。
⓫ 漼（cuǐ）：水深的样子。
⓬ 淠（pì）淠：茂盛的样子。
⓭ 届：至。
⓮ 伎（qí）伎：舒展的样子。

⑮ 朝雊（gòu）：早上叫。
⑯ 坏（huì）木：枯槁结瘤无枝叶的病树。
⑰ 投：关闭。
⑱ 先：放纵。
⑲ 墐（jìn）：通“殣”，埋葬。
⑳ 掎（jǐ）：依。
㉑ 佗（tuó）：加。
㉒ 属：附于，贴在。垣：墙。
㉓ 笱：鱼篓。
㉔ 躬：自身。阅：相容，接纳。

译　文

看那乌鸦多欢乐，成对成双飞回巢。
人家生活好美满，唯独我把大祸遭。
怎么得罪老天爷？我犯罪过哪一条？
心中忧伤真难熬，处境怎样才能好？
平直大路是坦途，茂草堵路不通畅。
我的内心好忧伤，如同心病得一场。
穿衣而卧长叹息，因忧而老心凄凉。
心里忧伤没尽时，头疼来自心火旺。
看见桑树和梓树，毕恭毕敬甚景仰。
有谁不把父瞻望，有谁不把母依傍。
现在无法靠父亲，不能依靠慈母养。
上天生我在人间，我的时运在何方？
那边茂盛柳枝上，时有蝉儿在鸣叫。
深深河水岸边上，荻苇茂盛在生长。
我像水中一只船，不知漂浮到何方。

我的心中有忧伤，无暇安眠床上躺。
鹿寻同伴奔跑忙，它的四足飞一般。
早晨野鸡频呼唤，尚知寻找母同伴。
我像一棵小病树，因病无枝孤零零。
我的心中有忧伤，竟然没人来相见。
看那被捕兔慌张，或许有人把它放。
路上若是遇死人，定会有人来埋葬。
我那君王啥居心，为何残忍坏心肠。
我的心里好忧伤，泪水即刻纷纷淌。
君王好听那谗言，如同劝酒喝得欢。
君王不愿施恩爱，也不细查追流言。
砍树倾斜拉倒它，柴斧据纹劈两半。
有罪犯人不查办，加罪于我心愤怨。
那山高过其他山，那泉深过任何泉。
聪明人不轻易讲，因有人耳贴墙边。
莫去我那拦鱼坝，莫开我那网鱼篮。
自身还不被容纳，走后之事何必管！

解读

这是反映周代上层贵族家庭内部矛盾中父子冲突的诗歌，表现了父亲对儿子的迫害和遗弃，以及儿子心中的愤懑和无奈。在以宗法制为核心的周代社会中，孝亲之义被牢牢地植入每个人的“三观”当中，所以在面对父权的压迫时，为人子者只能无条件地屈从，这是诗人作此诗的心声。

全诗八章，通篇流露着一种悲伤无奈的情绪，诗人以呼天抢地的自诉来抒发心情，他无罪被逐，看着坦荡大道上长满了杂草，感到心中无限荒凉。诗人孝敬父母却反遭驱逐，亲子关系紧张到了极致，他在诗中指出之所以遭到父亲的放逐是因为父亲听信谗言，从而造成了自己的悲惨命运。

诗歌主题表达的是父子矛盾，这一点先贤没有异议，只是在具体对象是谁这个问题上众说纷纭。一种说法是周幽王太子宜臼遭父亲废其太子位后的怨诉，另一种说法则是周宣王时期名臣尹吉甫之子伯奇所作。对于这两种说法，后来学者只能持求同存异的态度。

在被忠孝思想捆绑着的封建社会，每个人都好像扛着一具枷锁在行走，统治阶级甚至还要宣扬“君要臣死，臣不得不死；父要子亡，子不得不亡”的愚忠愚孝思想。这样的做法已经使得忠孝思想陷入了一种极端，甚至有点变态，他们这样做，只是为了能让那个天底下最大的君父——皇帝，享受大权独揽、至高无上的权力和威严。这样恶毒的思想也将很多人终身禁锢，并为之付出生命，比如春秋时期晋献公的太子申生，就是这种思想的殉葬之人。这不能不令人警醒。

巧　言

悠悠昊天[1]，曰父母且[2]。
无罪无辜，乱如此怃[3]。
昊天已威，予慎无罪[4]。
昊天泰怃，予慎无辜。

乱之初生，僭始既涵[5]。
乱之又生，君子信谗。
君子如怒[6]，乱庶遄沮[7]。
君子如祉[8]，乱庶遄沮。
君子屡盟[9]，乱是用长。
君子信盗，乱是用暴。
盗言孔甘，乱是用餤[10]。
匪其止共，维王之邛[11]。

奕奕寝庙[12]，君子作之。
秩秩大猷[13]，圣人莫之[14]。
他人有心，予忖度之。
跃跃毚兔[15]，遇犬获之。

荏染柔木[16]，君子树之。
往来行言[17]，心焉数之。
蛇蛇硕言[18]，出自口矣。
巧言如簧，颜之厚矣。

彼何人斯？居河之麋[19]。
无拳无勇，职为乱阶[20]。
既微且尰[21]，尔勇伊何？
为犹将多，尔居徒几何？

注释

❶ 悠悠：远大的样子。
❷ 且：语气助词，没有实义。
❸ 幠（hū）：大。

❹ **慎**：诚，确实。
❺ **僭**（zèn）：谗言。**涵**：包容。
❻ **君子如怒**：君子如果听到谗言便发怒。
❼ **遄**：很快。**沮**：止住。
❽ **祉**：福，这里指贤人。
❾ **盟**：在神坛前发誓。
❿ **饿**（tán）：增加。
⓫ **邛**：病。
⓬ **奕奕**：房屋高大的样子。**寝庙**：宫室和宗庙。
⓭ **秩秩**：聪明的样子。**大猷**（yóu）：大道理。
⓮ **莫**（mó）：通“谟”，谋划。
⓯ **跃跃**：跳得很快的样子。**毚**（chán）**兔**：狡猾的兔子。
⓰ **荏**（rěn）**染**：软弱的样子。
⓱ **行言**：流言。
⓲ **蛇**（yí）**蛇**：轻率的样子。**硕言**：大言，大话。
⓳ **麋**：通“湄”，水边。
⓴ **职**：主管，职掌。
㉑ **微**：腿骨上生疮。**尰**（zhǒng）：脚肿。

译　文

悠悠高远那苍天，呼喊爹娘我想说。
我们百姓无罪过，降此大乱祸殃多。
上天对民甚暴虐，我们确实无罪恶。
上天对民太傲慢，我们确实没有错。
祸乱刚生那时候，谗言一出即接受。
祸患逐步又加重，君信谗言用奸谋。
君若怒斥进谗者，祸乱迅速会受阻。
君若任贤来治国，祸乱很快会消除。
君王诸侯屡定盟，祸乱由此更增生。

国君信任谗邪臣，祸乱因而更逞凶。
觉得谗言很甘甜，祸乱由此更猛烈。
若把恭礼视为非，适足为王添大病。
宫室宗庙宽又高，武王周公修建它。
治国方略显智谋，周家祖先所谋划。
他人有心来破坏，我能揣度准不差。
狡兔跳跃纵欢乐，猛犬相遇把它抓。
柔弱好树有多种，祖先栽培至今天。
流言四散不安定，取悦君王心计算。
夸夸其谈善欺诈，谗臣之话说不完。
乖巧美言像吹簧，脸皮很厚色不变。
谗臣到底是啥人？居住河水那一边。
既无勇气也无力，只是周朝祸乱源。
小腿生疮脚浮肿，你的勇气是什么？
伪善欺诈坏事多，你拉同党有几何？

解读

这是怨刺周王听信谗言、任由奸佞祸乱朝纲的诗歌。史载，周幽王时有一个奸臣叫虢石父，他把持国政，巧言令色，口蜜腹剑，周幽王废申后、太子宜臼都是被他挑唆的，由此也招来申后父亲的愤怒，于是申侯招引犬戎攻破镐京，周幽王也因此死于骊山之难。诗人对这样的奸臣深恶痛绝，作诗以刺。

诗中刻画了一个在流言蜚语中深受其害的小官吏形象，他遭到了恶语中伤，心中悲愤异常，在冤情无法昭雪的情况下，他只能向天呼号，让苍天来见证他的忠心和清白，同时也对造谣和信谣之人进行猛烈的批判，指责他们不能明辨是非，都是昏君佞臣。

据《国语》《史记》等典籍记载，虢石父可以说是周幽王时期最大最坏的奸臣了，周幽王剥削压迫民众，他为虎作伥，主持朝政时又任用奸邪小人，排挤忠良，撺掇着周幽王废后、废太子，以致引起国家的动乱，说虢石父为西周灭亡的罪魁祸首，也不为过。

流言蜚语对人的伤害丝毫不比刀枪剑刃的伤害轻，当谗言媚语占据主流的时候，清流明言就会被排挤。一旦谎言掌握了舆论的主导权，那对真实而言，不啻于一场灭顶之灾，众口铄金如是而已。所以对执政者来说，兼听则明，偏信则暗。唐太宗有诤臣魏徵犯颜直谏，不偏听偏信弄臣们的阿谀奉承，时刻保持清醒的头脑，这才开创了唐朝历史上第一个治世——贞观之治。

何人斯

彼何人斯？其心孔艰[1]。
胡逝我梁，不入我门？
伊谁云从？维暴之云[2]。
二人从行，谁为此祸？
胡逝我梁，不入唁我[3]？
始者不如今，云不我可。
彼何人斯？胡逝我陈[4]？

我闻其声，不见其身。
不愧于人？不畏于天？
彼何人斯？其为飘风。
胡不自北？胡不自南？
胡逝我梁？祇搅我心[5]。
尔之安行，亦不遑舍。
尔之亟行[6]，遑脂尔车[7]？
壹者之来，云何其盱。
尔还而入，我心易也[8]。
还而不入，否难知也。
壹者之来，俾我祇也[9]。
伯氏吹埙，仲氏吹篪。
及尔如贯[10]，谅不我知。
出此三物[11]，以诅尔斯[12]。
为鬼为蜮，则不可得。
有靦面目[13]，视人罔极[14]。
作此好歌，以极反侧[15]。

注释

1 **艰**：狠心。
2 **维**：是。**暴**：暴公。
3 **唁**：安慰。
4 **逝**：去，离开。**陈**：堂前的路。
5 **祇**（zhǐ）：仅，只。**搅**：打搅，扰乱。
6 **亟行**：急行。
7 **遑**：有空。**脂尔车**：给你的车加油。

❽ **易**：喜悦。
❾ **祇**（qí）：通“疷”，病。
❿ **贯**：用绳串物。
⓫ **三物**：指狗、猪、鸡。
⓬ **诅**：盟誓。
⓭ **靦**（tiǎn）：面目可见的样子。
⓮ **视人**：对待他人。**罔极**：迷惘，反复。
⓯ **极**：揭示，追究。

译 文

那人究竟是何人？其心甚狠难测度。
为何前往我鱼梁，不把我的家门进？
到底你听谁的话？只会听命于暴公。
当年你我一起行，是谁造成这灾祸？
为何前往我鱼梁，不来家门慰劳我？
开始对我很狂热，现在说我不称意。
那人究竟是何人？为何到我门前停？
我只听到他说话，却未看到他身影。
难道对人不惭愧？难道对天不畏敬？
那人究竟是何人？他像暴风逞凶狂。
为何不在北方刮？何不盛怒于南方？
为何前往我鱼梁？搅我心中一场乱。
平日你在徐徐行，尚无闲时来停留。
现在你在急向前，能有闲时涂车油？
为何不来见一面？使我心中无限忧。
待你返程入我家，我的心中定喜悦。
若是返回不见我，今后再难相亲热。

为何不来会一面，让我得病无欢乐。
当年大哥把埙吹，当年二哥吹篪忙。
和你已经是一体，竟然对我不深知。
真想祭上猪狗鸡，请你对神发个誓。
是鬼是蜮无形象，自然无法看容光。
你有清晰人模样，却显无常坏思想。
我作这首好诗篇，追究你那坏心肠。

解读

关于《何人斯》这一首，争议由来已久。在封建道统下，大家认为这是一首“君子骂小人”的绝交诗，但近代的学者则认为这是一首怨妇诗，是妻子在指责痛诉负心的丈夫。但如果把这首诗放在更现实的层面上来看，这两种说法未免都有些局限性。说此诗是君子痛骂小人，的确有些刻板和牵强，说此诗是怨妇诗未免也有些狭隘，甚至，它未必是一首真正意义上的绝交诗，应该是在感情渐行渐远之后，发出的一种哀怨、喟叹甚至是质问。很多人都知道，诗人张枣根据这首《何人斯》又写了一首现代诗歌《何人斯》，表达的就是这种感情。

这是一首八段的四言诗，比较大的特点是反复地使用设问句，无论是“彼何人斯？”还是“不入我门？伊谁云从？”这样反复的设问能够使情绪层层推进，让这首诗有了一种在当面质问的犀利感。在作者反复的质问中，我们也看得出作者和朋友疏远之后的痛苦和难过。“尔之安行，亦不遑舍。尔之亟行，遑脂尔车”，“安”，是指闲，“亟”，是指忙。意思就是：你说他没事吧，却连一夜的闲功夫都没有；你说他事忙吧，他却能在庭中慢条斯理地给他的车刷油漆。也许正是因为这一段的抱怨，让很多人认为这是一首失恋的诗或者根本就是一首怨妇诗。但如果从更高的维度上看，当曾经的亲密挚友渐行渐远之后，应该也是这样的情绪。

《何人斯》最大的特点，就是有一种“如梦似真”感觉。在结尾，作者说“作此好歌，以极反侧。”显然，这是在辗转反侧睡不着的情况下写成的。无论是知交渐远，还是挚友决裂，甚至是恋人翻脸，都难免会日思夜想那些往事，那些往事会像电影一样反复出现在脑中，难以抹去。于是，往昔的美好和现实的残酷交相出现，反复折磨着主人公。也许就是这种焦虑折磨，让人产生一种质疑——这真的是曾经相知的那个人吗？所以，在全篇的开头，作者会问：彼何人斯？这人到底是谁啊？！

现代人也非常善于描摹这种“渐离渐失”的情感，有一句歌词写道：“来年陌生的，是昨日最亲的某某，总好于那日我没有遇过某某。”我们总是想不明白为什么曾经很要好的两个人，渐渐地就相背而行了呢？就像《何人斯》里的主人公，不知道为什么对方在面对你的时候，总有拒绝和疏离的理由。其实比起失恋的痛苦，和知交绝裂也许更让人难熬，前者更多是短期内的极度痛苦，而后者更多的是天长日久的慢性折磨。《诗经》中许多篇章在今天读来，也会让人有认同感，这因为千百年来人的感情都是一样的。欧阳修写过两句词：“故欹单枕梦中寻，梦又不成灯又烬”，同《何人斯》一样，自作多情的同时，却又不得不清醒，这才是最难熬的。所以才会辗转反侧，所以才会疑惑、失望、愤懑。

巷伯

萋兮斐兮[1]，成是贝锦。
彼谮人者[2]，亦已大甚。
哆兮侈兮[3]，成是南箕[4]。
彼谮人者，谁适与谋？
缉缉翩翩[5]，谋欲谮人。
慎尔言也，谓尔不信。
捷捷幡幡，谋欲谮言。
岂不尔受？既其女迁。
骄人好好[6]，劳人草草[7]。
苍天苍天！
视彼骄人，矜此劳人[8]。
彼谮人者，谁适与谋？
取彼谮人，投畀豺虎！
豺虎不食，投畀有北[9]！
有北不受，投畀有昊。
杨园之道，猗于亩丘[10]。
寺人孟子，作为此诗。
凡百君子，敬而听之。

注释

❶ 萋、斐：花纹错杂的样子。
❷ 谮（zèn）：陷害，诬陷。
❸ 哆（chǐ）兮侈（chǐ）兮：嘴张大的样子。
❹ 成：简直，就像。箕：星座名，位南方。
❺ 缉（jī）缉：交头接耳。
❻ 好好：得意非凡。
❼ 草草：忧郁，愁苦。
❽ 矜：同情，怜悯。
❾ 畀（bì）：给予。
❿ 猗（yǐ）：依，靠着。

译　文

帛上花样很鲜明，织成锦缎有贝纹。
善进谗言那些人，造谣生事真过分。
口儿张得宽又大，形如南方那箕星。
爱说谎话那些人，谁愿和他谋事情？
附耳私语说坏话，害人主意共谋划。
你们讲话需谨慎，都说你们把谎撒。
花言巧语翻新样，编造谗言陷害人。
哪能无人信谎言？终于你把高官任。
谗人得志心欢畅，被害忠良心忧伤。
老天爷啊老天爷！
细察骄人罪状多，怜悯劳人真凄凉。
爱进谗言那些人，谁愿同他把事商？
快把他们都捉住，一齐丢到豺虎旁！
豺虎若是不屑吃，把他扔到大北方！

北方若是不接受，把他丢给那上苍。
宽敞大路通杨园，路依山丘紧相连。
我是寺人叫孟子，作下这诗来讽谏。
希望所有执政官，都要警惕记心间。

解读

这是诗人孟子因谗言受刑以后作以泄愤的诗歌。寺人，就是后世所谓的宦官阉人，而孟子就是这个阉人的名字。前人指出孟子因遭别人谗言陷害而获罪，在即将行刑之时，作诗言志，表达自己对那些诽谤别人、散播谣言的奸邪之徒的诅咒和恨意。

诗人在首章就表示出对谮人者的讽刺和怨恨，谮人者对自己的诽谤，就像织布时刻意织成的花纹一样，属于恶意中伤。其后作者一直在怨骂谮人者的丑恶，同时还对他发出了激烈的诅咒，将他喂给虎豹豺狼，连这些猛兽都不屑于吃他，可见诗人对谮人者的痛恨已经达到极致。

古代的酷吏常有罗织罪名的强项，而“罗织”一词的起源，或与这首诗的首章有关。“萋兮斐兮，成是贝锦”，用花言巧语织成锦绣绸缎来比喻罗织罪名的过程，这些锦缎看似美丽，实则带有很强的迷惑性，可以颠倒黑白、混淆视听，尤其是对昏君、暴君而言，这是他们最想要的结果。

刀剑杀人见血，诽谤杀人诛心。有时候一两句话的谎言经过千百人的讹传之后，就会形成铺天盖地的舆论压力，在这样的情况下，真相已经很难细究了。如果这场风暴针对的是个人或者弱势群体，那种伤害是难以估量的。

雪崩的时候没有一片雪花是无辜的。造谣诽谤者的用心何其歹毒，历史上这样的奸佞比比皆是，指鹿为马的赵高、口蜜腹剑的李林甫、卖国求荣的秦桧，其人其事，读之令人愤慨！

谷 风

习习谷风[1]，维风及雨。
将恐将惧[2]，维予与女[3]。
将安将乐，女转弃予。
习习谷风，维风及颓[4]。
将恐将惧，寘予于怀[5]。
将安将乐，弃予如遗。
习习谷风，维山崔嵬[6]。
无草不死，无木不萎。
忘我大德，思我小怨[7]。

注释

1 **习习**：风吹和顺的样子。**谷风**：东风。
2 **将**：连词，且。
3 **与**：亲近，救助。**女**：汝，你。
4 **颓**：旋风。
5 **寘**（zhì）：同“置”，放置。
6 **崔嵬**（wéi）：山势高峻的样子。
7 **小怨**：小毛病。

译　文

山谷大风响不止，风雨交加天气坏。
以前忧患甚艰苦，唯独有我把你爱。
如今生活很安乐，你却把我远抛开。
山谷大风响不住，风雨激荡震寰宇。
以往忧患不安定，抱我在怀你欢愉。
现在生活很安乐，弃我如同扔废物。
山谷大风响不停，吹遍高高那山冈。
一切青草皆死亡，所有树木都枯黄。
我的大德你全忘，我的小错你总想。

解读

这是一首被丈夫抛弃后的女子所作的表达怨恨之情的诗歌。在《诗经》当中，类似于这种风格的弃妇诗不在少数，这也正说明在男权时代，女性所处的社会地位是何等的卑微。她们为家事操劳，夙兴夜寐，相夫教子，但总是会受到夫家的不公平对待。这类诗歌读起来令人无比感伤。

诗歌共三章，内容比较简单，通篇表达了诗人对丈夫喜新厌旧的埋怨和不满。她怀念曾经陪丈夫渡过难关，两人同甘共苦，但生活安乐的时候，丈夫却要将自己抛弃。自己在外孤苦伶仃，任由风吹雨打，处境凄凉，无人心疼。

诗歌采用比兴的艺术手法，三章首句都以风雨起兴。曾经风雨来时自己与丈夫相依为命、不离不弃，现在风雨来时家境已有好转，但自己却被扫地出门。这如何能让人不悲愤？

俗话说，“糟糠之妻不下堂，贫贱之交不可忘”，但诗歌当中的这位丈夫，却是一个实实在在的忘恩负义之徒。生活贫困之时妻子陪他度过风雨，他也会将妻子拥抱入怀，夫妻相守相依，但生活条件越来越好之后，他却始乱终弃、见异思迁，将妻子逐出家门，这简直就是一个活脱脱的“陈世美”。世人常说，“一日夫妻百日恩”，但在天底下万千“陈世美”的心中，恐怕对共度风雨的枕边人，并没有多少恩义可言吧！

蓼　莪

蓼蓼者莪[1]，匪莪伊蒿。
哀哀父母[2]，生我劬劳！
蓼蓼者莪，匪莪伊蔚。
哀哀父母，生我劳瘁！
缾之罄矣[3]，维罍之耻[4]。
鲜民之生[5]，不如死之久矣！
无父何怙[6]？无母何恃[7]？
出则衔恤[8]，入则靡至[9]。
父兮生我，母兮鞠我[10]。
抚我畜我，长我育我，
顾我复我，出入腹我[11]。
欲报之德，昊天罔极[12]！
南山烈烈[13]，飘风发发。
民莫不穀，我独何害[14]！

南山律律，飘风弗弗。
民莫不穀，我独不卒[15]！

注释

❶ 蓼（lù）：长大的样子。
❷ 哀哀：可怜，可叹。
❸ 罄：空，完。
❹ 罍（léi）：酒坛子。耻：嘲笑。
❺ 鲜（xiǎn）民：父母双亡的人。
❻ 怙（hù）：依靠。
❼ 恃：倚仗，指望。
❽ 出：外出。衔：饱含。恤：忧虑。
❾ 入：回家。靡至：没有目的。
❿ 鞠：养育。
⓫ 腹：抱。
⓬ 罔极：没有原则。
⓭ 烈烈：艰阻的样子。
⓮ 何：同“荷”，承受。
⓯ 卒：终养父母。

译文

高高大大是那莪，不是那莪是香蒿。
真正哀怜我父母，生我养我太辛劳！
高高大大是那莪，不是那莪是牡蒿。
真正哀怜我父母，育我累病受苦劳！
瓶子里面已空空，这是坛子大耻辱。
我这孤儿存世上，不如早死见父母！
父亲已死我靠谁？没有母亲谁保护？

在外终日心有忧，回到家中无亲人。
我的父亲生养我，母亲细心养育我。
爱抚我呀爱护我，喂养我呀教育我。
看护我呀庇护我，进进出出抱着我。
本想报答父母恩，上天不使父母活！
那座南山真高大，暴风刮起呼呼响。
别人全家生活好，为何我独受祸殃！
那座南山真高峻，暴风狂怒呜呜响。
别人皆能养爹娘，为何我却不终养！

解读

这是一首孝子苦于劳役、感慨不能赡养父母的诗歌。自汉唐以后，人们都将这首诗歌视为父母双亲去世时候所作之诗，孝子因为不能为父母养老送终而痛心疾首，自己空余悔恨，痛心到极致而归咎于天，认为这是上天变化无常，夺去了父母的生命。

此诗六章，分三层意思：前两章是第一层，写父母生我养我时所经历的辛苦劳累。中间两章是第二层，写儿子失去双亲的痛苦和父母对儿子的深爱。后两章是第三层，抒写自身遭遇的不幸，诗人以眼见的南山艰危难越，耳闻的飙风呼啸扑来起兴，象征自己遭遇父母双亡而带来的心情剧痛。

在周人社会中，孝敬父母不仅是一种义务，还是一种优良美德。周王朝是以千千万万的小家庭为基本单位所组成的，所以他们无比重视父慈子孝、兄友弟恭，只有这样家庭才能和睦，国家才能安定。

人们常说:“树欲静而风不止，子欲养而亲不待。”这句话透露出了多少孝子的无奈和遗憾。从呱呱坠地，到茁壮成长，再到成家立业，这一路走来，父母在孩子身上不知道倾注了多少心血和精力，这些都是无法用金钱来衡量的。当子女长大成人、做出成绩的时候，最高兴最欣慰的也是父母。若能陪父母终老，对子女而言，是多么幸福的一件事啊！羔羊跪乳，乌鸦反哺，这些现象也被世人赋予了孝的含义。

大　东

有饛簋飧[1]，有捄棘匕[2]。
周道如砥[3]，其直如矢。
君子所履[4]，小人所视。
睠言顾之[5]，潸焉出涕[6]。
小东大东[7]，杼柚其空[8]。
纠纠葛屦，可以履霜?
佻佻公子，行彼周行。
既往既来，使我心疚。
有冽氿泉，无浸穫薪。
契契寤叹，哀我惮人[9]。
薪是穫薪[10]，尚可载也。
哀我惮人，亦可息也。
东人之子，职劳不来。

西人之子，粲粲衣服。
舟人之子，熊罴是裘。
私人之子，百僚是试[11]。
或以其酒，不以其浆。
鞙鞙佩璲[12]，不以其长。
维天有汉[13]，监亦有光[14]。
跂彼织女，终日七襄。
虽则七襄，不成报章[15]。
睆彼牵牛，不以服箱[16]。
东有启明，西有长庚。
有捄天毕，载施之行。
维南有箕，不可以簸扬。
维北有斗[17]，不可以挹酒浆[18]。
维南有箕，载翕其舌[19]。
维北有斗，西柄之揭[20]。

注释

❶ **馕**（méng）：装满食物的样子。**簋**：食器。**飧**：熟食。
❷ **捄**：长而弯曲的样子。**匕**：勺子。
❸ **砥**：磨刀石，形容平坦。
❹ **所履**：走过的地方。
❺ **睠**（juàn）：同“眷”，回首。
❻ **潸**（shān）：流泪的样子。
❼ **小东大东**：大小诸侯。
❽ **杼柚**（zhù zhú）：织布机上的机轴。
❾ **惮人**：劳苦人。
❿ **获薪**：砍来的柴火。薪，作动词，劈柴。

⑪ **百僚**：各种仆役。
⑫ **鞙（xuàn）鞙**：美丽的样子。**佩**：佩戴的瑞玉。
⑬ **汉**：银河。
⑭ **监**：视。**光**：闪闪发光。
⑮ **报**：反复。**章**：图案花纹。
⑯ **服**：负，背。
⑰ **斗**：北斗星。
⑱ **挹**：舀。
⑲ **翕**：引。
⑳ **揭**：高举。

译　文

大碗熟食满满装，枣木勺子弯又长。
大道平坦像磨石，笔直像矢伸前方。
贵族老爷路上行，平民百姓睁眼望。
回头看到那周道，心伤痛苦泪汪汪。
东方远近诸侯国，织成布帛已搜光。
葛草鞋子拿绳缠，穿它怎能来踩霜？
西周贵族甚轻狂，走在那边大道上。
西周官吏常来往，莫我诸侯心忧伤。
寒冷泉水从旁出，莫湿已砍那柴薪。
忧伤叹息不能眠，可哀可怜疲病人。
若用已砍众柴草，还可用车把它运。
可叹我们疲病人，也该休息解疲困。
诸侯之人众子弟，忙于累活无奖赏。
周人子弟很高贵，身穿华丽好衣裳。
富人子弟好阔气，熊罴皮袄穿身上。

富家子弟官运通，各种官职皆能当。
周人痛饮有美酒，诸侯薄酒难品尝。
周人佩带圆瑞玉，诸侯长佩难带上。
高高蓝空有天河，河水若镜闪闪光。
织女三星三个角，一天七次换地方。
织女虽然七换位，不能织作布纹样。
牵牛星儿亮晶晶，不能用它驾车辆。
启明清晨出东方，长庚晚上落西方。
天毕柄儿弯又长，斜挂云天成一行。
南天箕星如簸箕，不能用它把糠扬。
北方有颗北斗星，不能用它舀酒浆。
南天有个簸箕星，缩舌相吸敛取忙。
北方有颗北斗星，柄儿朝西举天上。

解读

这是一首在周厉王时期东方诸侯国臣民讽刺周王室横征暴敛、搜刮民脂民膏的诗歌。周厉王在位时期，执行“专利”政策，将山林川泽之利收归王室所有，也就是说王室将对这些重要物资执行专营措施，又开始“革典”，加重对民众的赋税征收，百姓苦不堪言，以致发生暴动。

诗歌着力描写东方诸侯国臣民在周王朝的压榨之下所过的艰辛生活，他们的财富和资源被源源不断地供给到王室，而他们却连基本的生活必需品都难以保障，东西两地的臣民所过的日子简直就是天壤之别，“东人”劳苦，“西人”坐享其成，诗人用南天箕星和北斗星讽刺“西人”贪得无厌。

周厉王时期对外战争不断，曾调动驻扎在成周（即洛阳）的殷八师讨伐东夷，战端一开，势必征用大量的军需用度，这些负担无疑就压在了“东人”的身上。庞大的军费开支和徭役赋税，定然会使得民怨沸腾，这首诗就是一大例证。

像周厉王这样横征暴敛、贪得无厌的无道暴君，在后世历史上可谓大有人在，最著名的应当属秦始皇。他用武力统一六国，按说一统之后就应该与民休养生息，恢复民力，但好大喜功的他却大肆征发徭役、筑长城、修陵墓、建阿房宫，妄图用强力推动这几项帝国巨形工程的进展。当秦始皇洋洋得意地看着这些伟大成就逐渐成型，殊不知民心也在逐渐丧失。人民面对这样不恤民力、剥削民脂民膏的暴政，终于在秦始皇驾崩后点燃了熊熊烈火，一举将秦王朝的基业焚毁。阅读历史，不由得让人扼腕叹息！

四　月

四月维夏，六月徂暑[1]。
先祖匪人，胡宁忍予？
秋日凄凄，百卉具腓[2]。
乱离瘼矣[3]，爰其适归？
冬日烈烈，飘风发发。
民莫不穀，我独何害？
山有嘉卉，侯栗侯梅。
废为残贼[4]，莫知其尤[5]！

相彼泉水，载清载浊。
我日构祸[6]，曷云能穀？
滔滔江汉，南国之纪[7]。
尽瘁以仕，宁莫我有[8]？
匪鹑匪鸢[9]，翰飞戾天。
匪鳣匪鲔，潜逃于渊。
山有蕨薇，隰有杞桋。
君子作歌，维以告哀！

注释

1 **徂**：到。**暑**：炎热。
2 **腓**（féi）：草木枯萎。
3 **乱离**：祸乱，忧愁。**瘼**（mò）：病，疾苦。
4 **废**：习以为常。**残**：残害。**贼**：破坏。
5 **尤**：罪过。
6 **构祸**：遭遇祸害。
7 **纪**：守则，纲纪。
8 **有**：通“友”，相亲。
9 **鹑**：猛禽名。即雕。

译　文

四月公出乃初夏，六月盛夏酷暑天。
祖宗不是别人家，忍心使我受苦难？
秋天风雨甚凄凉，各种草木皆枯黄。
遭到离乱心忧伤，身归何处是乐乡？
寒气凛凛刺人骨，暴风呼啸震天响。

他人都有好生活，为何我独遭祸殃？
山上处处草木好，有那栗树又有梅。
官吏肆意做残贼，竟然不知犯何罪！
瞧那泉水潺潺流，有时清澈有时浊。
天天我都遭祸患，何时能有好生活？
长江汉水滚滚流，制约东南众江河。
尽心苦为君王事，不肯友善来待我？
看那大雕和鸢鸟，展翅高飞到蓝天。
瞧那鲤鱼和鲔鱼，潜身逃进那深渊。
山上长出蕨和薇，湿地生长有杞树。
君子之人写此诗，只是要把哀忧诉！

解读

这是一首被朝廷贬谪到南方的小官在流放途中抒发他内心悲愤幽怨的诗歌。西周时期的南方，在时人眼中就是蛮荒之所、不毛之地，远比不得黄河流域的关中和洛阳富饶繁华，官员被贬谪到这儿，大多只能终老异乡，无法回京。诗人有感于此，赋诗言志。

从诗中可以看出，诗人操劳国事，鞠躬尽瘁，可以说忠心耿耿，但却被发配流放到南国蛮荒之所，内心之中的苦闷无处挥洒。他恨自己不是鸟，要不然就可以飞天入渊，逍遥自在去了，迫于形势，只能任由发落，空有烦闷。

这首诗歌着重刻画两个维度，一是写经历时间之长，从“四月维夏”到“冬日烈烈”，诗人经历了半年多的长途跋涉；二是写各季的自然环境，夏日酷暑、秋日萧瑟、冬日寒风，尽数经历。总的来说，从时间到空间再到体感，诗人的贬谪之路不可谓不艰辛！

在中国历史上不乏这样被贬谪流放的迁客骚人，著名如屈原，对楚王忠心耿耿，为国事鞠躬尽瘁却被流放，空有悲切之情，无处挥洒，只能作《离骚》以抒怀。“长太息以掩涕兮，哀民生之多艰”“举世皆浊我独清，众人皆醉我独醒”，即便在被流放之际，心中所想的还是国计民生，这种精神令人感佩！再如被汉文帝贬谪到长沙的贾谊，才华外现，遭人嫉恨，经历是何其相似？再如北宋的苏东坡，更是被朝廷一贬再贬，“问汝平生功业，黄州惠州儋州”，这就是他一生的宦海写照。

北　山

陟彼北山，言采其杞[1]。
偕偕士子[2]，朝夕从事。
王事靡盬，忧我父母。
溥天之下[3]，莫非王土[4]。
率土之滨[5]，莫非王臣。
大夫不均，我从事独贤[6]。
四牡彭彭[7]，王事傍傍[8]。
嘉我未老，鲜我方将[9]。
旅力方刚[10]，经营四方[11]。
或燕燕居息[12]，或尽瘁事国。
或息偃在床，或不已于行。
或不知叫号[13]，或惨惨劬劳[14]。

或栖迟偃仰[15]，或王事鞅掌[16]。
或湛乐饮酒[17]，或惨惨畏咎。
或出入风议[18]，或靡事不为。

注释

❶ 言：我。
❷ 偕（xié）偕：身体强壮的样子。
❸ 溥：大。
❹ 王土：周王的土地。
❺ 率土之滨：意思是说四海之内。率，从，沿着。滨，水边。
❻ 独贤：一个人辛苦。
❼ 彭（bāng）彭：奔跑不停的样子。
❽ 傍（bēng）傍：无穷无尽。
❾ 鲜（xiǎn）：赞美。将：强壮。
❿ 旅力：体力，筋力。
⓫ 经营：做事。
⓬ 燕燕：安闲的样子。
⓭ 叫号：辛苦叫喊的声音。
⓮ 惨惨：愁苦的样子。
⓯ 栖迟：闲游。
⓰ 鞅掌：负荷捧持，指公事繁忙。
⓱ 湛（dān）乐：沉溺于享乐之中。
⓲ 风议：横发议论。

译文

登上那边北山冈，我采枸杞来品尝。
我这士子身体壮，从早到晚劳作忙。
君王之事没完尽，担忧父母无人养。
普天之下地面广，块块土地归周王。

四海之内人众多，无一不是周王臣。
执政大夫不公正，使我出力独自多。
四匹公马跑不停，君王之事忙不完。
他们夸我还不老，赞我身体真强健。
说我年富力正强，四方劳作理当然。
有人在家享安逸，有人累病替国忙。
有人休息卧床上，有人路上从不停。
有人不问民间苦，有人劳苦多忧伤。
有人游乐床上躺，有人忙碌为周王。
有人贪图美酒乐，有人不安怕惹祸。
有人内外空议论，有人万事都需做。

解读

这是一首士大夫怨刺朝廷徭役不均、无法赡养父母的诗歌。西周时期边患频繁，国事辛劳，所以要将繁重的徭役层层摊派下去，而作为贵族阶级最下层的士大夫，他们必然要承担最重最累的那一部分。面对如此不公平的徭役分配制度，士大夫心有不甘，于是作诗抱怨。

这首诗歌的主题是抱怨徭役分配不均，其具体表现就是末三章的六个对比，把不同阶层所面对的事情鲜明地呈现在读者面前，上层与下层的处境，简直就是天壤之别，诗人心中愤愤不平，却又无可奈何。

诗言“溥天之下，莫非王土。率土之滨，莫非王臣”，这种观念在封建社会当中有很大的市场，几乎所有人都默许这一事实，认为自己是皇帝的臣民，自己的土地也是皇帝赐予的，这一观念奴役了国人两千多年，给了上层剥削底层的借口和理由。

《论语·季氏篇》中孔子曾言道："不患寡而患不均，不患贫而患不安"，将这句话作为这首诗的注脚，可以说是再合适不过了。中国历史上的多次农民起义，其爆发的根本原因就在于社会财富和资源的不平等分配，少数达官显贵盘踞着大量的财富，而芸芸众生只能吃官宦们的残羹剩饭。所以从陈胜吴广起义时"王侯将相，宁有种乎"的怒吼，到李自成起义时"均田免粮"的主张，再到太平天国运动时"无处不均匀，无人不饱暖"的理想，都是对这种社会不公平现象的强力反击。

无将大车

无将大车❶，祇自尘兮❷。
无思百忧，祇自疧兮❸。
无将大车，维尘冥冥❹。
无思百忧，不出于颎❺。
无将大车，维尘雝兮。
无思百忧，祇自重兮❻。

注释

❶ 将：用手推车。大车：牛拉的载重车。
❷ 祇（zhǐ）：只。自尘：招惹灰尘。
❸ 疧（qí）：生病。

❹ 冥冥：昏暗的样子。
❺ 颎（jiǒng）：火光，亮光。
❻ 重：拖累。

译 文

不要去推那牛车，若推只会沾灰尘。
不要多思忧心事，若想只会添病身。
不要去推那牛车，尘埃飞扬天灰蒙。
不要多思忧心事，越想前途越不明。
不要去推那牛车，灰尘扬起遮天空。
不要多思忧心事，只会添病惹悲伤。

解读

这是一首替领导干活的小官吏在完工之后抱怨费力不讨好的诗歌。诗人可能是一个已经沦为劳动者的士大夫，他很旷达，认为过分的忧伤只会让人心累，自己为工作任劳任怨，却得不到尊重和认可，所以作诗自我疏解。不过在旷达之余，不免还有几分埋怨在里面。

此诗三章，均以推车起兴，人帮着推车前进，难免会让泥土溅到身上，或者弄脏衣服，或者迷了眼睛，仔细一想，还是不要去推车的好。联想到自己的生活，诗人有了“无思百忧”的感叹，最后认为，人生在世不必过于忧患，忧虑过深只会让自己身体衰弱。

诗人可能是一个没落的士大夫，他的祖上可能也是朝堂显贵，可能也为国事呕心沥血、鞠躬尽瘁过，但现在家族沦落到这步田地，诗人不禁感伤。他选用推车比兴，应该有将车子比喻为国事的想法，意即不要为国事那么操劳，干得不好只会惹上一身的泥尘。

俗话说：“人生不如意事十之八九”，但即使如此，我们也应该保持一种乐观豁达的心境，任你波涛万千重，我自岿然不动。如果有这样的定力和胸襟，那不管遇上什么样的艰难险阻，也就不用担心了，如宋代名士苏东坡，虽然一生饱经宦海沉浮，但他依然能坦然面对，“莫听穿林打叶声，何妨吟啸且徐行。竹杖芒鞋轻胜马，谁怕？一蓑烟雨任平生。”任凭风吹雨打，我自有我内心的一份坦然，一份淡定，无关乎功名利禄，只在乎人之本心耳！

小 明

明明上天，照临下土。
我征徂西，至于艽野[1]。
二月初吉，载离寒暑。
心之忧矣，其毒大苦[2]！
念彼共人[3]，涕零如雨。
岂不怀归？畏此罪罟[4]！
昔我往矣，日月方除。
曷云其还？岁聿云莫[5]。
念我独兮，我事孔庶[6]。
心之忧矣，惮我不暇。
念彼共人，睠睠怀顾！

岂不怀归？畏此谴怒[7]！
昔我往矣，日月方奥[8]。
曷云其还？政事愈蹙。
岁聿云莫，采萧获菽。
心之忧矣，自诒伊戚！
念彼共人，兴言出宿。
岂不怀归？畏此反覆[9]！
嗟尔君子，无恒安处。
靖共尔位，正直是与。
神之听之，式穀以女。
嗟尔君子，无恒安息！
靖共尔位，好是正直。
神之听之，介尔景福[10]。

注释

❶ 艽（qiú）：边远。
❷ 毒：灾祸。
❸ 共人：同僚。
❹ 罪罟（gǔ）：法网。
❺ 岁：年。聿云：助词，无义。莫：晚。
❻ 事：差事。庶：众，多。
❼ 谴怒：谴责，生气。
❽ 奥：暖。
❾ 反覆：乱加罪名。
❿ 介：给予。

译　文

上天光明真辉煌，普照人间大地上。
周王让我到西方，来到茫茫这远荒。
二月初吉离家乡，一度寒暑时间长。
心中渐生无限忧，蒙受苦难真凄凉！
念起我的好朋友，两眼顿时泪汪汪。
岂能不想回故乡？害怕周王撒法网！
从前启程那一日，正是改岁过新年。
何时才能把家还？今年岁末快过完。
想起在此好孤单，公事很多忙得欢。
心中忧伤时烦恼，整日劳累不得闲。
想起我的好朋友，情意眷眷甚怀恋！
哪能不想回故乡？害怕周王怒翻脸！
从前动身那一天，正好春来日暖和。
何时才能把家还？政事急促日艰难。
今年又至岁暮时，割蒿摘豆忙不完。
心中忧伤时凄凉，自找烦恼惹哀怨！
想起我的好朋友，无法入睡到外边。
哪能不想把家还，害怕周王话不算！
哎呀我的同事们，不要安居常逸乐。
细心做好分内事，结交正人要选择。
神明察知你们好，赐你福禄没得说。
哎呀我的同事们，切勿安息无事做！
对待职务要认真，喜欢正人常联络。
神明察知你们好，必赐你们福禄多。

解读

这是一首在外征戍的军官自述久役不归、内心苦闷的诗歌，同时也有诗人对朝中大臣的劝谏之语，希望他们不要养尊处优，安享其成，应该尽忠职守，恪守正直，要用实际行动来为边境将士分忧解难，不要让边境上受苦受累的将士们寒心。

诗人描绘了他在行役时的复杂心理活动，自己苦于徭役，生活当中步履维艰，但毫无办法，只是在心中增添了无限忧虑。在外戍边，想回家而不得，只是怕朝廷怪罪。与将士们的劳苦形成鲜明对比的则是朝中官僚的奢靡生活，这种落差让诗人很难接受。

诗中虽然也有对上层统治者的抱怨和批判，但情感表达上不像其他诗歌那样尖锐露骨，在自述苦闷之情的同时，还有对朝堂身居高位者苦口婆心的劝谏，这种委婉而诚恳的措辞，为这首诗歌平添了几分哀怨。

这首诗歌道尽了诗人的戍边之苦。自古以来，护卫边疆的战士所肩负的责任足有千钧之重，他们在苦寒之地咀嚼着孤独和落寞，默默地守护着国境安全，这种奉献精神值得所有人铭记。哪有什么岁月静好，只不过是有人在替我们负重前行。北宋著名政治家范仲淹有词曰："浊酒一杯家万里，燕然未勒归无计。羌管悠悠霜满地，人不寐，将军白发征夫泪。"短短几句词，说出了戍边将士的艰辛和不易，"十五从军征，八十始得归""君不见沙场征战苦，至今犹忆李将军"，这些都是戍边将士沙场生活的真实写照。

鼓钟

鼓钟将将[1]，淮水汤汤[2]，忧心且伤。
淑人君子[3]，怀允不忘[4]。
鼓钟喈喈[5]，淮水湝湝[6]，忧心且悲。
淑人君子，其德不回[7]。
鼓钟伐鼛[8]，淮有三洲，忧心且妯[9]。
淑人君子，其德不犹[10]。
鼓钟钦钦[11]，鼓瑟鼓琴，笙磬同音[12]。
以雅以南[13]，以籥不僭[14]。

注释

❶ **鼓**：敲击。**将（qiāng）将**：钟声。
❷ **汤（shāng）汤**：水势奔腾的样子。
❸ **淑**：善。
❹ **允**：语气助词，没有实义。
❺ **喈喈**：钟声。
❻ **湝（jiē）湝**：水势奔腾的样子。
❼ **回**：奸邪。
❽ **伐**：击打。**鼛（gāo）**：大鼓。
❾ **妯（chōu）**：悲伤。
❿ **犹**：终止。
⓫ **钦钦**：钟声。
⓬ **笙**：古代的一种管乐器。**磬**：古代的一种打击乐器。
⓭ **雅**：雅乐。**南**：南夷之乐。
⓮ **籥（yuè）**：古代的一种乐器。**僭（jiàn）**：乱。

译 文

敲起钟来锵锵响，淮水奔流浩荡荡，我的心里好忧伤。
周王先祖品德佳，真是怀念不能忘。
敲打钟声和谐响，淮水奔流向前方，我心忧愁真悲伤。
周王先祖有声望，品德纯正不邪枉。
敲起钟来打大鼓，淮河三岛奏乐舞，心里忧伤多恐惧。
周王先祖威名好，品德极高无错误。
敲打钟乐声钦钦，演奏瑟乐又弹琴，吹笙击磬和谐音。
敲打《雅》来又敲《南》，吹籥和谐不紊乱。

解读

这是一首周人在淮水畔为战争中牺牲的将士们祭奠安魂的乐歌。周王朝自建国之后，就长期饱受着周边部落的侵略和袭扰，其中以淮夷部族较为猖狂，在成王时就趁三监之乱侵略周王朝，周公派其子伯禽平定，此后虽有安定，却一直是周王朝的心腹之患。双方交战势必会有人员伤亡，所以周人作乐歌以告慰亡灵。

诗歌首章言诗人在淮水旁边听到钟鼓之声响起，不免思念曾经在卫国战争中牺牲的淑人君子。次章、三章诗人悲伤更甚，愈发思慕君子之德。四章言钟鼓之声阵阵作响，伴奏着琴瑟笙磬的和鸣之声，音乐之声达到高潮，诗人对亡者的哀思之情也不断高涨。

关于这首诗歌的主题，也有学者认为是一首讽刺周王祸乱国政的伤今思古之作，另有一说是诗人在淮水之侧重观周乐，不禁思慕古代圣贤创造音乐的功德。众说纷纭，莫衷一是。若将之视为安魂之曲，似更为稳妥一点。

古语云：“一将功成万骨枯”，皇皇二十四史，读者可能更容易对帝王将相的功勋战绩产生兴趣，却很少有人关注到那一次次军功的背后所付出的沉重代价。战争其实就是一架无情的绞肉机器，史书中每一场战争的胜利必然伴随着数不清的将士的牺牲，他们才是战争中最痛最苦的人。为国捐躯，马革裹尸，他们甚至连姓名都不会留下。只有胜利者才有机会为他英勇献身的同伴安魂，“诚既勇兮又以武，终刚强兮不可凌；身既死兮神以灵，魂魄毅兮为鬼雄”，凄凉如是！

楚茨

楚楚者茨[1]，言抽其棘[2]，
自昔何为？我蓺黍稷。
我黍与与[3]，我稷翼翼[4]。
我仓既盈，我庾维亿[5]，
以为酒食，以享以祀。
以妥以侑[6]，以介景福[7]。
济济跄跄[8]，絜尔牛羊[9]，
以往烝尝。
或剥或亨，或肆或将[10]。
祝祭于祊，祀事孔明[11]。
先祖是皇，神保是飨。

孝孙有庆，报以介福，
万寿无疆！
执爨踖踖[12]，为俎孔硕。
或燔或炙，君妇莫莫[13]。
为豆孔庶，为宾为客，
献酬交错。
礼仪卒度，笑语卒获。
神保是格[14]，报以介福，
万寿攸酢！
我孔熯矣[15]，式礼莫愆。
工祝致告：徂赉孝孙[16]。
苾芬孝祀[17]，神嗜饮食。
卜尔百福[18]，如幾如式[19]。
既齐既稷[20]，既匡既敕。
永锡尔极，时万时亿！
礼仪既备，钟鼓既戒。
孝孙徂位，工祝致告：
神具醉止，皇尸载起[21]。
鼓钟送尸，神保聿归[22]。
诸宰君妇，废彻不迟[23]。
诸父兄弟，备言燕私[24]。
乐具入奏，以绥后禄。
尔肴既将，莫怨具庆。
既醉既饱，小大稽首。

神嗜饮食，使君寿考。

孔惠孔时，维其尽之。

子子孙孙，勿替引之！

注释

❶ **楚楚**：植物丛生的样子。
❷ **抽**：除。
❸ **与与**：茂盛的样子。
❹ **翼翼**：繁盛的样子。
❺ **庾**（yǔ）：雨天堆积谷物处。
❻ **妥**：安。**侑**：劝饮食。
❼ **景**：大。
❽ **济济**：形容众多。
❾ **絜**（jié）：同“洁”，洁净。
❿ **肆**：陈设。**将**：捧持。
⓫ **明**：指祭礼齐备。
⓬ **爨**（cuàn）：烧火煮饭。**踖**（jí）**踖**：敏捷而又恭敬。
⓭ **莫莫**：安静。
⓮ **格**：至。
⓯ **熯**（rǎn）：敬惧。
⓰ **徂**（lài）：往。**赉**：赏赐。
⓱ **苾、芬**：形容祭品的香味。**孝祀**：祭献。
⓲ **卜**：予。
⓳ **几**：期。
⓴ **稷**：急。
㉑ **皇**：荣耀。**尸**：代表祖先受祭的人。
㉒ **聿**：助词，无义。
㉓ **废彻**：撤去。**不迟**：不拖延。
㉔ **备**：结束。**燕私**：私燕，私家宴会。燕，通“宴”。

译 文

从从蒺藜多繁盛，除去棘刺开田地，
从古开地有何意？就为种黍和植稷。
我的黍苗真茂盛，我的稷秧多整齐。
我的粮仓全装满，囤中粮米已上亿。
用粮酿成的美酒，用来敬祖把神祭。
请神安坐忙劝酒，请神快把大福赐。
恭敬端庄至祖庙，牵来你的牛和羊，
冬祭秋祭不一般。
宰割烹煎很繁忙，或陈设来或献上。
司仪站于庙门旁，祭祀礼仪甚周详。
先祖来到这祭场，神尸把那酒肉尝。
延续子孙多福康，主祭周王有吉祥，
万寿无疆归周王！
厨师敏捷又恭敬，大肉放置俎板上。
有烧有烤味道香，主妇勤劳操作忙。
豆盛食物很多样，贵宾嘉客助祭来，
交互敬酒都谦让。
各样礼仪合法度，说说笑笑都得当。
神尸此时已到场，要让祭主享大福，
周王长寿得报答！
我们严肃敬先祖，一切礼仪不走样。
工祝代神告周王：先祖必把子孙赏。
祭品芬芳献神享，美味酒食神爱尝。
赐你福禄上百样，合乎法度与期望。

既恭敬来又严肃，既整饬来又端庄。
永远赐予宏大福，福祥亿万永传扬！
各种礼仪俱完美，钟鼓乐器皆齐备。
主祭周王到祭位，工祝代神把话讲：
神灵畅饮都已醉，伟大神尸要退回。
敲钟打鼓送尸归，神尸礼毕开始退。
诸位厨师与主妇，撤除祭品不迟疑。
各位父辈和兄弟，私相聚首开宴会。
各样乐器同演奏，安享祭后那福禄。
你的菜肴全都好，没有怨恨都庆祝。
全喝醉来都吃饱，小孩大人皆叩首。
神灵爱吃那祭品，定会让你得长寿。
祭祀顺利且善好，真是尽善又尽美。
周王有子子有孙，不废祖祭永保留！

解读

这是一首西周王室祭祀祖先的乐歌，值得注意的是，这首诗歌表述的不是祭祀典礼某一环节的单一内容，而是对整个礼仪流程的记述和歌唱。史载“国之大事，在祀与戎”，周人将祭祀看得与战争这样的军国大事一样重要，可见祭祀一事在周人心中的分量和地位。

诗歌对祭祀典礼的记载和描述可谓具体到了方方面面，包括祭祀之前所做的酿酒做饭等准备，以及对祭祀过程中参与者的仪态、服饰等要素的描写，其次则聚焦于祭祀场景，秩序井然，主宾间觥筹交错，最后众人享用祭祀完成后的祭品，通篇展现出了一种热烈庄严的气氛。

古人对祭祀的重视还表现在典礼的繁文缛节上，具体到主祭者和助祭者的身份、站位、服饰、仪态，以及祭品的规格、样式、种类，此外还有各种各样的禁忌和避讳，对这些细枝末节的关注给祭祀典礼平添了一种肃穆感和神秘感。

时至今日，祭祖仍然是中华民族一项重要的传统文化，大到祭祀伏羲、黄帝等上古先祖，小到各个家庭对列祖列宗的祭祀，这些都反映出国人虔诚的祖先神信仰。每逢清明节或中元节等日子，民众不约而同地去各自祖先的坟茔上扫墓祭祖，缅怀先人。祭祀之时，在族长或者族中长辈的带领下，宗族的男女老少恭敬地向祖先叩首膜拜，祭祀过后还会进行宴饮活动，这与《楚茨》这首诗歌中所表现的场景大同小异。通过这样的活动，可以增强参与者的宗族荣誉感和自豪感。

信南山

信彼南山[1]，维禹甸之[2]。
畇畇原隰[3]，曾孙田之。
我疆我理[4]，南东其亩。
上天同云，雨雪雰雰。
益之以霡霂[5]，既优既渥。
既霑既足，生我百谷。
疆埸翼翼，黍稷彧彧[6]。

曾孙之穑，以为酒食。
畀我尸宾，寿考万年。
中田有庐，疆埸有瓜。
是剥是菹，献之皇祖。
曾孙寿考，受天之祜。
祭以清酒，从以骍牡。
享于祖考，执其鸾刀[7]。
以启其毛，取其血膋[8]。
是蒸是享，苾苾芬芬。
祀事孔明，先祖是皇。
报以介福，万寿无疆。

注释

1. **信**（shēn）：通“伸”，长的样子。
2. **甸**：治理。
3. **畇**（yún）**畇**：平坦整齐的样子，形容开垦的田地。
4. **疆**：划分界限。**理**：区分田地好坏。
5. **霡霂**（mài mù）：小雨。
6. **彧**（yù）**彧**：茂盛的样子。
7. **鸾刀**：挂有铃铛的刀。
8. **膋**（liáo）：肠间的膏脂。

译　文

南山连绵远伸展，大禹治水开新田。
高原低地皆平坦，曾孙耕种把粮产。
划定田界和沟渠，东南田垅易分辨。

冬日密云飘蓝天，雪花纷纷落田园。
加上小小雨连绵，水多润泽易耕田。
土地湿润水分足，作物生长是丰年。
大小田界真整齐，谷子高粱连成片。
秋天曾孙来收割，酿酒做饭好喜欢。
献给神尸与宾客，神灵赐寿长万年。
田中生长大萝卜，瓜儿长在田界旁。
削皮腌菜味道美，把它献给先祖尝。
曾孙定有寿命长，上天会把幸福降。
我用清酒祭先祖，赤色公牛需用上。
献给祖宗来品尝，手持屠刀铃儿响。
分开牛毛将刀下，取那鲜血和膏脂。
冬祭忙把祭品献，烧起牛脂味道香。
祭祀事事皆完美，祖先来把祭品尝。
大福赐你作回报，万寿无疆享吉祥。

解读

这依然是一首周王室祭祀先祖并祈求降福的诗歌。周人以农立国，所以在祭祀祖先时总会把自己最珍贵的谷物、瓜果等农作物进献给祖先，请祖先享用，并且希望祖先能赐福降恩，保佑后世子孙在新的一年仍然能够喜获丰收，这表现出周人对祖先的崇拜和恭敬。

这首诗首章写大禹开辟南山，为周人播种百谷创造了一片良田，次章则描写风调雨顺，庄稼生长繁茂，三、四章写周人五谷丰登，以瓜果美食进献皇祖，祈求祖先庇佑，五章写筹备清酒和牺牲等祭品，六章则写祭祀礼成，先祖受祭，将赐予子孙福禄。

周人对祖先的祭祀既有神圣性，也带有某种不可言说的功利性，在虔诚的拜祭背后，主祭者希望祖先能庇佑子孙为后人驱灾辟邪，同时也为后人赐予福禄，就如同诗中所言："先祖是皇。报以介福，万寿无疆！"

诗歌第二章言"上天同云，雨雪雰雰，益之以霢霂"，这反映出自然天气对农业发展的重要影响。周人以之为立身之本的农业，在大自然面前其实是特别脆弱的，稍有过量的风霜雨雪，农作物的生长就必然会遭到严重的破坏。农民求神祈福的时候所言的风调雨顺，其实就是希望大自然的气候变化能和作物生长的步伐节奏相适应，但这样的期望很显然具有偶然性。也正因如此，农民对大自然的敬畏之心、对神灵祖先的依赖之心才会更强烈。

甫田

倬彼甫田[1]，岁取十千。
我取其陈，食我农人。
自古有年，今适南亩。
或耘或耔[2]，黍稷薿薿[3]。
攸介攸止，烝我髦士[4]。
以我齐明，与我牺羊[5]。
以社以方，我田既臧。
农夫之庆，琴瑟击鼓。

以御田祖[6]，以祈甘雨。
以介我稷黍，以縠我士女。
曾孙来止，以其妇子，
馌彼南亩[7]，田畯至喜。
攘其左右[8]，尝其旨否。
禾易长亩[9]，终善且有。
曾孙不怒，农夫克敏。
曾孙之稼，如茨如梁。
曾孙之庾，如坻如京[10]。
乃求千斯仓，乃求万斯箱。
黍稷稻粱，农夫之庆。
报以介福，万寿无疆！

注释

❶倬（zhuō）：大。
❷耘：锄草。耔：培土。
❸薿（nǐ）薿：茂盛的样子。
❹髦（máo）：漂亮潇洒。
❺牺：牛。
❻御（yà）：迎接。
❼馌（yè）：给在田耕作的人送饭。
❽攘（ràng）：礼让。
❾易：禾盛的样子。
❿坻：水中高地。

译 文

宽广大田远无垠，一年收获千千万。
我把陈粮取些来，送给农夫度艰难。
自古以来多丰年，今天我去向阳田。
锄草培土忙操劳，谷子高粱长得欢。
青苗长大结实止，召来才俊做田官。
米饭装得礼器满，还要摆设牛与羊。
祭罢土神祭四方，我的土地很肥沃。
这是农民的福气，弹琴奏瑟打鼓响。
迎接神农把祭享，祈求好雨及时下。
保佑黍稷能丰产，养育百姓心欢畅。
周王亲自来督田，正遇农夫妻和子，
送饭要去那田间，田官到来心欢喜。
提袖露臂出双手，田官尝饭是否香。
遍地禾苗长势好，枝叶茂密果实繁。
周王何必来发怒，农夫干活都勤勉。
王的庄稼遍地长，好像屋顶和桥梁。
周王露天在粮囤，好像山坡和高丘。
于是装粮寻千仓，祈求万车运粮忙。
有黍有稷有稻粱，农夫有功给奖赏。
神灵回报降大福，周王长寿永无疆！

解读

这是一首春夏之交周王祈谷于上帝的诗歌。据史载，周王不仅在春耕时节要举行祭祀仪式，在作物的收获时节也需要举行典礼。这首诗所描写的应该是作物生长的关键期，周王来到籍田当中，举行祭祀四方神灵、祈求谷物茁壮生长的典礼，希望接下来能够风调雨顺。

全诗四章，首章写甫田广大，可以种大量的粮食来供养农夫，次章写为了祈盼庄稼能有个好收成，周王率臣民举行了隆重的祭神仪式，三章进一步写周王在仪式结束之后，携妻儿一起来籍田参加农事，农夫斗志昂扬，君臣同乐，卒章描述了一幅丰收景象以及农人对周王的美好祝愿。

“以御田祖”，田祖是民俗文化中所说的炎帝，即“三皇五帝”中的神农氏。民间流传着他亲尝百草、治病救人的传说，最为著名的传说则是他制作耒耜、播种五谷，为先民的农业发展作出了卓越贡献。

无论是周王亲自耕种籍田，还是周王携妻儿百官去慰问在田间耕种的农夫，实际上都是表明官方对农业生产事业的重视。周人以农立国，无论是民众的日常生活，还是战略储备物资，农业的丰收与否都与国家的命运紧紧地联系在一起。农业兴则国运兴，农业衰则国运衰，农业可以说是国家安全的命脉之所在，从古至今，莫不如是。所以，我们也就能理解为什么上至周天子、下至公卿大夫都对农事表现出极大的关注和重视，通过这种作秀以激励农民勤于耕种，从而保证国家的粮食安全。

大　田

大田多稼，既种既戒[1]，既备乃事。
以我覃耜[2]，俶载南亩[3]，播厥百谷。

既庭且硕[4]，曾孙是若[5]。
既方既皁，既坚既好，不稂不莠。
去其螟螣，及其蟊贼，无害我田稚。
田祖有神，秉畀炎火[6]。
有渰萋萋[7]，兴雨祁祁[8]，
雨我公田，遂及我私。
彼有不获稚，此有不敛穧[9]；
彼有遗秉[10]，此有滞穗[11]，伊寡妇之利。
曾孙来止，以其妇子，
馌彼南亩，田畯至喜。
来方禋祀[12]，以其骍黑，
与其黍稷，以享以祀，以介景福[13]。

注释

❶ **种**：选种。**戒**：修整农具。
❷ **覃**（yǎn）：锋利。
❸ **俶载**（chù zài）：开始从事。
❹ **庭**：直。
❺ **是**：代词，位于动词前复指宾语。**若**：顺心，任意。
❻ **秉**：拿。**畀**（bì）：给。**炎火**：大火。
❼ **渰**（yǎn）：云兴起的样子。**萋萋**：指云密集的样子。
❽ **祁祁**：众多的样子。
❾ **穧**（jì）：已割而未收的农作物。
❿ **秉**：谷把。
⓫ **滞穗**：丢弃的谷穗。
⓬ **禋**（yīn）**祀**：祭祀。
⓭ **介**：请求，求得。**景**：大的。**福**：福气，福泽。

译 文

大田庄稼品种多，选罢种子修农具，准备工作都结束。

用那锋利好犁头，向阳田里将土翻，及时播种那百谷。

苗儿挺拔且高大，周王心顺意满足。

庄稼抽穗结果实，籽粒坚实长得旺，没有秃穗无莠草。

螟虫螣虫全除掉，蟊虫贼虫全铲除，无害生长小嫩苗。

神农爱农有神通，大火尽把害虫烧。

天上阴云忽然起，霎时天阴云漫漫，

好雨落到公田上，私田下雨亦普遍。

那边晚谷尚未割，这边谷捆没收完；

那边禾把遗漏多，这边谷穗遗田间，寡妇捡粮谷物全。

周王亲自来视察，正遇农夫妻和子，

一同送饭到田间，田官赶到心欢喜。

周王野祭于谷田，摆上赤牛和黑猪，

还有黍稷好谷物，献给神灵以祭祀，祈求神灵赐大福。

解读

这是一首秋冬之际周王祭田以祈求丰收的诗歌，和此前几篇农祭诗歌不同，《大田》着重叙述周人在作物生长季节对病虫害的防治以及秋季的收获等。秋收时节，周王以谷物酒食祭拜四方神灵，报答他们所赐予的丰收，并祈求来年的田地继续能像今年一样丰收。

农业丰收虽然有上天（自然气候）的关照，但也离不开农民面朝黄土背朝天的辛勤努力，所以诗歌首章着重描写农夫耕种的细致和辛苦，次章写防治虫害，已尽人事，但看天命，第三章写天降甘露，滋润万物，第四章写丰收之后周王率众臣民祭祀神灵之事。

这首诗歌运用白描手法，勾勒出一幅上古时代农业生产方面的民情风俗画卷，其中所涉及的诸多人物，如农人、妇子、寡妇、田畯、曾孙等人，虽然诗人对他们着墨无多，但他们各有各的形象，各安其位，各劳其事，体现出诗歌独特的艺术魅力。

正因为农业生产对自然气候的强烈依赖，所以这种心理也催生出了诸多朴素的民间信仰，比如我们所熟知的对龙王的祭祀等。在神话传说中，龙王是掌管风雨雷电的神灵，对普通民众而言，只怕龙王要比玉皇大帝这样的众神之首更值得敬畏，套用一句俗语就是“县官不如现管”。对于只务农事不管其他的小老百姓而言，风调雨顺、五谷丰登就是他们最大的期待和幸福，所以凡是有助于农事生产的神灵，在他们心目中都有着独特的分量。

瞻彼洛矣

瞻彼洛矣，维水泱泱[1]。
君子至止，福禄如茨[2]。
韎韐有奭[3]，以作六师。
瞻彼洛矣，维水泱泱。
君子至止，鞞琫有珌[4]。
君子万年，保其家室。
瞻彼洛矣，维水泱泱。

君子至止，福禄既同。
君子万年，保其家邦。

注释

❶ 泱（yāng）泱：水深广的样子。
❷ 茨（cí）：草屋的房顶，形容广而大。
❸ 韎韐（mèi gé）：赤色皮蔽膝。奭（shì）：赤色。
❹ 珌（bì）：刀鞘下的饰物。

译 文

遥望那边洛水河，河水深广浩荡荡。
周王亲临到河旁，福如屋盖很宽广。
身系蔽膝闪红光，发动六军保家乡。
遥望那边洛水河，河水深广浩荡荡。
周王亲临至河旁，刀鞘玉饰闪亮光。
周王高寿万年长，永保周家国运昌。
瞻望那边洛水河，河水深广浩荡荡。
周王亲自到河旁，福禄会聚他身上。
周王高寿万年长，永保江山安家邦。

解读

这是一首写周宣王在洛水之滨会盟诸侯并检阅军队、诸侯赞美天子的诗歌。周宣王在位期间，国家已经从周厉王时“国人暴动”的阴影中走了出来，在周宣王及众多文臣武将的努力下，国力正在恢复，诸侯也逐渐归心，回归到以往那种众星拱月的政治格局，这首诗就是诸侯向周宣王表忠心的例证。

全诗三章，首章起笔不凡，描写了周宣王驾临洛水之滨时雍容华贵的仪仗和君临天下的威严。在六师的簇拥下周宣王会盟诸侯，诸侯也极力赞美周宣王，恭祝他万寿无疆、福禄加身等，通篇都处在一片祥和吉庆的景象中。

诗歌三章以洛水起兴，洛水泱泱，波澜壮阔，象征在周宣王领导下的周王朝也能像洛水一样国势兴旺。这种描写既反映出诸侯对王朝中兴的称赞，也显示出他们对周宣王的忠心。天子在检阅六师之后，赏赐与会诸侯将领，深刻地表明了此次讲习武事的主要目的。

王朝复兴的一个显著标志就是天下归心，而天下归心的关键则在于执政者，他是否具有广博的胸襟、卓越的才能以及君临天下的王者气度，这些关乎到天下人对他的评价和认识。从诗中来看，以上要素周宣王应是全部具备的，这也是他远胜于他父亲周厉王的地方。周厉王施行暴政，导致众叛亲离、人心涣散，国人暴动就是这一尖锐矛盾爆发的结果。周宣王身着戎装，统御六军，会诸侯于洛水之滨，令天下臣服、四海归心，这对于周王朝有强烈的政治意义。

裳裳者华

裳裳者华，其叶湑兮。
我觏之子[1]，我心写兮[2]。
我心写兮，是以有誉处兮。

裳裳者华，芸其黄矣。
我觏之子，维其有章矣。
维其有章矣，是以有庆矣[3]。
裳裳者华，或黄或白。
我觏之子，乘其四骆。
乘其四骆，六辔沃若[4]。
左之左之，君子宜之。
右之右之，君子有之。
维其有之，是以似之[5]。

注释

1. **觏**：遇见。
2. **写**（xiè）：通“泻”，高兴，畅快。
3. **庆**：得到奖赏后的庆祝。
4. **沃若**：鲜艳气派。
5. **似**：喜乐之意。

译文

花儿怒放色彩艳，叶儿茂盛绿莹莹。
我已见到这个人，心中欢喜真轻松。
心中欢喜很舒畅，从此就有安乐处。
群花怒放真美丽，朵朵花儿皆深黄。
我已见到这个人，他有才华能力强。
他有才华能力强，所以才能得奖赏。
群花怒放很漂亮，花儿有白亦有黄。

我已见到这个人，四匹骆马套车上。
四匹骆马套车上，六条缰绳闪亮光。
佐君王啊佐君王，君王让他得安顺。
佑君王啊佑君王，君王让他把官当。
只因君王疼爱他，所以我心真欢乐。

解读

从诗本义来看，这应该是一首关于婚恋主题的诗歌。诗歌大约是出自女子之口，歌唱遇到心上人时的喜悦之情，女子赞美男子很有教养，很讲规矩。从出行仪仗上来看，男子应该是一个贵族子弟，女子与他并排而坐，时而向左，时而向右，全诗洋溢着一种喜悦欢快的气氛。

全诗共有四章，每章六句。诗歌前三章结构相似，是同一种情感的重章叠唱，情绪逐渐深入，每章均以花起兴，从“其叶湑兮”到“芸其黄矣”再到“或黄或白”，通过花繁叶茂的盛景抒发主人公心中的欢愉之情。末章“维其有之，是以似之”，两句总括全篇，赞美君子表里如一、德容兼美。

关于诗歌主题，历代学者争论不一。一说是讽刺周幽王之诗，一说是天子赞美来朝诸侯之诗，一说是诸侯赞美初即王位的天子之诗，此外还有其他说法，可谓众说纷纭！从诗歌本义来看，并未明确说明诗人和君子的身份到底是诸侯还是周王，所以删繁就简，将这首诗视为男女婚恋之诗较为稳妥。

俗话说：“男怕入错行，女怕嫁错郎”，这是在说一个好丈夫对女子往后余生的重要性，从诗中来看，君子气度不凡，表里如一，这个女子可以说得遇良人了，可以想见他们在婚后应该会过上幸福恩爱的生活。其实在选择对象的时候，不仅仅女子要擦亮眼睛，男子也是如此。没有爱情为依托的婚姻注定是枯燥无味的，而爱情就源自男女之间的相互理解、相互尊重、相互体贴，如果所遇非人，婚后恐怕很难幸福。

桑扈

交交桑扈❶，有莺其羽❷。
君子乐胥❸，受天之祜。
交交桑扈，有莺其领❹。
君子乐胥，万邦之屏。
之屏之翰❺，百辟为宪❻。
不戢不难❼，受福不那❽。
兕觥其觩❾，旨酒思柔。
彼交匪敖❿，万福来求。

注释

❶ **交交**：鸟的叫声。**桑扈**：布谷鸟。
❷ **莺**：指文采。
❸ **胥**：语气词，无实义。
❹ **领**：颈。
❺ **翰**：指屏障。
❻ **辟**：君主。
❼ **不**：很，十分。**戢**（jí）：谦和。**难**：恭敬。

❽ **那**：多。
❾ **兕觥**（gōng）：犀牛角做的酒杯。**觩**：兽角弯曲的样子，这里指酒杯。
❿ **交**：通“骄”，骄横。**敖**：通“傲”，骄傲。

译　文

交交鸣叫布谷鸟，羽色鲜艳多文采。
各位诸侯心欢畅，上天赐福甚关怀。
交交鸣叫布谷鸟，颈毛文彩闪闪亮。
各位诸侯多欢快，皆是周王好屏障。
是屏障啊是干才，诸侯百官作榜样。
他很谦和很严肃，因而福多任他享。
犀牛角杯弯又弯，美好之酒醇且甜。
他不侮慢不骄傲，万种幸福全聚全。

解读

这是在酒宴上周天子赞美诸侯的诗歌。贵族阶层的政治其实就表现在这些看似寻常的宴饮当中，天子赐宴，与诸侯觥筹交错，在宴会上喜笑欢颜，虽然是在饮酒作乐，实则是增进君臣之间的感情，使得彼此更加信任。周天子赞美与会诸侯，实则是对诸侯的抚慰，希望他们能忠心王室。

诗歌总共四章，从内容来看，这首乐歌的政治意味很浓，首章言君子（前来赴宴的这些诸侯）的快乐是来自上天所赐的福禄，次章又强调君子对于国家的重要性，第三章称赞他们是国家栋梁和屏障，是天下人效仿的榜样，卒章则是对他们的告诫之语。

卒章特意言道“彼交匪敖，万福来求”，根据前人的注解，这句诗是说君子要谦恭谨慎，不要傲慢，如此才能永享富贵，永葆福禄。这句话其实是一种隐约的暗示，言下之意是希望诸侯能够忠贞不贰，这样天子才能赐予他们福禄。这句话既是祝福，也是一种委婉的威胁。

对周天子而言，家事即国事，他可能只是设宴款待宗亲诸侯，与他们拉拉家常、叙叙旧情，这样的做法与普通百姓宴请宾客的心理其实别无二致，但因为主宾双方特殊的身份，所以也就为这场宴会赋予了一层庄重的意义。相比于严肃的朝堂论政，这种相对比较轻松愉悦的宴饮场合更适合增进天子与诸侯之间的感情。在觥筹交错之间，在音乐舞蹈的调和下，给人营造出一种祥和美好的宴会氛围，主宾之间相互赞美，可谓其乐融融。

鸳鸯

鸳鸯于飞，毕之罗之[1]。
君子万年，福禄宜之。
鸳鸯在梁，戢其左翼[2]。
君子万年，宜其遐福。
乘马在厩，摧之秣之[3]。
君子万年，福禄艾之。
乘马在厩，秣之摧之。
君子万年，福禄绥之[4]。

注释

❶ 毕、罗：捕鸟的网。
❷ 戢：收起，绊缚。
❸ 摧：铡草。秣（mò）：喂马。
❹ 绥：平安。

译文

成双成对鸳鸯飞，及时捕捉用鸟网。
周王寿命万年长，永享幸福心欢畅。
鸳鸯栖息在坝上，嘴埋左翼多安详。
周王寿命万年长，宜把幸福长久享。
四匹马儿于马厩，既喂草料又喂粮。
周王寿命万年长，有福有禄得保养。
四匹马儿于马厩，粮谷草料喂得全。
周王寿命万年长，福禄尽享永平安。

解读

这是一首祝福新婚的诗歌。周人十分重视婚姻，将之视为“结两姓之好，上以事宗庙，下以继后世”的大事。直至今日，我们仍然将婚姻大事作为一个人人生当中最重要的事情之一。婚姻是甜蜜且喜悦的，所以参与婚礼的四方宾客都会为新人送上热情的祝福。

这首诗前二章以鸳鸯起兴，后二章以马起兴，这两种意象都与婚姻密切相关，鸳鸯是成双成对的鸟，马是迎娶新人的坐骑。前二章赞美新人郎才女貌，祝福他们永享福禄，后二章祝福他们婚后生活富足美满。

生活之中，欢乐与痛苦必然并存，但只要双方心心相印、相濡以沫，苦乐之中就都有幸福存在。诗人用鸳鸯比喻夫妻，容易引起欣赏者的共鸣，并且鸳鸯这一形象也逐渐成为婚姻生活的一种象征，为后世所普遍接受。

鸳鸯戏水是象征夫妻和谐生活的一个重要意象。通常在举办婚礼时，无论是礼堂中，或者是婚房内，都会选取这一意象来表达对新婚夫妻的祝福和赞美，其目的就是取鸳鸯成双成对、忠贞美好的寓意。此外，形容夫妻婚后美好生活的意象还常用"琴瑟和鸣"，这个意象出自《诗经》的《棠棣》，诗言"妻子好合，如鼓琴瑟"，象征婚后夫妻百年好合。再如"比翼鸟""连理枝"，唐代著名诗人白居易所写的《长恨歌》中就有"在天愿作比翼鸟，在地愿为连理枝"，都是取彼此关系密切、不可分割之意，用来比喻唐明皇和杨贵妃凄美卓绝的爱情。

頍　弁

有頍者弁[1]，实维伊何？
尔酒既旨，尔肴既嘉。
岂伊异人？兄弟匪他。
茑与女萝[2]，施于松柏[3]。
未见君子，忧心弈弈[4]。
既见君子，庶几说怿[5]。
有頍者弁，实维何期[6]？

尔酒既旨，尔肴既时。
岂伊异人？兄弟具来。
茑与女萝，施于松上。
未见君子，忧心怲怲。
既见君子，庶几有臧。
有頍者弁，实维在首。
尔酒既旨，尔肴既阜[7]。
岂伊异人？兄弟甥舅。
如彼雨雪，先集维霰[8]。
死丧无日，无几相见[9]。
乐酒今夕，君子维宴。

注释

1 **頍（kuǐ）**：戴（帽）。**弁（biàn）**：帽子。
2 **茑（niǎo）与女萝**：比喻兄弟亲戚相互依附。
3 **施（yì）**：蔓延，延续。
4 **弈弈**：心神不宁。
5 **说（yuè）怿**：快乐的样子。
6 **何期**：期何，期待什么。
7 **阜**：丰富。
8 **霰（xiàn）**：雪粒。
9 **无几（jǐ）**：没有多少。

译　文

有棱有角那皮帽，为何戴在头上边？
你的美酒真香甜，你的肉菜味道鲜。

难道我们是外人？本是兄弟根相连。
瞧那茑草和女萝，攀缘依附松柏间。
没能见到周王面，心中忧虑很不安。
得见周王那尊容，心中高兴笑开颜。
有棱有角那皮帽，为何戴在头上边？
你的美酒的确好，你的肉菜也香甜。
难道我们是外人？本是兄弟来相见。
瞧那茑草和女萝，攀缘依托松树间。
没见周王他的面，心中忧伤恨绵绵。
得见周王那尊颜，好运可望即眼前。
有棱有角那皮帽，把它戴在头上边。
你的美酒好香甜，你的肉菜也丰赡。
难道我们是外人？本是兄弟甥舅间。
好像大雪降落前，先下雪粒到人间。
死丧末日没几天，再没几时能相见。
今晚纵情来饮酒，大家及时寻安乐。

解读

这是一首写贵族宴请宗族叔伯兄弟和亲戚的诗歌。从诗意来看，其所描绘的场景不是太平盛世的宴会，而是有着王室大厦将倾时的忧虑，透露出一种悲凉消沉的情绪。这些贵族已经意识到荣华富贵即将朝不保夕，不如及时行乐，得过且过。

这是一首赴宴参会者所写的诗歌，他反复称赞“尔酒既旨，尔肴既嘉”，同时也指出赴宴者的身份是“兄弟甥舅”，诗人写出了兄弟相见时的那种欢快和喜悦之情，也流露出对国家前途的担忧。

卒章言“如彼雨雪，先集为霰。死丧无日，无几相见。乐酒今夕，君子维宴。”这几句提升了全诗的思想深度，面对江河日下的国家形势，贵族阶层已经开始惶恐不安，前面宴会虽然丰盛，但这样的盛宴又能维持多久呢？以乐景写哀情，衬托出诗人内心之中的悲凉。

正所谓“树倒猢狲散”，诗中所牵涉到的贵族阶层，都是与周王室休戚与共的群体，他们的利益是捆绑在一起的，一荣俱荣，一损俱损。面临大厦将倾的危局，他们不思拯救国难，却还在这儿饮酒作乐，可想而知这些贵族也都是一群只会安于享乐、不会治国理政的社会蠹虫。这种情形在大明王朝覆灭前夕也曾上演过，明万历皇帝最宠爱的福王朱常洵，凭恃贵族身份剥削民众，坐拥万千财富而不知疏解民困，最终王朝覆灭，他也被农民起义军所杀。

车　辖

间关车之辖兮[1]，思娈季女逝兮[2]。
匪饥匪渴，德音来括[3]。
虽无好友，式燕且喜[4]。
依彼平林[5]，有集维鷮[6]。
辰彼硕女[7]，令德来教[8]。
式燕且誉，好尔无射[9]。
虽无旨酒，式饮庶几[10]。

虽无嘉肴，式食庶几。
虽无德与女？式歌且舞。
陟彼高冈，析其柞薪[11]。
析其柞薪，其叶湑兮[12]。
鲜我觏尔[13]，我心写兮[14]。
高山仰止，景行行止[15]。
四牡骓骓[16]，六辔如琴。
觏尔新昏，以慰我心。

注释

❶ **间关**：车轮的摩擦声。**辖**（xiá）：车轮轴头上的键。
❷ **思娈**：思慕美貌。
❸ **德音**：好消息。**括**：会面，见面。
❹ **式**：语气助词，没有实义。**燕**：同“宴”。
❺ **依**：茂密。**平林**：平地上的树林。
❻ **鷮**（jiāo）：野鸡。
❼ **辰**：时刻，这里指出嫁的时刻。**硕女**：长大了的女子。
❽ **令德**：好德行。
❾ **射**：厌，厌恶。
❿ **庶几**（jī）：勉强可以。
⓫ **析**：砍。**柞**（zuò）：树名，栎树。
⓬ **湑**（xǔ）：茂盛。
⓭ **鲜**：善。**觏**：指婚媾。
⓮ **写**：同“泻”。
⓯ **景行**（háng）：大路，大道。
⓰ **骓**（fēi）**骓**：并列行走。

译　文

车行轴头响间关，美貌少女做新娘。
不再如饥似渴想，美德妻子坐身旁。
岂无好友来相伴，高兴宴饮喜成双。
平原树林郁苍苍，长尾野鸡集树上。
艳丽高大好姑娘，美德足以教新郎。
宴饮尽欢心乐畅，永远爱你不相忘。
岂能没有甜美酒，希望你来多品尝。
岂无美味与佳肴，盼你吃饱食欲旺。
岂无美德把你配，且歌且舞心欢畅。
登上那边高山冈，砍下柞树当薪柴。
砍下柞树作薪柴，树叶茂盛青山外。
今天我们来结婚，心意舒畅尽开怀。
仰望眼前那高山，举步走在大路上。
四匹公马行不停，六条缰绳如琴弦。
我和新娘把婚成，早已满足我心愿。

解读

这是一首男子到女方家迎亲途中所写的诗歌。古人对于婚丧嫁娶之事十分重视，以结婚为例，从议婚至完婚要经过六道关键的礼节，即纳采、问名、纳吉、纳征、请期、亲迎。这首诗歌反映的就是“六礼”中的亲迎之礼，男子驾车前去迎娶新娘，路过高山，心情愉悦，所以赋诗言志。

全诗共五章，首章写娶妻启程，从娶亲的车辖声中开始，次章写诗人盼望能早日迎娶到这位女子的急切心情，

第三章仍然是男子对女子情真意切的倾诉，第四章以柞薪起兴，比喻婚姻，卒章则点明主旨，升华主题，表现出诗人对佳偶的思慕之情。

“高山仰止，景行行止。”这句诗表达了诗人对未来美好婚姻的向往和期待，诗人以巍峨高山和康庄大道为喻，这种艺术手法与诗人喜悦热烈的心情相得益彰，也成为今天人们表达崇敬仰慕之情的常用手法。

人们常说：“愿得一心人，白头不相离。”这大概就是我们对婚姻和爱情最美好的期待和祝愿吧！汉代著名外交家苏武在临赴匈奴出使前与妻子道别，曾有诗言“结发为夫妻，恩爱两不疑。欢娱在今夕，嬿婉及良时”，字字句句，表现出对妻子深沉的爱意，诗句最后苏武再次深情告白：“生当复来归，死当长相思。”壮士既有一腔慷慨报国志，也有一颗柔情温婉心。此后他在匈奴牧羊十九年，心心念念的应该还是他最爱的结发妻子吧！

青　蝇

营营青蝇[1]，止于樊[2]。
岂弟君子[3]，无信谗言。
营营青蝇，止于棘。
谗人罔极[4]，交乱四国。
营营青蝇，止于榛。
谗人罔极[5]，构我二人。

注释

❶ 营营：苍蝇飞来飞去的叫声。
❷ 樊：篱笆。
❸ 岂弟（kǎi tì）：同“恺悌”，和乐平易的样子。
❹ 罔极：没有定准。
❺ 构：离间。

译　文

苍蝇来往嗡嗡叫，落到那边篱笆上。
平易和乐周幽王，莫信谗言坏主张。
苍蝇往来嗡嗡叫，落到酸枣小树间。
谗人行为无准则，挑拨各国互相乱。
苍蝇往来嗡嗡叫，落到那边榛树间。
谗人行为无定准，离间你我起祸端。

解读

这是一首劝诫贵族统治者不要误信谗言的诗歌。古时学者认为这是朝中大夫讽刺周幽王的诗歌，但从诗歌本义来看，并未明确指出诗歌因何事而作、作于何时。如果非要附会到具体某一段历史的话，则显得有点牵强，难以让人信服，所以还是就诗论诗较为稳妥。

全诗四章，每章四句，以青蝇起兴引出诗人的作诗之意。诗人将那些传播谗言的人比作嗡嗡乱叫的绿头苍蝇，它们一直在篱笆旁边叫个不停，吵得人让人心烦意乱。诗人看到这一幕，就联想到进谗之人也是这样可恶讨厌，自己也深受其害，所以劝诫君子不要听信谗言。

谗言的危害不在于外，而在于内，就如同诗中所写的那样，“谗人罔极，交乱四国。”这些造谣之人，用心险恶，他们像苍蝇一样四处乱飞、乱叫，其目的就是搅得人心神不宁，好让自己从中取利。

作为执政者，对于四方言论一定要有清晰冷静的判断，不可偏听偏信，更不可意气用事，如果自己不能辨别忠言和谣言，那就恰好踏入了造谣者的圈套。俗话说“谣言止于智者”，对身处其中的人来说，如何辨别就显得尤为重要。明代崇祯皇帝刚愎自用，自负多疑，皇太极就是抓住了他的这一心理，施展反间计，派人在崇祯耳边反复念叨袁崇焕要谋反。最后，崇祯误信谗言、杀戮忠良，自此明朝再难抵御满清的攻势，天下也很快落入清朝手中。

宾之初筵

宾之初筵，左右秩秩。
笾豆有楚，肴核维旅。
酒既和旨，饮酒孔偕。
钟鼓既设，举醻逸逸。
大侯既抗[1]，弓矢斯张。
射夫既同[2]，献尔发功[3]。
发彼有的，以祈尔爵。
籥舞笙鼓，乐既和奏。
烝衎烈祖[4]，以洽百礼。

百礼既至，有壬有林[5]。
锡尔纯嘏[6]，子孙其湛[7]。
其湛曰乐，各奏尔能。
宾载手仇，室人入又。
酌彼康爵，以奏尔时。
宾之初筵，温温其恭。
其未醉止，威仪反反[8]。
曰既醉止，威仪幡幡[9]。
舍其坐迁，屡舞仙仙[10]。
其未醉止，威仪抑抑[11]。
曰既醉止，威仪怭怭[12]。
是曰既醉，不知其秩。
宾既醉止，载号载呶[13]。
乱我笾豆，屡舞僛僛。
是曰既醉，不知其邮[14]。
侧弁之俄，屡舞傞傞[15]。
既醉而出，并受其福[16]。
醉而不出，是谓伐德[17]。
饮酒孔嘉，维其令仪。
凡此饮酒，或醉或否。
既立之监，或佐之史。
彼醉不臧，不醉反耻。
式勿从谓，无俾大怠。
匪言勿言，匪由勿语。

由醉之言，俾出童羖[18]。
三爵不识，矧敢多又[19]？

注释

❶ **大侯**：箭靶。
❷ **同**：协调一致。
❸ **献**：展现。**发功**：射箭的本领。
❹ **烝**：进献。**衎（kàn）**：使……快乐。
❺ **壬**：隆重。**林**：众多。
❻ **嘏（gǔ）**：福。
❼ **湛**：安乐、祥和。
❽ **反（fàn）反**：得体适宜。
❾ **幡（fān）幡**：轻率不当。
❿ **仙**：脚步轻浮。
⓫ **抑抑**：态度谨慎。
⓬ **怭（bì）怭**：轻薄的样子。
⓭ **呶（náo）**：叫喊，喧哗。
⓮ **邮**：通“尤”，过错。
⓯ **傞（suō）傞**：醉舞不止的样子。
⓰ **并**：指主人和客人。
⓱ **伐德**：败坏道德。
⓲ **羖（gǔ）**：黑色公羊。
⓳ **又**：通“侑”劝酒。

译 文

宾客入座开了宴，宾主谦让井井然。
竹笾木豆排成行，荤菜果品皆摆全。
酒皆醇和又香甜，大家痛饮都尽欢。
钟鼓乐器陈列毕，敬酒有序不间断。

箭靶早已高竖起，利箭也已上了弦。
射手会聚在一堂，各献本领众人前。
发箭即能中箭靶，以求罚酒把你灌。
执籥而舞笙鼓响，乐声和谐宾主欢。
进献乐舞娱先祖，符合礼仪各条款。
各种礼节皆齐全，规模宏大仪式繁。
神灵赏赐大福气，子子孙孙乐无限。
大家尽兴寻欢乐，各献本领来射箭。
客人各自择对手，主人进场陪客玩。
大酒杯中斟满酒，献与善射众好汉。
客人入座开了宴，态度温顺且和谦。
宾客喝酒尚未醉，仪表庄重很好看。
待到大家全喝醉，举止行为纷纷乱。
离开座位随意窜，屡次赴舞飘飘然。
宾主喝酒还未醉，仪表严谨甚美观。
一旦宾主皆喝醉，举止轻佻令人烦。
这是喝酒已大醉，不知已把过失犯。
宾客全都喝醉酒，喧哗不止大声喊。
竹笾木豆全打翻，身子歪斜舞不停。
这是喝酒已大醉，不知已把过错犯。
戴歪皮帽身体倾，歪歪扭扭舞盘旋。
既已喝醉肯出门，大家受福都不浅。
若是已醉不肯出，这叫缺德叫人嫌。
喝酒虽然是好事，只是礼节要顾全。
凡是这帮喝酒人，或是清醒或醉倒。

既设司正来监视，又有史官来督导。
醉者自觉很美好，醒者认为他可耻。
不要对人多劝酒，别让醉者更胡闹。
不该询问莫要问，无理之言不称道。
因酒而言不可靠，如说公羊没有角。
三杯下肚已不适，怎敢多劝夸酒好？

解读

这是一首讽刺贵族饮酒无度、败坏德行的诗歌。周人重视宴饮，无论是祭祀完毕，还是款待宗族亲友，饮酒取乐是不可或缺的一项流程。但倘若饮酒过度则会失去意识，很有可能会做出一些不符合社交规矩和礼仪的事情，诗人就是针对这一现象作诗讽刺。

诗歌五章，前四章描写了宾客从初就席位到歌舞助兴再到酩酊大醉的完整过程：宾客在宴会开始时能保持恭敬温顺的仪态，“左右秩秩”“温温其恭”，未醉之时威仪庄重，大醉之后轻浮粗鲁。卒章写诗人对醉酒者的劝导和训诫，希望他能引以为戒。

据古时学者所言，这首诗是西周末年卫国国君卫武公所作，武公因过度饮酒而耽误正事，内心之中甚是痛心疾首，所以作这首诗以悔过，希望能吸取教训，不可再犯。这种说法似乎有牵强附会之嫌，姑且听之即可。

中国的酒文化博大精深，渊源已久。早在大禹之时，就有了关于酒的传说。据说大禹饮酒后对它赞不绝口，但同时也感慨，后世子孙必会因饮酒而亡国，所以禁止宫廷饮酒。但夏朝最后一个国君桀不遵祖训，大肆酗酒，以致亡国。商朝末代国君纣王，据说也设酒池肉林来取乐，最终自取灭亡。这些故事都说明美酒虽好，但不可贪杯，美酒作为一种宴会助兴之物，饮者如能有节制，就能发挥酒娱乐助兴的功能，倘若酗酒无度，只会伤身败德，让人贻笑大方。

鱼　藻

鱼在在藻，有颁其首[1]。
王在在镐，岂乐饮酒[2]。
鱼在在藻，有莘其尾[3]。
王在在镐，饮酒乐岂。
鱼在在藻，依于其蒲。
王在在镐，有那其居[4]。

注释

1 颁（fén）：头大的样子。
2 岂乐：欢乐。
3 莘（shēn）：长长的。
4 那（nuó）：盛大的样子。

译　文

鱼在何处在藻中，大大脑袋漫游荡。
王在何处在镐京，欢乐喝酒心乐畅。

鱼在何处在藻中，长长尾巴在摆动。
王在何处在镐京，饮酒享乐在深宫。
鱼在何处在藻中，依靠蒲草歇其间。
王在何处在镐京，盛大群宫住处安。

解读

这是一首赞美周王在镐京举办宴会、饮酒安乐的诗歌。诗歌明确指出了宴会的地点，即是周王朝的首都镐京，但诗中所言是哪一位周王，则说法不一。不过诗歌主题明白无疑，即是写周王饮酒自得其乐的，至于这种写法是高端反讽还是真诚赞美，则见仁见智了。

全诗三章，诗意较为浅显，诗歌以鱼起兴，写鱼昂首摇尾，在水藻中自由自在地游，以此来写周王在镐京饮酒享乐，安居快活。“鱼”和“王”，“藻”和“镐”在意象和结构上严格对应，这种艺术手法将周王饮酒取乐的姿态展现得惟妙惟肖。

先哲认为这首诗是借鱼在水藻中自得其乐、比喻周王能使得百姓安居镐京，这样的说法虽然没有实证，但却也为读者指出了《鱼藻》的另外一层寓意，诗人歌咏鱼得其所之乐，实则借喻百姓安居乐业的和谐生活。

中国文人与酒的关系可谓难舍难分。东汉末年著名政治家曹操作《短歌行》，诗言“对酒当歌，人生几何”“何以解忧，唯有杜康”。曹操酒后横槊赋诗，将一位志在天下的卓越政治家的胸怀和抱负尽数倾注于诗歌当中，令人仰慕。唐代诗人李白有《将进酒》，诗中有“古来圣贤皆寂寞，惟有饮者留其名”“钟鼓馔玉不足贵，但愿长醉不复醒”，将那种放荡不羁、饮酒自醉的诗仙气质，展现得淋漓尽致，对他而言，斗酒方能作诗百篇，酒就是他激发灵感的重要力量。

采菽

采菽采菽，筐之筥之[1]。
君子来朝，何锡予之？
虽无予之？路车乘马。
又何予之？玄衮及黼。
觱沸槛泉[2]，言采其芹。
君子来朝，言观其旂。
其旂淠淠，鸾声嘒嘒。
载骖载驷，君子所届[3]。
赤芾在股[4]，邪幅在下[5]。
彼交匪纾[6]，天子所予。
乐只君子，天子命之。
乐只君子，福禄申之[7]。
维柞之枝，其叶蓬蓬。
乐只君子，殿天子之邦[8]。
乐只君子，万福攸同。
平平左右，亦是率从。
泛泛杨舟，绋纚维之[9]。

乐只君子，天子葵之。
乐只君子，福禄膍之[10]。
优哉游哉，亦是戾矣。

注释

❶ **筐之筥（jǔ）之**：用筐和莒盛。筐，方形竹制器具。筥，圆形竹制器具。
❷ **沸**：形容泉水冒出，像沸水一样。**槛（làn）**：通“滥”，水涌出。
❸ **届**：至。
❹ **芾**：蔽膝。
❺ **邪幅**：绑腿。
❻ **交**：通“娇”，骄横。**纾（shū）**：怠慢。
❼ **申**：重复。
❽ **殿**：镇定，安抚。
❾ **绋（fú）**：麻制的大绳。
❿ **膍（pí）**：厚赐。

译　文

采大豆啊采大豆，方筐圆筐将它装。
诸侯前去朝天子，要拿什么把他赏？
岂无珍奇赐给他？四马辂车来嘉奖。
再拿何物奖励他？黑色龙袍画斧裳。
泉眼喷涌清清水，采摘芹菜工作忙。
诸侯前来朝天子，瞧那旌旗啥模样。
众旂随风飘荡荡，鸾铃声声和谐响。
三马四马驾车来，诸侯已到京门旁。
赤红蔽膝盖大腿，绑腿缠绕膝下边。
不急躁来不怠慢，天子高兴将他赏。

和乐君子心舒畅，天子策命把他奖。
和乐君子心欢畅，福禄一再加身上。
瞧那柞树枝条多，叶子繁茂而丰满。
和乐君子心舒畅，镇抚天下国得安。
和乐君子心欢畅，各种幸福皆齐全。
聪慧善治众亲信，随你为国把力献。
杨木船儿水中漂，要使大绳把它拴。
和乐君子心舒畅，天子衡量功德全。
和乐君子心欢畅，重赏福禄没有完。
悠闲从容很自得，这样生活心也安。

解读

这是一首描写西周国势昌盛时四海诸侯来京师朝觐天子、接受天子册命的诗歌。周王朝分封宗亲镇守四方，但同时要求他们定时朝觐天子，或向天子述职，或接受天子安排的政务或使命等。通过朝觐，明确天子与诸侯的君臣名分，同时也加强了王室对诸侯的控制。

诗人以采菽起兴，为整首诗歌定下了欢快、热烈的情感基调。本诗首章是诸侯来朝，天子赐予他们车马衮服作为他们身份和权力的象征；次章描述诸侯来朝时的盛况；第三章由诸侯所着服饰强调他们受命于周天子；最后两章写天子对诸侯的要求，希望他们牢记使命，为周王镇守邦国。

也有学者认为这首诗是对周平王东迁洛阳以后大会诸侯场景的描写，但从诗意来看，似乎并没有王朝覆灭、宗室仓皇逃亡东都后的气象。周室东迁，整个王朝笼罩着一层阴暗低沉的情绪，怕是很难有这样高亢、热烈的情绪。

《北山》言“溥天之下，莫非王土；率土之滨，莫非王臣。”这种政治观念在华夏土地上延续了几千年，上至天子，下至黎民，几乎所有人都将国家视为最高统治者的私有之物，并且也认为这种理念是合理的，从而使得那些皇帝以及附庸凌驾在民众的头上作威作福，直到近代辛亥革命时“天下为公”这一政治理念的落地，才有了一次和它针锋相对的反驳，这是历史文明的进步，值得深思。

角　弓

骍骍角弓，翩其反矣[1]。
兄弟昏姻，无胥远矣[2]。
尔之远矣，民胥然矣。
尔之教矣，民胥傚矣。
此令兄弟，绰绰有裕[3]。
不令兄弟，交相为瘉[4]。
民之无良，相怨一方。
受爵不让，至于已斯亡。
老马反为驹，不顾其后。
如食宜饇[5]，如酌孔取。
毋教猱升木，如涂涂附。
君子有徽猷，小人与属[6]。
雨雪瀌瀌[7]，见晛曰消[8]。
莫肯下遗[9]，式居娄骄[10]。

雨雪浮浮，见晛曰流。
如蛮如髦，我是用忧。

注释

❶ **翩**：通“偏”。**反**：反转。
❷ **胥**：相互。
❸ **绰绰有裕**：宽裕舒缓的样子。
❹ **为瘉**（yù）：残害。
❺ **饫**（yù）：饱。
❻ **小人与属**：小人来依附。
❼ **瀌**（biāo）**瀌**：雨雪盛的样子。
❽ **晛**（xiàn）：日气。
❾ **莫肯下遗**：指小人不肯卑下顺从。**遗**（suí）：通“随”，随顺。
❿ **居**：通“倨”。**娄**（lǚ）：通“屡”，多次。

译　文

角弓调整很和谐，弦松竹弓反向弯。
对待兄弟和亲戚，不要关系太疏远。
你若远离亲兄弟，百姓也都会如此。
你爱兄弟作模范，百姓皆学不走样。
这些兄弟相友善，关系和谐很宽松。
兄弟相互不友好，定会彼此来相攻。
人们如果不善良，互相怨恨那一方。
贪求爵位不谦让，碰见私利把理忘。
老马反当小马用，后果怎样你不想。
好像吃饭吃得饱，如请饮酒酌量好。
无须教那猴上树，用泥涂物必能牢。

君子若是有美德，百姓定然跟着跑。
雪花纷纷漫天飘，太阳出来都融消。
不肯对下态度恭，小人屡屡逞骄傲。
雪花纷纷漫天飘，太阳出来皆融消。
小人如同蛮和髦，对此我忧虑心焦。

解读

这是一首讽刺贵族阶层疏远兄弟、亲近小人的诗歌。

全诗八章，首章用角弓不可松弛暗喻兄弟不可疏远，第二章叙说疏远兄弟的危害，如果统治者阶层兄弟之间不能友善相处，势必会上行下效，为民众做出错误的示范。第五、六两章以奇特的比喻从正反两方面劝诱周王。末两章以雪花见日而消融，暗喻小人必然灭亡的结局。

“兄弟昏姻，无胥远矣”是全诗的中心句。周王朝是以血缘关系为纽带而形成的一个封建政权，兄弟姻亲是组成周王室统治的重要支持力量。在共同的政治利益面前，周天子与他的宗族兄弟合则两利，斗则两败，诗人有恐于此故作诗劝诫。

俗话说“打虎亲兄弟，上阵父子兵”，或者“兄弟齐心，其利断金”，这些都能反映出中国人传统的兄弟观念。在家族当中，兄弟关系是关乎家族稳定的至关重要的一种关系。《棠棣》有言：“兄弟阋于墙，外御其侮”，意思是说兄弟之间即便出现矛盾和冲突，但当有外敌入侵的时候，还是应该捐弃前嫌，共同抵御外敌。不过话又说回来，天底下又有哪一个父母愿意看到“煮豆燃豆萁”的惨剧呢？

菀柳

有菀者柳[1]，不尚息焉[2]。
上帝甚蹈[3]，无自暱焉。
俾予靖之[4]，后予极焉[5]！
有菀者柳，不尚愒焉[6]。
上帝甚蹈，无自瘵焉[7]。
俾予靖之，后予迈焉[8]！
有鸟高飞，亦傅于天[9]。
彼人之心，于何其臻？
曷予靖之，居以凶矜[10]！

注释

1. 菀（yùn）：树的枯病。
2. 尚：庶几。
3. 蹈：动，指变化无常。
4. 俾（bǐ）：使。靖：谋划。
5. 极：诛，责罚。
6. 愒（qì）：歇息，休息。
7. 瘵（zhài）：病，生病。
8. 迈：行，指放逐。
9. 傅：到达。
10. 凶矜：凶险。

译文

柳树枝叶已枯黄，不该树下去乘凉。
周王处事太无常，勿要亲近招祸殃。
让我谋划治国家，后来竟把我流放！
柳树枝叶已枯黄，不应休息树干旁。
周王喜怒太无常，莫自找祸使悲伤。
让我谋划治家邦，后来竟把我流放！
有只鸟儿高飞翔，一直飞到蓝天上。
周王想法难揣测，不知思绪到何方？
为何叫我治国家，反让我来遭祸殃！

解读

这是一首大臣怨刺周王喜怒无常、以致将自己放逐的诗歌。旧说诗中所讽刺的“上帝”即是现实生活中的周幽王，幽王暴虐，朝堂上下莫不心惊胆战，不敢妄言，诗人也不敢直言斥责他的过错，只能假借对上帝的批评，来讽刺幽王不能明辨忠奸，反将尽心于公事的自己贬谪。

全诗三章，以“菀柳”起兴，诗言“有菀者柳，不尚息焉”，用不可去茂密繁盛的柳树下休息来比喻喜怒无常的周王不可过分亲近，诗人的怨恨之意甚浓。自己兢兢业业地操劳国事，却落得如此下场，诗人言“彼人之心，于何其臻”，直斥周王心机险恶。

西周末年，人们对“上帝”已经不再像周初那样虔诚恭敬了。在周初，“上帝”是至尊无上的英明存在，受万众敬仰，但是在西周末年，已经出现怨刺咒骂“上帝”的现象。明为讽刺“上帝”，实则矛头指向了“上帝”在人间的代言人——周天子，这在《节南山》《雨无正》以及《菀柳》等诗歌中都有明确的反映。

在一些历史剧或宫廷剧中经常会出现“伴君如伴虎”这样的台词，宫廷中人经常将帝王比作老虎，为什么不是猫或者兔子等动物呢？因为老虎这种动物具有很强的攻击性，你不知道它什么时候会心生喜悦，什么时候会发怒，谁也无法保证能在这狂躁的野兽面前全身而退，这也正是常伴君王左右的危险性。离权力漩涡太近的人，荣辱都只在一念之间，一言可以活人，一言可以死人，所以用战战兢兢、如履薄冰来形容这些在权力场上角逐的人，应该再合适不过了。

都人士

彼都人士，狐裘黄黄。
其容不改，出言有章。
行归于周，万民所望。
彼都人士，台笠缁撮[1]。
彼君子女，绸直如发[2]。
我不见兮，我心不说。
彼都人士，充耳琇实。
彼君子女，谓之尹吉。
我不见兮，我心苑结[3]。
彼都人士，垂带而厉[4]。
彼君子女，卷发如虿[5]。

我不见兮，言从之迈。
匪伊垂之，带则有余。
匪伊卷之，发则有旟。
我不见兮，云何盱矣[6]。

注释

1 台：草名，可以作笠。缁（zī）：黑色的衣料。撮（cuō）：束发的帽子。
2 绸：浓密。
3 苑（yù）结：忧闷积于心。
4 厉：腰带下垂的部分。
5 虿（chài）：蝎子一类的毒虫。
6 盱（xū）：通“吁”，忧伤。

译文

那些京都男士们，狐皮黄衣亮光光。
仪容常态不改变，言有文采皆堂皇。
即将返回镐京城，这是万民所仰望。
那些镐京男士们，草帽布巾头上戴。
那些贵族姑娘们，秀发浓密黑而长。
现在我已见不到，心中有忧不舒畅。
那些镐京男士们，美石之饰挂耳旁。
那些贵族姑娘们，称呼尹吉人敬仰。
现在我已看不到，内心郁结很忧伤。
那些镐京男士们，长长佩带垂腰间。
那些贵族姑娘们，发似蝎尾向上卷。
现在我已看不到，见到定随他们还。

不是故意向下垂，佩带本来长又长。
不是故意向上卷，头发自然就有弯。
现在我已看不到，怎不忧叹添愁绪。

解读

这是一首怀念旧都执政者气度不凡、雍容华贵的诗歌。西周灭亡，周室东迁，一位王室的旧贵族回到了曾经王都所在的镐京，他身着华服、谈吐不凡、举止得体，这使得镐京遗民很仰慕他，对他的仪容形象深情赞美，同时也勾起了这些遗民的故国之思，一时伤感，写下此诗。

全诗五章，首句言“彼都人士”，指出了主人公是一位京城贵族，其后都在着力描摹他的着装、仪表，使人产生一种“高山仰止”的感觉。诗歌没有描写遗民的着装形貌，而是一味地赞美这位昔日贵族的衣饰仪态，从而使今昔产生强烈的对比感。

骊山之难，使西周王畿之地一度陷入犬戎部族的铁蹄之下，黎民百姓失去了保护，任由这些异族欺压蹂躏，随着周王室东迁，王畿遗民再难恢复昔日的光辉和荣耀，只能在故土上扼腕叹息。

亡国之思、遗民之悲很容易引起文人墨客的共鸣，千古文学史上，不知留下了多少这样怀古伤今的诗作。《史记》载商王朝的遗民箕子朝觐周室，路过殷商故地之时不胜唏嘘，作《麦秀歌》以抒发这种亡国之悲，《黍离》也表达了同样的感情。南宋著名词人姜夔路过扬州时，看到荠麦已经呈现青色，不由得想起昔日此地的繁华景象，作《扬州慢·淮左名都》一词以抒怀，词言“过春风十里，尽荠麦青青”，两相对比，其中伤感之意十分强烈。

采　绿

终朝采绿，不盈一匊[1]。
予发曲局，薄言归沐。
终朝采蓝，不盈一襜[2]。
五日为期，六日不詹[3]。
之子于狩，言韔其弓[4]。
之子于钓，言纶之绳。
其钓维何？维鲂及鲊。
维鲂及鲊，薄言观者。

注释

❶ 匊（jū）：两手合捧。
❷ 襜（chān）：围裙。
❸ 詹：到。
❹ 韔（chàng）：装弓入袋。

译　文

整个早晨采绿草，浅浅一捧未采满。
我的头发已卷曲，回家洗头不怠慢。
一个早晨采蓝草，小小围裙未装满。
约定五天是归期，今已六日仍未见。
丈夫若是去打猎，我来给他把弓装。

丈夫若是去钓鱼，我缠钓绳在身旁。

丈夫钓得什么鱼？鲂鱼鲢鱼皆齐全。

鲂鱼还有那鲢鱼，我要生火做美食。

解读

这是一首妇女因思念丈夫久出不归而作的诗歌。丈夫可能因为一些事情出门在外，在约定的时间还没有按时归来，妻子在家很思念丈夫。她期待丈夫早日回来，又怕丈夫看到自己蓬头垢面的样子，以致都无心采摘了，于是赶紧放下手中的工作回家梳妆打扮。

这首诗一、二两章是实写，对已经发生的事件进行实实在在的记述，比如她去采绿、采蓝、回家梳妆，蕴含了主人公心理活动的微妙变化。三、四两章则是虚写，丈夫并没有回来，但妻子却在幻想着丈夫回来之后自己陪他去钓鱼打猎，可见妻子对丈夫的思念有多么强烈。

前人将这首诗歌视为一首宫怨诗，认为是周幽王时期王宫中失宠的妃子所作，但细读诗意，却没有明显地看到与宫廷有关的信息，所以这种观点牵强附会的成分比较大。我们对诗歌的理解，还是遵从诗歌本义较好。

《诗经·伯兮》所抒发的情感和这首诗有异曲同工之妙，诗言“自伯之东，首如飞蓬。岂无膏沐？谁适为容”，自从丈夫东征，自己就再也无心梳妆打扮了，这是因为“我”没有洗发水吗？不，是因为“我”即便打扮得再好，也没有人欣赏了。两首诗歌同样都抒发了妻子对丈夫强烈的思念之情，《采绿》的主人公想打扮得漂漂亮亮地迎接丈夫归来，《伯兮》主人公却无心打扮。二者对于妆容的态度虽截然相反，但都表达了一种明显的“女为悦己者容”的思想情感。

黍　苗

芃芃黍苗，阴雨膏之。
悠悠南行，召伯劳之。
我任我辇[1]，我车我牛[2]。
我行既集[3]，盖云归哉。
我徒我御[4]，我师我旅。
我行既集，盖云归处。
肃肃谢功[5]，召伯营之。
烈烈征师，召伯成之。
原隰既平，泉流既清。
召伯有成，王心则宁。

注释

❶ **任**：负荷，挑担。
❷ **车**：手扶车行。
❸ **集**：完成。
❹ **徒**：步行。**御**：驾驶。
❺ **谢功**：营建谢邑的工程。

译　文

黍苗生长真茂盛，阴雨滋润长得壮。

兵士南行路遥远，召伯慰劳暖心间。
或用肩背或拉车，或驾车来或牵牛。
远行任务都完成，何不归家开步走。
或徒步来或驾车，我们当兵跋涉远。
远行任务皆完成，何不归家去安歇。
赶忙修起那谢城，召伯亲自来经营。
威武远征众兵将，都由召伯来统领。
高原低地都平整，泉水河流全疏通。
召伯大功已告成，宣王心中得安宁。

解读

这是一首周宣王时期戍卒赞美召伯营建谢城的诗歌。谢城在今河南南阳，靠近南方荆蛮部族，周宣王曾将自己的舅舅申伯封于此地，以之作为南国的屏障。这首诗就反映了周宣王派遣召伯前去营建谢城，以此作为申伯镇抚南疆的前沿阵地的史实。

这首诗是一首纪实性作品，全诗五章，首章以“芃芃黍苗，阴雨膏之”起兴，言召伯抚慰南行众徒役之事，二、三两章既写建筑谢城的辛劳和勤恳，又写工程完毕之后远离故土的役夫和兵卒对家乡的无限思念之情，四章言召伯营治谢城之功，卒章言召伯完成营治谢城任务对周王朝的巩固有重大意义。

周宣王想要实现王朝中兴，对四夷的防御和控制是一个关键的考量因素。南方荆蛮一直是周王室经营南方的一块心病，就连周昭王都因此而命丧南国，所以宣王既委派宗室耆宿召伯去营建阵地，又派自己的舅舅去镇抚南国，足见周王室对经营南国的重视。

但凡有王朝中兴，在明君统筹全局的前提之下，还需要一批忠于国事、任劳任怨的贤臣辅佐。二者缺其一，都很难实现这一宏伟的目标。正所谓红花虽好，但仍需绿叶来陪衬，召伯、申伯等人就是宣王中兴的绿叶。君臣同心，通力合作，共同推动了周王朝走向复兴的进程。后世如秦孝公与商鞅，汉武帝与卫青、霍去病，唐玄宗与姚崇，宋神宗与王安石，都是良臣得遇明君，他们共同书写了一段王朝的崭新历史。

隰桑

隰桑有阿❶，其叶有难❷。
既见君子，其乐如何！
隰桑有阿，其叶有沃❸。
既见君子，云何不乐？
隰桑有阿，其叶有幽❹。
既见君子，德音孔胶❺。
心乎爱矣，遐不谓矣❻！
中心藏之❼，何日忘之！

注释

❶ 阿（ē）：美好的样子。
❷ 难（nuó）：枝叶茂盛的样子。
❸ 沃：柔嫩润泽的样子。

❹ 幽：厚，浓荫。
❺ 胶：牢固。
❻ 遐不：何不，为什么不。
❼ 藏：同“臧”，善。

译　文

低湿田里桑树美，桑叶密密真好看。
既然见到丈夫面，我的心中好喜欢！
低湿地里桑树美，桑叶光润绿汪汪。
既然见到丈夫面，怎不欢喜心乐畅？
低湿地里桑树美，桑叶肥厚且浓荫。
既然见到丈夫面，两情浓浓心意坚。
既然心里把你爱，何不当面把话讲！
我已深深将你爱，无时不把你来想！

解读

这是一首热恋中的女子向意中人表露心声的诗歌。历代学者大都将这首诗视为赞美周王的作品，这应该是受到了“《雅》为王室之诗”的影响，但细读诗歌却无法找到它与周王室的人或事之间的明显联系，所以将它看作一首热恋中的男女互诉衷肠的表白诗较为贴切。

全诗前三章重章叠唱，以“隰桑有阿”起兴，抒发了女主人公对心上人热烈而浪漫的爱意，将“既见君子”后的激动心情抽丝剥茧般地展现在读者面前，这种炽热的爱意如浪潮汹涌，一浪高过一浪，卒章则写女子对于内心之中这份浓浓爱意的克制和理性。

周公制礼作乐，为周人的人伦社交制定了许多礼仪规范，使得周人从愚昧蛮荒逐渐走向礼乐文明，就像这首诗中的女子一样，她虽然内心之中对意中人有浓烈的爱意和冲动，但却能理性克制，而不是放任爱欲，这就显示出了礼乐对人的教化作用。

在中国古代，婚姻不仅关乎个人，还关乎整个家庭，需要“父母之命、媒妁之言”的官方认证才算合情、合理、合法。从思想初衷来说，这的确是一种文明的进步，成年人帮未经世事的儿女严把婚姻关，使他们不至于因为一时冲动而误入歧途本是好事，但随着这种思想逐渐发展乃至僵化，其中添加了很多利益、恩怨或显示父母威权的因素，这对年轻人的婚恋不啻于是一种束缚和折磨。近代以来，这种落后且腐朽的婚恋观念已经逐渐被时代所抛弃。

白华

白华菅兮，白茅束兮。
之子之远，俾我独兮。
英英白云，露彼菅茅。
天步艰难[1]，之子不犹[2]。
滮池北流，浸彼稻田。
啸歌伤怀，念彼硕人。
樵彼桑薪，卬烘于煁[3]。
维彼硕人，实劳我心。
鼓钟于宫，声闻于外。

念子懆懆[4]，视我迈迈[5]。
有鹙在梁，有鹤在林。
维彼硕人，实劳我心。
鸳鸯在梁，戢其左翼。
之子无良，二三其德。
有扁斯石[6]，履之卑兮[7]。
之子之远，俾我疧兮。

注释

1 天步：命运。
2 不犹：无谋。
3 烘（hōng）：燎。煁（chén）：能移动的灶。
4 懆（cǎo）懆：忧愁不安。
5 迈迈：不高兴。
6 扁：扁平的上车用的垫脚石。
7 履：踩。卑：低。

译　文

满地菅草开白花，白茅缠束紧相连。
这个人儿远离我，让我终日遭孤单。
轻柔明亮白云飘，露水湿润菅茅草。
我的命运好艰难，这个人儿很不好。
滮池之水向北流，浇灌那边水稻田。
哭喊歌唱心悲伤，我将硕人深怀念。
我砍桑木作薪柴，把它放入行灶烧。
想起那个硕人来，着实令我心烦恼。

宫内敲打钟声响，宫外钟声遍播扬。
想念这人愁不安，他却对我恨入肠。
秃鹫走在鱼梁上，仙鹤却在林里藏。
想念那个硕人呀，着实让我心内伤。
鸳鸯结对在鱼梁，嘴插左翼相依傍。
这人品格真不好，朝三暮四无主张。
这块石头扁又平，踩它自己亦不高。
这人远去离开我，使我忧病总不安。

解读

这是一首被抛弃的妇女抒发哀怨的诗歌。据古时学者的看法，这是周幽王时，申后失宠，王后之位被褒姒取代，申后内心幽怨苦闷，于是作诗以抒怀。这种说法很明显有牵强附会的成分，从诗歌本义来看，这就是一首单纯的弃妇诗，即便不将它附会到某一段历史上，诗意仍然顺畅。

这首诗共八章，每章有四句，“之子之远，俾我独兮”奠定了全诗凄婉哀伤的悲剧基调。其后几章，都是女子对男子哀怨之情的渐次抒发，她对男子既有情意延绵的思念，又有被抛弃之后内心的愤懑和不甘，恨他移情别恋，恨他没有良心，让自己陷入深深的痛苦当中。

这首诗的一个特点就是多用比喻，使得诗歌内容更加形象生动，如“有鹙在梁，有鹤在林”，情趣高雅的仙鹤被驱赶到树林当中，而秃鹫却居于房梁之上，这句诗大有埋怨鸠占鹊巢之意，怨恨男子喜新厌旧，本末倒置。

歌手黄安演唱的《新鸳鸯蝴蝶梦》中有一句歌词，特别符合这首诗歌的意境和情感：“从来只有新人笑，有谁听到旧人哭，爱情两个字好辛苦。”古来弃妇，大都是新人进家门，旧人腾地方，在封建社会当中，男子是家庭中的至高权威，他可以三妻四妾，女子只能依赖男子的宠幸而获得自己的家庭地位或人生价值。在家庭和婚姻当中，她们一直居于被支配的劣势地位，这是不合理的经济结构和婚姻制度所造成的悲剧。

绵　蛮

绵蛮黄鸟[1]，止于丘阿[2]。
道之云远，我劳如何[3]！
饮之食之，教之诲之。
命彼后车[4]，谓之载之。
绵蛮黄鸟，止于丘隅。
岂敢惮行[5]，畏不能趋[6]。
饮之食之，教之诲之。
命彼后车，谓之载之。
绵蛮黄鸟，止于丘侧。
岂敢惮行，畏不能极[7]。
饮之食之，教之诲之。
命彼后车，谓之载之。

注释

[1] 绵蛮：小黄雀的模样。

❷ 丘阿（ē）：山坳。
❸ 如何：像什么样。
❹ 后车：副车，跟在后面的从车。
❺ 惮（dàn）：畏惧，惧怕。
❻ 趋：快走。
❼ 极：到达终点。

译 文

小小黄雀飞青天，停落弯弯那山腰。
行役道路太遥远，知我怎样受辛劳！
水喝足来饭吃饱，我把你来多教导。
转告后车那个人，使你乘车免辛劳。
小小黄雀飞青天，停落山角得休闲。
哪敢害怕行路远，不能疾行把路赶。
水喝足来饭吃饱，谆谆教导你自勉。
转告后车那个人，叫你乘车免艰难。
小小黄雀飞青天，停落休息在山边。
哪敢惧怕走路远，担心不能到终点。
水喝足来饭吃饱，谆谆教诲你自勉。
转告后车那个人，让你乘车免劳艰。

解读

这是一首描写在周王室东迁洛阳的路途中、周平王关怀同行之人的诗歌。骊山之难后，镐京被犬戎的铁蹄践踏得满目疮痍，且犬戎仍然盘踞该地，平王只能东迁。在交通不发达的周代，对人而言这段路途尤为艰辛困苦，平王关心随从，诗人有感于此而记之。

全诗三章，篇章结构一致，所表达的都是行役之人在旅途当中的疲惫和辛苦。古人从现在的陕西西安到河南洛阳，其间山川耸峙，路途遥远，条件是相当艰苦的。队伍的领导者有感于此，“饮之食之，教之诲之。命彼后车，谓之载之”，表现出对随从的爱护和照顾。

平王东迁，是在几个忠心于王室的诸侯国的拥护和支持下完成的，此时的平王有的只是自己作为天子的虚名和地位，别无倚仗，所以势必需要表现出谦恭有礼的姿态，以此增进与同行诸侯之间的君臣情谊。

诗中所写的劳苦行役者的心声，又何尝不是我们自己在人生旅途中的呼喊呢？对大多数普普通通的奋斗者而言，若是深陷艰难险阻当中，怕也会像诗人那样仰天呼号吧！唐代著名诗人李白有《行路难》一诗曰：“欲渡黄河冰塞川，将登太行雪满山。”这大概就是对人生旅途的形象写照吧！

瓠　叶

幡幡瓠叶[1]，采之亨之。
君子有酒，酌言尝之[2]。
有兔斯首，炮之燔之[3]。
君子有酒，酌言献之。
有兔斯首，燔之炙之。
君子有酒，酌言酢之。

有兔斯首，燔之炮之。
君子有酒，酌言酬之。

注释

❶ 幡（fān）幡：反复翻动的样子。
❷ 酌：舀出来。尝：品尝。
❸ 燔（fán）：把肉放在火上烤。

译　文

迎风瓠叶频翻转，采些瓠叶把汤煮。
主人家中有美酒，酒杯斟满尽情尝。
有只兔子脑袋白，泥烧火烤味真香。
主人家中有美酒，酒杯斟满请客尝。
有只兔子白脑袋，火烧火熏味道美。
主人家里有美酒，客敬主人把酒尝。
有只兔子白脑袋，火烧泥烧味清香。
主人家中有美酒，再次敬酒让客尝。

解读

这是一首描写主人盛情款待宾客的诗歌，反映的是周代的饮酒之礼。现在我们经常说“繁文缛节”，其实这些繁琐的流程，大多都起源于周代，设立这些礼仪细节的初衷，是为了表现对人、事的尊重，以饮酒礼来说，就需要主宾双方多次相让劝酒，以体现谦逊和礼貌。

全诗共四章，在表现形式上全用赋的手法，语言风格与《国风》比较相近，所以有学者将它视为《小雅》的“西周民风”之一。诗首章取瓠叶这一典型意象，反映出宴席上菜肴的粗陋、简单，尽管如此，主人仍然一再盛情劝酒，表现出真诚待客的情谊。

古时学者认为这首诗是讽刺周幽王废弃既往礼仪，不肯用牛羊等美食佳肴来款待贵宾的。这种观点应该是针对诗中所言瓠叶和兔肉而阐发的，瓠叶和兔肉在古人眼中是简陋粗略的食物，不能登贵族之堂，但这首诗所描写的场景不一定是贵族宴会，如果说是庶人宴会也未尝不可。

俗话说：“酒逢知己千杯少，话不投机半句多。”在日常社交中，如果和真心朋友一起饮食相聚，即便是粗茶淡饭，也丝毫不影响彼此之间的感情。如果遇上不喜欢或者反感的人，即便对方摆上一桌满汉全席，自己也难有享受美食的心情和欲望。美食佳肴的丰盛程度可以反映出主人家的经济情况，但是不能将它视为衡量彼此友谊交情的唯一标准。君子之交淡如水，三杯两盏淡酒，未必不能凸显宾主之间的深厚情谊。

渐渐之石

渐渐之石[1]，维其高矣。
山川悠远，维其劳矣[2]。
武人东征，不皇朝矣。
渐渐之石，维其卒矣[3]。
山川悠远，曷其没矣？
武人东征，不皇出矣。

有豕白蹢④，烝涉波矣⑤。
月离于毕⑥，俾滂沱矣⑦。
武人东征，不皇他矣。

注释

❶ **渐（chán）渐**：同巉巉。岩石高峻的样子。
❷ **劳（liáo）**：通“辽”，劳苦。
❸ **卒**：通“崒”，高峻而危险。
❹ **豕（shǐ）**：猪。**白蹢（dí）**：白蹄。
❺ **烝**：多。
❻ **离（lì）**：通“丽”，附着。**毕**：星宿名。
❼ **俾**：使。**滂沱**：大雨。

译文

高高耸立那山石，那样宽阔高又高。
山川绵延好遥远，跋涉其间甚辛劳。
将帅士卒去东征，晨起无暇忙征讨。
高高耸立那山石，那样高危冲云天。
山川绵延真辽远，何时才能奔波完？
将帅士卒去东征，无暇顾及躲危险。
有只大猪有白蹄，涉足渡水走向前。
月亮出现毕星边，大雨滂沱下不完。
将帅士卒去东征，其他事情无暇顾。

解读

这是一首反映士兵东征之苦的行役诗歌。周王朝的东部一直不宁，成王时就曾爆发过“三监之乱”“淮夷之乱”，此后仍有动乱，士兵苦于劳役，要在东西之间往返奔波，从诗中可以看出，这支部队所走的大都是崎岖蜿蜒的山间小路，条件甚为艰苦，所以诗人赋诗哀叹。

诗歌共有三章，全诗都在描述征战途中的艰难不易：“山川悠远，维其劳矣”“月离于毕，俾滂沱矣”，士兵们不仅要忍受陡峭险阻的山路，还要忍受大雨滂沱之后的泥泞道路，士兵疲于奔命，无暇他顾，其中艰苦，不忍卒读！

《诗经》中有很多描写士卒劳苦的诗歌，比如《伯兮》《君子于役》《采薇》等。“君子于役，不知其期”，在徭役繁重的周代，很多普通士卒一旦从军，就不知道什么时候才能归来，可能是三年五载，也可能是猴年马月，行旅艰苦，难以言说。

唐代著名边塞诗人高适作《燕歌行》，诗言：“相看白刃血纷纷，死节从来岂顾勋。君不见沙场征战苦，至今犹忆李将军。”诗歌形象地道出了行役之人、戍边将士的辛苦和不易。“昔我往矣，杨柳依依。今我来思，雨雪霏霏”，在风雨中漂泊，在刀剑中厮杀，不知归程是几时，也不知是否还能看到父母殷切的笑脸、妻儿守望的眼神。身在战场，便将未来与未知紧紧地联系在了一起，可能功勋卓著、荣归故里，也可能刀枪无情、埋骨他乡。

苕之华

苕之华[1]，芸其黄矣[2]。
心之忧矣，维其伤矣！

苕之华，其叶青青。
知我如此，不如无生！
牂羊坟首❸，三星在罶❹。
人可以食？鲜可以饱。

注释

❶ 苕（tiáo）：凌霄花，藤本蔓生植物。
❷ 芸其黄：草木枯黄的样子。
❸ 牂（zāng）羊：母绵羊。坟：大。
❹ 三星：指星光。罶（liǔ）：竹篓。

译文

凌霄花茂盛开放，鲜艳美丽色深黄。
我的心中藏忧虑，让我如此太悲伤！
凌霄花儿已开放，叶儿茂盛长得旺。
要知遭遇大荒年，不如莫生在世上！
雌性绵羊头肥大，星光空把鱼篓照。
百姓将吃啥活命？少数富人吃得饱。

解读

这是一首饥民哀叹灾荒之年不能饱食的诗歌。苕，是一种植物，又叫凌霄花或紫葳，夏季开花。诗人生逢乱世，农事废弛，庄稼荒芜，腹中饥饿却无法找到食物充饥，看着凌霄花从花黄到叶绿不停地生长，内心之中忧伤无比，悲伤到极致，于是赋诗以抒怀。

全诗三章，前两章以凌霄花起兴，言花黄叶青，生机勃勃，而身处灾荒之中的饥民却面黄肌瘦，难以维持生计。诗人悲哀地歌唱道：“知我如此，不如无生”，早知道生活是这么艰苦，还不如不要让我降生到这个世界上。卒章写出了饥荒的严重，“人可以食？鲜可以饱”，读之令人毛骨悚然，哀痛不已。

《云汉》描写了周宣王时期国内所遭遇的一场十分严重的旱灾，赤地千里、颗粒无收、饿殍遍野，老百姓生活在水深火热当中，不过那是以周宣王的视角写祈雨的诗歌，《苕之华》则是饥民自述苦状之歌，两首诗可以互相映照。

饥荒遇上战争，对底层民众而言就是双重打击。东汉末年政治家曹操曾作诗悯伤在灾难中苟延残喘的黎民百姓，“铠甲生虮虱，万姓以死亡。白骨露于野，千里无鸡鸣。生民百遗一，念之断人肠。”诗中惨状，与《苕之华》所言不相上下。身处这样恶劣环境当中的苦难者，大都会发出“知我如此，不如无生”的悲凉哀叹。俗话说，“宁为太平犬，不做乱世人”，恰好可以作为这首诗歌中主人公的心声吐露。

何草不黄

何草不黄？何日不行？
何人不将[1]？经营四方[2]。
何草不玄[3]？何人不矜[4]？

哀我征夫，独为匪民？
匪兕匪虎，率彼旷野[5]。
哀我征夫，朝夕不暇。
有芃者狐[6]，率彼幽草[7]。
有栈之车[8]，行彼周道[9]。

注释

1 将：行，走路。
2 经营：办理公务。四方：全国各地。
3 玄：黑色，这里指凋零。
4 矜：同“鳏”，年老无妻，此处指劳瘁病苦。
5 率：沿着。
6 芃：兽毛蓬松的样子。
7 幽：深。
8 栈、车：役车。
9 周道：大道。

译 文

什么草儿不枯黄？哪天没在奔走忙？
什么人儿不走路？来往劳作忙四方。
什么草儿不凋零？什么人儿不累病？
可叹我们远征人，难道不被当人看？
那些犀牛和老虎，沿着旷野不停息。
可叹我们远征人，从早到晚闲不停。
狐狸全身毛蓬蓬，沿着深草往前行。
我们坐于高车上，沿着大路行不停。

解读

这是《小雅》中的最后一首诗歌。我们知道《大雅》多是赞美诗，歌颂贵族生活的居多，所以雍容典雅；而《小雅》更多的是中下层人士的生活写照，以怨刺诗为主，语言也更为生动活泼。这首《何草不黄》就是很有代表性的一首怨刺诗，它以一个征夫的口吻讲述了生活的苦难。根据学者们的论证，这首诗的创作时间大约是周幽王时期，那时，周王朝处于行将崩溃的阶段，国家风雨飘摇，受苦受难的只能是老百姓。王室做着最后的垂死挣扎，战争不断，必然需要大量的征夫来劳作，而这些征夫的苦难就通过这首《何草不黄》表达了出来，它所表达的这种悲苦是最让人难忘的。

这首诗不长，一共四段。全篇都是在以一个征夫的口吻诉说，而且出现了大量的反问，这种反问让我们生出了一种无力感。这个征夫在问:“何草不黄？何日不行？”哪有草会不枯黄？哪有一日会不行走？“何草不玄？何人不矜？”哪有草会不凋零？哪有人不是个鳏夫？显然这是一个无解之题，只要征役存在，征夫的命运就不会改变，年复一年，就像草迟早会枯黄是一样的。明知道答案，却仍在质问，给读者传递出一种无法言说的悲凉。前两段以这种比兴的方式诉说苦难，而后两段就是征夫对这种苦难的怨怼和愤恨。在统治者眼里，这些征夫的性命如草芥一般，只是工具人而已，是战争机器上的一颗小小螺丝，所以，征夫才会发出感叹说：即便是狐狸也有草丛可以栖息，而自己却只能被迫永无休止地行役。

古代战争很残酷，主要依靠人力去改变结局，士兵九死一生，而比士兵更苦的，就是这些征夫。作为工具人，从上层统治者到下层将士，没有人会体会他们作为“人”的艰辛和苦难。这首《何草不黄》不断地反问、感叹、怨怼，但是结尾两句最有深意“有栈之车，行彼周道”，栈，一般是指有篷的车，周道，是官道或大道。可见，车轮滚滚，征夫的生活仍在继续，所有的抱怨愤恨根本改变不了结局，作者描绘出的这种毫无希望、永无止境的日子，才是最打动我们的。

今天我们很难感受到战争带给生活的影响，但是，却很容易理解这种毫无希望的感受。许多时候，苦难并不是最难接受的，最让我们痛苦的是面对现实情况却无从改变。所以，几千年来《何草不黄》这首诗给后人最大的共鸣，也许就是这种悲苦又无力的感觉。唐朝诗人李益有一首七言绝句《从军北征》:“天山雪后海风寒，横笛偏吹行路难，碛里征人三十万,一时回首月中看。”“碛里”是指沙漠，这首绝句和《何草不黄》有着同一种情绪，无力，却无从改变。也许正是因为“征夫”所传递的这种情绪，在后世大量的诗词中，无论是豪迈的边塞诗，还是文人抒怀的诗歌，但凡出现“征人”，大多都会令人产生这样一种感受。

文 王

文王在上，於昭于天！
周虽旧邦，其命维新。
有周不显，帝命不时。
文王陟降[1]，在帝左右。
亹亹文王，令闻不已[2]。
陈锡哉周，侯文王孙子[3]。
文王孙子，本支百世。
凡周之士，不显亦世。
世之不显，厥犹翼翼[4]。
思皇多士，生此王国。
王国克生，维周之桢[5]。
济济多士[6]，文王以宁。
穆穆文王，於缉熙敬止[7]！
假哉天命[8]，有商孙子。
商之孙子，其丽不亿[9]。
上帝既命，侯于周服[10]。
侯服于周，天命靡常[11]。
殷士肤敏，裸将于京。
厥作裸将，常服黼冔。
王之荩臣，无念尔祖。

无念尔祖，聿修厥德。
永言配命，自求多福。
殷之未丧师[12]，克配上帝。
宜鉴于殷，骏命不易！
命之不易，无遏尔躬[13]。
宣昭义问，有虞殷自天[14]。
上天之载，无声无臭。
仪刑文王[15]，万邦作孚[16]！

注释

❶ 陟（zhì）降：升降。
❷ 令闻：善声。
❸ 侯：封侯。
❹ 厥：他们。
❺ 桢：栋梁，支柱。
❻ 济济：形容众多。
❼ 缉（jī）熙：光辉灿烂。
❽ 假：伟大。
❾ 丽：数目。
❿ 周服：臣服于周。
⓫ 靡常：无常。
⓬ 丧师：丧失人心。
⓭ 遏：止，断。
⓮ 虞：想到。
⓯ 仪刑：效法。
⓰ 孚：信服，悦服。

译　文

文王神灵在天堂，神灵显赫闪光芒！
周家虽然建国早，接受天命乃新邦。
周朝功业甚显赫，天帝命它永兴旺。
文王神灵时升降，就在天帝近身边。
勤勉不息周文王，美誉至今流四方。
文王反复赐周福，子孙封侯将禄享。
文王儿孙代相传，本宗旁枝百代长。
凡是周朝众卿士，也都累世显荣光。
世代功臣荣光耀，为王谋事多深远。
众多卿士多美好，王国生来王国产。
周国能有这样人，都是周朝好骨干。
有此众多贤能臣，文王所以得平安。
文王恭谨又和善，心地光明仪端庄！
上天之命好伟大，商王子孙都归降。
商王子孙实在多，数以上亿计难详。
上帝已经把令下，只得称臣降周邦。
殷商臣服降周邦，可见天命亦无常。
降周殷士多勉强，镐京献酒祭周王。
他们献酒助祭时，还用殷时旧服装。
周王任用殷旧臣，莫想先祖殷商王。
莫念先祖殷商王，只把美德来修养。
言行永远合天命，很多幸福任你享。
殷朝尚得民心向，能合天命治家邦。
当以殷商为镜子，天命难得非寻常！

天命得来好不易，别在你手全丢光。
应当宣扬美名传，依据天命把事想。
上天之事一桩桩，无声无味难测量。
只有效法周文王，万国对你都信服！

解读

这是周民族系列史诗中的一篇，诗歌主要歌颂周文王承天受命、领导周民族艰苦奋斗、奠定克商基础的卓越贡献。周文王在周民族发展史上，是一位具有里程碑意义的领导人，他虽然不是周王朝的开创者，但周王朝形成克商建政的实力却是在他的手中完成的，所以得到周人的热情赞颂。

全诗七章，首章从周文王承天受命讲起，“周虽旧邦，其命维新”，向世人昭告了周人取代殷商的合法性和必然性。此后数章，一则讲述殷商后裔已经不能再承载天命的客观事实，二则夸耀文王的后世子孙能够赓续祖烈，不断开拓周人基业，使得文王成为周人的精神象征和效仿对象。

这是在祭祀文王的典礼上演唱的乐歌，周王助祭，包括殷商后裔在内的其他王公贵族也有助祭，诗中除了赞颂文王功勋之外，还有对殷商遗民的训诫，要求他们正视周人克商的历史事实，只有遵从周人的天命，才能永葆自己的荣华富贵。

周文王不仅是周人永远供奉和赞扬的领袖人物，还是中国历史上世代称赞和效法的英明君主。先周时期的尧、舜、禹、汤以及周代的文、武、成、康，这八位国君，一直都是史书中高频出现的人物，他们大都具有功勋卓著、爱民如子、善纳谏言的优良品德。因此，他们也被后世史家树为明君的典范，期望后世的君主也能像他们这样勤政爱民，正如诗圣杜甫所言：“致君尧舜上，再使风俗淳。”这反映了人民对明君的深情期待。

大　明

明明在下，赫赫在上。
天难忱斯[1]，不易维王。
天位殷适[2]，使不挟四方[3]。
挚仲氏任，自彼殷商。
来嫁于周，曰嫔于京。
乃及王季，维德之行。
大任有身，生此文王。
维此文王，小心翼翼。
昭事上帝，聿怀多福[4]。
厥德不回[5]，以受方国。
天监在下，有命既集。
文王初载[6]，天作之合[7]。
在洽之阳[8]，在渭之涘。
文王嘉止，大邦有子。
大邦有子，伣天之妹[9]。
文定厥祥[10]，亲迎于渭。
造舟为梁，不显其光。

有命自天，命此文王，于周于京。
缵女维莘[11]，长子维行，笃生武王。
保右命尔，燮伐大商[12]。
殷商之旅，其会如林[13]。
矢于牧野，维予侯兴。
上帝临女，无贰尔心。
牧野洋洋[14]，檀车煌煌[15]，驷騵彭彭。
维师尚父，时维鹰扬。
凉彼武王[16]，肆伐大商，会朝清明。

注释

❶ 忱（chén）：信赖。
❷ 适（dí）：通“嫡”，嫡子。
❸ 挟：拥有。
❹ 怀：招来，招致。
❺ 厥：他的。回：违背正道。
❻ 初载：初年。
❼ 作：选定。合：配偶。
❽ 阳：水的北面。
❾ 伣（qiàn）：好比，好像。天之妹：天上的女子。
❿ 文：送聘礼。
⓫ 缵：通“嬇”，好。
⓬ 燮（xiè）：顺应。
⓭ 会：集会，集合。
⓮ 洋洋：广大的样子。
⓯ 檀车：战车。煌煌：光彩夺目。
⓰ 凉（liàng）：辅佐。

译　文

君王勤勉在人间，功绩显赫达上天。
天命确实难相信，王位不易长保全。
天帝立了殷纣王，却又使他丢政权。
挚国任家二女儿，从那殷国至周邦。
太任嫁到周国来，就在周京做新娘。
太任王季好夫妻，有德之事尽情做。
太任终于有身孕，生下这个周文王。
只有这个周文王，小心谨慎治家邦。
光明磊落侍上帝，获得幸福多多享。
言行不违天帝心，因此得做大国王。
上天监视在人间，天命已降给文王。
文王即位之初年，上帝为他配新娘。
在那洽河水北岸，在那渭河水近旁。
文王要行大婚礼，莘国姑娘嫁周邦。
莘国有个好女儿，好像天帝少女郎。
下聘选定吉祥日，渭河之滨迎新娘。
船儿相连搭浮桥，迎亲仪式甚辉煌。
天命从天降人间，命令这个周文王，就在周京建家邦。
莘国靓丽好姑娘，她是长女嫁周王，日后生下周武王。
上帝保佑周武王，承命领兵伐殷商。
殷商发兵来抵挡，军旗集合密林样。
武王牧野来誓师，我要出兵讨伐商。
上帝在天望殷军，你们莫藏鬼心肠。
牧野地面好宽广，檀木军车多辉煌，四马拉车真雄壮。

太师吕望指挥忙，周军好似鹰飞扬。

辅助武王统三军，于是讨伐殷纣王，甲子清晨灭殷商。

解读

这也是周民族系列史诗中的一篇，反映了王季娶妻、诞生文王、文王迎亲、承天受命、武王降世最后于牧野之战中伐商灭纣、建立王朝的周初历史。诗歌所述历史跨度很长，内容丰富，大致勾勒出周王朝前几代领袖人物的生平事迹以及对后世的深远影响。

诗歌以“天明在周”为中心思想，以王季、文王、武王三代领袖人物为基本线索，集中突现了周民族三代祖先的盛德，其中武王灭商是这首诗所要重点关注的历史事件，“牧野洋洋，檀车煌煌，驷騵彭彭。维师尚父，时维鹰扬”，记叙了牧野之战的概貌。

卒章所言师尚父，也即民间传说中的姜太公。他姓姜，氏吕，又称吕望、或太公望，是辅佐文王、武王两代领袖人物建功立业的关键人物。在牧野之战中，他担任军队总指挥这样的角色，辅佐武王一举克商。周人建国之后，他被分封于齐国，是姜姓齐国的始封君，后世子孙中有齐桓公这样名震一时的霸主。

王朝的建立不是一蹴而就的，需要相当绵长的时间、几代人的努力才能完成，周王朝如是，后世的秦王朝也是如此。汉代著名政论家贾谊在《过秦论》中总结道：“及至始皇，奋六世之余烈，振长策而御宇内。”指出秦始皇能平定六国，统一天下，这一功勋是建立在此前六代人努力的基础之上的。比如，我们所熟悉的秦孝公、秦昭襄王等国君，他们在位之际，厉行变法，增强国力，最终才有了秦始皇建立王朝的实力和荣耀。

绵

绵绵瓜瓞[1]，民之初生[2]。
自土沮漆，古公亶父[3]。
陶复陶穴[4]，未有家室。
古公亶父，来朝走马。
率西水浒，至于岐下。
爰及姜女[5]，聿来胥宇[6]。
周原膴膴[7]，堇荼如饴[8]。
爰始爰谋[9]，爰契我龟[10]。
曰止曰时[11]，筑室于兹。
迺慰迺止，迺左迺右，
迺疆迺理，迺宣迺亩[12]。
自西徂东，周爰执事。
乃召司空[13]，乃召司徒[14]，
俾立室家。其绳则直，
缩版以载[15]，作庙翼翼[16]。
捄之陾陾[17]，度之薨薨[18]。
筑之登登，削屡冯冯[19]。
百堵皆兴[20]，鼛鼓弗胜[21]。
迺立皋门[22]，皋门有伉[23]。

迺立应门[24]，应门将将[25]。
迺立冢土[26]，戎丑攸行[27]。
肆不殄厥愠[28]，亦不陨厥问[29]。
柞棫拔矣，行道兑矣[30]。
混夷駾矣[31]，维其喙矣[32]。
虞芮质厥成[33]，文王蹶厥生[34]。
予曰有疏附[35]，予曰有先后[36]。
予曰有奔奏[37]，予曰有御侮[38]。

注释

❶ **绵绵**：连续不断的样子。**瓞**（dié）：小瓜。
❷ **民**：指周朝的民众。
❸ **古公**：亶父的号。**亶父**（dǎn fǔ）：周太王的名。
❹ **陶**：挖掘。**复**：地室。
❺ **及**：带着，一起。
❻ **胥**：视察，察看。
❼ **周原**：地名。**朊**（wǔ）**朊**：土地肥美的样子。
❽ **堇、荼**：两种野菜的名字。**饴**：饴糖。
❾ **始**：谋划。
❿ **契**：用火烧龟壳以占卜。
⓫ **止、时**：居住。时，借为“跱”，与止同义。
⓬ **宣**：开沟挖渠。**亩**：耕田种地。
⓭ **司空**：古代掌管土地的官。
⓮ **司徒**：古代掌管役工的官。
⓯ **缩版**：用绳子捆束筑墙的木板。**载**：通“栽”，筑墙的长板。
⓰ **翼翼**：房子高大严正的样子。
⓱ **捄**：把泥土装在器物中。**陾**（réng）**陾**：人多的样子。
⓲ **度**（duó）：把泥土填进夹板中。**薨**（hōng）**薨**：填土的声音。
⓳ **削屡**（lǒu）：指修整墙头。屡，通“搂”。**冯**（píng）**冯**：墙头坚硬的声音。
⓴ **兴**：起。

㉑ **鼛**（gāo）：长一丈二尺的大鼓。

㉒ **皋门**：国都的大门。

㉓ **伉**（kàng）：高的样子。

㉔ **应**（yìng）**门**：王宫里的正门。

㉕ **将**（qiāng）**将**：房屋高大严正的样子。

㉖ **冢土**：大的土地庙。

㉗ **戎丑**：众人。

㉘ **肆**：遂。**殄**：断绝。**愠**：怨愤。

㉙ **陨**：落下，废除。

㉚ **兑**：通达，通畅。

㉛ **混夷**：西戎名。**駾**（tuì）：因惊恐而逃走。

㉜ **喙**：困窘。

㉝ **虞、芮**（ruì）：周初两个国名。**质**：问，这里指争执。**成**：平息、平和。

㉞ **蹶**：感动。**生**：性，天性。

㉟ **疏附**：意思是下臣亲近上臣。

㊱ **先后**：身前身后之臣。

㊲ **奔奏**：奔走效力之臣。

㊳ **御侮**：抵抗外敌欺侮之臣。

译　文

小瓜大瓜蔓绵长，周民开始创事业。
从那杜水迁漆旁，古公亶父有思想。
率领大伙挖洞穴，当时没有现成房。
古公亶父创业忙，清晨骑马奔他乡。
沿着渭水向西走，一直到达岐山旁。
他的妻子是太姜，共同选地建新房。
周原土地真肥美，苦菜也像麦芽糖。
大伙共同来谋划，刻灼龟甲卜吉祥。
神灵告知可留住，就在这里盖新房。

周人安心来定居，或住左边或右方，
划定田界来耕田，开通河道垄成行。
周原由西到东方，人人劳作日夜忙。
先召司空管工程，司徒再把力役掌，
令其率众盖新房。基脚准绳要拉直，
夹板捆到长板上，宗庙整齐好模样。
挖土噗噗装进筐，板间填土轰轰鸣。
捣土筑墙声噔噔，把墙铲平声冯冯。
百堵墙儿皆建成，铲墙之声胜鼓声。
王城郭门已建成，皋门高高真雄壮。
正殿大门也修成，应门威严又辉煌。
建起大社祭神坛，变成大众活动场。
虽未消除狄人怨，周人声誉也未伤。
柞树棫树全拔除，道路无阻皆畅通。
混夷受惊慌逃亡，困顿疲惫甚紧张。
虞君芮君来和解，文王感动使改性。
我有率民亲君臣，我有左右亲近臣。
我有奔波效力臣，我有杀敌英雄臣。

解读

这也是周民族系列史诗之一，反映了周民族重要奠基人古公亶父率族迁居、开疆拓土的历史功绩。周人以农立国，土地是他们安身立命的根本，能否拥有并支配广阔肥沃的土地，这关系到整个民族的兴衰。周人原先居住的豳地，总是受到邻近游牧民族的骚扰，所以古公亶父率族迁居至岐山之下。

“古公亶父，来朝走马。率西水浒，至于岐下。”可以说是本首诗歌的中心句，反映了周人在古公亶父率领下迁岐的重要史实，这意味着周民族的辉煌事业正式开始。诗歌依次记叙了周人自邠至岐，从起行、定宅、治田、建屋、筑庙到文王服虞芮、受天命的过程，内容详实、结构完整。

“虞芮质厥成，文王蹶厥生”是凸显文王美德的一个重要历史典故。虞人和芮人因为国界土地分配问题大打出手，谁也不服谁，于是双方相约去找周文王评理，他们进入周人地界后，发现周人相互谦让，民风和谐，不由得惭愧万分，对周文王所施行的德政感到钦佩，于是率国来朝。

如果套用后世史家的语言来解释岐山在周人心中的政治意义，那用“龙兴之地”来形容应该是再合适不过了，在这个地方出现了著名的凤鸣岐山的祥瑞征兆，这激发了周人奋斗向上的精神和力量。关于祥瑞，后世政治家多次用它来引领民意，比如刘邦斩白蛇就是一个重要的祥瑞，以及元末民工在黄河中挖出来的独眼石人，都有这样的象征意义，这种观念在底层民众心中有着强大的号召力和影响力，同时也是野心家攫取政治利益的重要依托。

棫 朴

芃芃棫朴❶，薪之槱之❷。
济济辟王，左右趣之❸。
济济辟王，左右奉璋❹。
奉璋峨峨❺，髦士攸宜。

淠彼泾舟[6]，烝徒楫之[7]。
周王于迈，六师及之。
倬彼云汉[8]，为章于天。
周王寿考，遐不作人。
追琢其章[9]，金玉其相。
勉勉我王，纲纪四方。

注释

❶ **棫朴**（yù pǔ）：棫，白桵；朴，枹木。
❷ **槱**（yǒu）：积。
❸ **趣**（qū）：趋，疾。
❹ **奉**：捧。
❺ **峨峨**：雄壮庄严的样子。
❻ **淠**（pì）：船行进的样子。**泾**：泾水。
❼ **楫**：划船。
❽ **倬**（zhuō）：广阔。**云汉**：银河。
❾ **追**：雕刻。

译　文

柞树丛生多茂盛，砍作祭柴临时放。
恭谨庄重周文王，左右群臣紧跟上。
恭谨庄重周文王，周围大臣捧玉璋。
捧璋之人多雄壮，俊才行礼皆适当。
泾水船儿在游荡，众多船夫竞划浆。
周王伐征朝前行，六师紧随大方向。
银河高高又宽敞，群星灿烂天空上。

文王长寿把福享，培育人才眼光长。
服饰美丽似雕琢，道德纯美金玉样。
励精图治周文王，统管天下镇四方。

解读

这是一首赞颂周文王选贤举能、郊祭天神而后率师伐崇的诗歌。古人认为战争乃是凶事，所以不轻言兵戎之事，若有之，应当要郊祭神灵，获得神灵的许可后方能出兵，这也是所谓“替天行道、吊民伐罪”的用意所在。崇是商的附属诸侯国，也是周人伐商的阻碍，所以文王率师讨伐。

全诗五章，每章四句，首章以“棫朴”起兴，将棫朴比喻贤君，总述周王有德，众望所归，次章写聚集在文王身边的贤士可谓人才济济，三、四章言文王率师出征，卒章赞美周王有金玉之相，称赞他勤勉于政事，所以能纲纪四方。

据《说苑·指武篇》记载，周文王在讨伐崇国之前，先发布文告，历数崇国国君崇侯虎的诸多罪行，比如不敬父老、执政多有冤假错案等，而后方才起兵伐崇。发兵之时严令部队不许烧杀抢掠，欺侮百姓。崇国百姓听说这个消息，请求投降，不再为崇侯虎效命。

周文王在位期间不仅有为虞芮断讼这样的德政，还有讨伐崇国这样的赫赫武功，在他文武兼修的德政之下，形成了“三分天下有其二”的政治格局，但他觉得取代殷商的时机并不成熟，所以仍然臣服殷商，继续蓄积力量。这种隐忍给了后世政治家很大的启发，著名如曹操、朱元璋等，都采用过相似的政治策略，特别是朱元璋，执行“高筑墙、广积粮、缓称王”的决策，不把自己树为天下之敌，只是暗中扩大势力，最终扫平天下，建立王朝。

旱麓

瞻彼旱麓[1]，榛楛济济。
岂弟君子[2]，干禄岂弟[3]。
瑟彼玉瓒[4]，黄流在中。
岂弟君子，福禄攸降。
鸢飞戾天，鱼跃于渊。
岂弟君子，遐不作人。
清酒既载，骍牡既备。
以享以祀，以介景福[5]？
瑟彼柞棫，民所燎矣[6]。
岂弟君子，神所劳矣。
莫莫葛藟，施于条枚[7]。
岂弟君子，求福不回[8]。

注释

[1] 麓（lù）：山脚。
[2] 岂弟：安乐的样子。
[3] 干禄：追求福禄。
[4] 玉瓒（zàn）：古时以圭为柄的一种酒器，在圭的前头有一勺，可以灌酒祭神。
[5] 介：求。景：大。

❻ 燎：燃烧。
❼ 条：树枝。枚：树干。
❽ 不回：不违背正道。

译　文

遥望旱山山脚下，榛树楛树遍地生。
和乐平易周文王，求得福禄心欢畅。
条条花纹那玉勺，鎏金勺里酒流来。
和乐平易周文王，天降福禄多关怀。
鸢鸟高飞至蓝天，鱼儿欢游在深渊。
和乐平易周文王，培养人才想得远。
清酒已经摆设毕，红色公牛也备全。
真诚献祭众祖先，怎么能不求大福？
柞树棫树长得茂，人们砍来烧祭天。
和乐平易周文王，神灵赏赐多周全。
葛藟长得好茂密，爬上树去缠枝条。
和乐平易周文王，求福从不违正道。

解读

这是一首描写周王祭祀祖先、祈求降福的诗歌。据汉代学者所言，周代先祖世代勤修后稷、公刘的功业，后世如王季、文王、武王等人，祭祀祖宗，以求能获得神灵赐福保佑，这首诗歌就是因此而创作的。汉人的这个观点在后世被广为认可，也可以与史实相互印证。

诗歌共有六章，每章四句，以“岂弟君子”贯穿全篇，首章以旱山山脚下生长的茂密榛树、楛树起兴，象征周王祈求神灵能够降下同样繁茂的福禄。次章开始表现“祭祖受福”的主题，三章转而描写“鸢飞戾天，鱼跃于渊”这样的场景，丰富了诗歌内容。其后三章都是对祭祀场景的实录。

三章描写飞鸢和跃鱼，实际上有“天高任鸟飞，海阔凭鱼跃”的意思，象征优秀的人才不受环境的制约，可以凭借自己的过人才能，实现自己的人生价值，而作为“岂弟君子”的周王，正应该合理选才，为国所用，才能不辜负上天赐福的用意。

祭祀求福是一个在中国民间广泛传播的文化现象，这反映出国民朴素而虔诚的神灵信仰。人生之中不可避免地会有各种灾祸缠身，在依靠自身力量无法解决问题时，人们难免会寄希望于一种超自然的神秘力量来给自己指引方向，从而使自己脱离困难。周人隆重的祭祀礼节可以说是这种观念的重要来源，上至天地山川，下至祖宗神灵，都可以成为他们的心灵寄托。周人在这神圣庄严的祭祀活动中求得精神的升华和心灵的宁静。

思　齐

思齐大任[1]，文王之母。
思媚周姜[2]，京室之妇[3]。
大姒嗣徽音[4]，则百斯男[5]。
惠于宗公[6]，神罔时怨[7]，

神罔时恫[8]。刑于寡妻[9]，
至于兄弟，以御于家邦[10]。
雝雝在宫[11]，肃肃在庙[12]。
不显亦临[13]，无射亦保[14]。
肆戎疾不殄[15]，烈假不瑕[16]。
不闻亦式，不谏亦入[17]。
肆成人有德，小子有造。
古之人无斁[18]，誉髦斯士[19]。

注释

❶ **思**：语气助词，无实义。**齐**（zhāi）：端庄。**大任**：太任，王季之妻，周文王的母亲。

❷ **媚**：敬爱。**周姜**：太姜，周文王的祖母。

❸ **京室**：周王室。

❹ **大姒**（sì）：太姒，指周文王的妻子。**嗣**：继承。**徽音**：美好的名声。

❺ **则百斯男**：意思是说子孙众多。

❻ **惠**：孝顺。**宗公**：宗庙的先人。

❼ **时**：是。

❽ **恫**（tōng）：伤痛。

❾ **刑**：法则，这里指做典范。**寡妻**：周代指正妻。

❿ **御**（yù）：治理，迎接。

⓫ **雝**（yōng）**雝**：和悦的样子。**宫**：家。

⓬ **肃肃**：庄严恭敬的样子。

⓭ **不显**：丕显，指国家大事。**临**：视察。

⓮ **射**（yì）：不厌足。**保**：提防，警惕。

⓯ **肆**：因此，所以。**戎疾**：大灾难。**殄**：断绝。

⓰ **烈假**：指大病。**瑕**：过，去。

⓱ **入**：容纳，采纳。

⓲ **斁**（yì）：厌倦。

⓳ **誉**：同“豫”，乐于。**髦**：选拔。

译　文

太任端庄好漂亮，文王之母美名扬。
德高貌美乃太姜，姜家姑娘嫁太王。
太姒继承好声誉，生下上百好儿郎。
文王遵从众先祖，先祖神灵无怨痛，
先祖神灵无痛伤。言行是妻好楷模，
推广扩展到兄弟，进而扩大治家邦。
在那宫室好和睦，在那庙宇很严肃。
光明显耀亲临政，一心保民不满足。
因此瘟疫病患绝，一切灾害都远离。
听到善言便采纳，若有谏言记心里。
成年之人有美德，少年也都有成就。
文王爱才不厌倦，培育此辈成俊杰。

解读

这首诗与《生民》《公刘》《绵》等篇目均可视为周民族史诗。不同于其他诗歌的是，《生民》等诗歌颂的是周王朝的男性祖先，如后稷、公刘、古公亶父等；而《思齐》的赞美对象则是周室三母：太任、周姜、太姒。通过对三母的歌颂，从而为天下的女性树立良好的榜样，以此起到教化天下的作用。

周室三母分别为周文王之祖母、之母、之妻。文王是周王朝的重要奠基人，是周初历史上最重要的人物。此诗以文王为引，介绍与之密切相关的三位伟大女性，从而也为读者了解周民族发展壮大提供另外一个重要视角。首章

"则百斯男"虽是赞颂周人子嗣兴旺，实则赞美三母繁衍后嗣的伟大功绩，次章"惠于宗公""御于家邦"赞美三母对宗室和国家的贡献，三章至卒章皆是赞颂三母福佑后世子孙的功德。

从诗歌中可以看到，周人对三母的赞颂包括以下方面：三母之功，繁衍子孙；三母之德，惠于宗公；三母之福，庇佑后人；三母之爱，泽被天下。通篇而下，为读者展现出周家女祖高贵而不失亲切的光辉形象，我们似乎也可以明白周民族从蜗居西陲的小部族到逐渐成长为一个可以翦灭商朝、建立政权的强大王朝的原因所在。自后稷以后诸位周氏先祖自然厥功至伟，但周室女祖亦贡献了不可忽视的磅礴力量。

诗歌对周室三母后妃之德的赞美，实则是对伟大母性光辉的歌颂。在人类文明的伟大进程中，在中国几千年来的家庭生活中，女性一直都是不可或缺的重要组成部分。她们分担着相夫教子、敬老睦邻的家庭使命，像周室三母一样居于幕后，默默襄助着丈夫的事业，这是一种高尚的奉献和牺牲精神，周室女祖这样的贤妻良母，为部族的长足发展和进步发挥了不可估量的作用。此外，值得一提的是，民国才女、现代著名建筑师林徽因，其名就是取自于此诗中的"大姒嗣徽音"，取其"美好声誉"之意。

皇矣

皇矣上帝，临下有赫[1]。监观四方，求民之莫[2]。维此二国，其政不获[3]。维彼四国，爰究爰度。上帝耆之[4]，憎其式廓[5]。乃眷西顾[6]，此维与宅。

作之屏之[7]，其菑其翳。修之平之，其灌其栵。启之辟之，其柽其椐。攘之剔之[8]，其檿其柘。帝迁明德，串夷载路[9]。天立厥配，受命既固。

帝省其山，柞棫斯拔，松柏斯兑。帝作邦作对，自大伯王季。维此王季，因心则友，则友其兄，则笃其庆，载锡之光。受禄无丧，奄有四方[10]。

维此王季，帝度其心，貊其德音[11]。其德克明[12]，克明克类，克长克君。王此大邦，克顺克比[13]。比于文王，其德靡悔。既受帝祉，施于孙子。

帝谓文王："无然畔援[14]，无然歆羡[15]，诞先登于岸[16]。"密人不恭，敢距大邦，侵阮徂共。王赫斯怒，爰整其旅，以按徂旅。以笃于周祜，以对于天下[17]。

依其在京，侵自阮疆。陟我高冈，无矢我陵[18]，我陵我阿，无饮我泉，我泉我池。度其鲜原[19]，居岐之阳，在渭之将。万邦之方，下民之王。

帝谓文王："予怀明德，不大声以色，不长

夏以革。不识不知，顺帝之则。”帝谓文王：“询尔仇方，同尔兄弟。以尔钩援[20]，与尔临冲，以伐崇墉。”

临冲闲闲，崇墉言言。执讯连连，攸馘安安。是类是祃[21]，是致是附，四方以无侮。临冲茀茀，崇墉仡仡[22]。是伐是肆，是绝是忽。四方以无拂[23]。

注释

❶ **临下**：俯视天下。**赫**：清楚，明白。
❷ **莫**：安居乐业。
❸ **不获**：不得民心。
❹ **耆**（qí）：厌恶。
❺ **廓**（kuò）：阔，大，这里指作恶。
❻ **眷**：回顾。
❼ **作**：砍，斩。**屏**：除掉。
❽ **攘**、**剔**：排除。
❾ **串夷**：西部少数民族，即犬戎，西戎的一种。**路**：贫瘠。
❿ **奄**（yǎn）**有**：覆盖，广有。
⓫ **貊**（mò）：宣传，流传。
⓬ **克**：能够。**明**：明辨是非。
⓭ **比**：和顺，顺从。
⓮ **无然**：不要这样。**畔援**：飞扬跋扈。
⓯ **歆羡**：觊觎，贪婪。
⓰ **诞**：助词，无实义。**岸**：地势高的地方。
⓱ **对**：安定，平定。
⓲ **矢**：陈列。
⓳ **鲜原**：山地与平原。鲜，通“巘”，小山。
⓴ **钩援**：古时攻城工具。
㉑ **类**：出师时举行的祭祀。**祃**（mà）：在到达地点举行的祭祀。
㉒ **仡**（yì）**仡**：高耸的样子。
㉓ **拂**：违抗。

译　文

伟大上帝真辉煌，监视人间甚明亮。观察天下看四方，求得万民安无恙。念起夏殷统治者，治理国家民心丧。想那四方诸侯国，效法何人做榜样。上帝厌恶那商王，憎其奸恶黑心肠。上帝回首望西方，同住周地保周王。

砍下树来砍掉树，各种枯树皆扫光。修剪理齐枝和叶，灌木丛丛新枝长。开辟道路斩草木，柽椐尽除道路畅。剪掉杂枝和密叶，山桑柘树生得旺。上帝助王势力强，犬戎失败慌逃亡。上帝确定辅佐者，太王受命做周王。

上帝察看这岐山，柞树棫树皆砍光，松柏高直长得旺。上帝建周立明王，太伯王季都相让。这位王季心善良，一片爱兄好心肠，遵从兄意敬兄长，王季为善增吉祥，上帝恩赏显荣光。接受福禄永不丧，终有天下安四方。

这位王季德高尚，上帝审度其思想，传布美名扬四方。明辨是非其所长，区分坏人和善良，能做师长和君王。王季称王在周邦，万民顺服心所向。王位传到周文王，美德不改民向往。既已接受天赐福，传给子孙万代长。

上帝告知周文王："莫要跋扈太轻狂，不要贪婪私欲强，先据高位制四方。"密人傲慢不顺从，竟敢抗拒我周王，侵阮掠共好猖狂。文王勃然怒满腔，整顿军队除不祥，阻遏敌兵攻莒疆。以此多增周民福，亦使天下得安康。

周京驻军势力强，援阮凯旋意气扬。登上高冈远眺望，不许陈兵我山冈，高山大陵属周王，不准喝我山泉水，我的清泉我池塘。测度小山平原广，定居岐山南坡上，就于渭水河一旁。万邦依附周天子，他是万民好君王。

上帝告知周文王:“你有美德我称赏，莫重声色把德伤，不靠兵革显威望。莫显知识玩聪明，当顺天意治周邦。”上帝告诉周文王:“要与友邦来商量，会合同姓诸国王。你的钩梯要用上，临车冲车上战场，攻击崇国那城墙。”

临车冲车奔向前，崇国城墙高又坚。捉获俘虏一长排，割取敌耳心安详。祭天神呀求福佑，招抚崇人都投降，各国无敢犯周疆。临车冲车很强壮，崇国城墙高高耸。进击崇国气势盛，崇国终于被灭亡，四方无人再对抗。

解读

这是周人叙述先祖开国历史的史诗之一，也是一首赞美文王受命于天的颂歌，从天命定周开始，讲述了太王开辟、王季修德、文王拓边的过程。在周民族系列史诗当中，《皇矣》是十分特殊的一篇，诗歌所叙事件之繁、历史跨度之长，非其他史诗可比。

作为开国史诗，其壮阔的历史背景、丰富的政事素材、恢弘的思想情感，在整部《诗经》当中可以说独树一帜。《皇矣》先写太王开辟岐山，使昆夷遁去；然后赞美王季德行美好，并传位给文王；最后写文王讨伐崇和密这两个部族并取得胜利，奠定了武王伐纣雄厚的国力基础。此外，这首诗也是周人宣扬“王权天命”思想的一次有效实践，诗中多次提及上帝这一神圣形象，如“天立厥配，受命既固”，再如“维此王季，帝度其心”“帝谓文王”等句，赋予了周之先王开疆拓土、君临天下合法性和神圣性。

这首诗文字虽长，叙事虽多，但却井然有序，布局也很见匠心，层次感很强。诗歌所描摹的画面恢弘壮阔，气势磅礴，用生动的排比、细致的叠词，将周人艰苦创业的场面勾勒得惟妙惟肖，将文王“一怒而安天下民”的强大声势渲染得如同亲见，若无雄劲的笔力和深邃的视野，何以谱写出如此辉煌浩大的锦绣华章？本诗情感热烈而充沛，画面壮阔而磅礴，与当代著名交响乐作曲家吕其明先生所谱写的《红旗颂》所铺设的恢弘场面，大有异曲同工之妙！

这首诗作于周人开国立业之后，表示不敢忘祖先艰辛创业之德，亦即“吃水不忘挖井人”之意。后人安享太平盛世，但也应当常思先辈筚路蓝缕、导夫先路的开创精神。古人如是，今人亦当时常感怀！

灵台

经始灵台[1]，经之营之[2]。
庶民攻之[3]，不日成之。
经始勿亟[4]，庶民子来。
王在灵囿[5]，麀鹿攸伏[6]。
麀鹿濯濯[7]，白鸟翯翯[8]。
王在灵沼，於牣鱼跃[9]。
虡业维枞[10]，贲鼓维镛[11]。
於论鼓钟，於乐辟雍[12]。
於论鼓钟，於乐辟雍。
鼍鼓逢逢[13]，矇瞍奏公[14]。

注释

❶ **经始**：计划开始。**灵台**：周文王所造，由于造得快，有如神助，所以叫灵台。

❷ **经**：测量。**营**：建造。

❸ **攻**：用力工作。

❹ **亟**：急。

❺ **灵囿**：灵台下面养鸟兽的花园。

❻ **麀**（yōu）**鹿**：母鹿。**攸**：语气助词，无实义。

❼ **濯**（zhuó）**濯**：鸟兽毛色润泽的样子。

❽ **翯**（hè）**翯**：鸟的羽毛白净的样子。

❾ **於**（wū）：语气助词，没有实义。**牣**（rèn）：满。

❿ **虡**（jù）：挂钟的直柱子。**业**：挂钟横梁上的大版。**枞**（cōng）：崇牙，横梁上像牙一样的挂钟的地方。

⓫ **贲**（fén）：大鼓。**镛**：大钟。

⓬ **辟**（bì）**雍**：水环山的风景区。

⓭ **鼍**（tuó）**鼓**：鳄鱼皮蒙的鼓。**逢**（péng）**逢**：和顺的鼓声。

⓮ **矇**：有眼珠的瞎子。**瞍**（sǒu）：无眼珠的瞎子。**公**：同“工”“功”，这里指奏乐。

译 文

文王开始造灵台，量度完毕干起来。
平民百姓来修建，不日修成干得快。
文王告民不着急，平民如子把王爱。
文王来至灵囿中，母鹿伏地多悠闲。
母鹿肥美有光泽，白鸟洁白光闪闪。
文王站在灵沼岸，满池鱼儿跳跃欢。
钟磬鼓架都配备，挂起大鼓和大钟。
钟鼓乐声多美妙，文王欢乐在离宫。

钟鼓乐声真美妙，文王欢乐在离宫。

鼍鼓逢逢响四方，乐师奏乐颂功绩。

解读

这是一首记述周文王建成灵台及游园赏景的诗歌，诗歌篇幅简短却寓意丰富，有深刻的历史意义。文王建造灵台本身是一件耗费民力的工程，但却得到了广大民众的鼎力支持，这反映出周文王与天下子民亲密良好的鱼水情，于现实而论也有强烈的观照作用。

这首诗的内容比较简单，首章写灵台建成的速度之快、效率之高，从而反映出民众对文王事业的积极态度和坚决支持；次章写文王劝慰百姓不必过于急促，可以放慢工程进度，但民众依然精神饱满、男女老少一起上阵，为建造灵台贡献力量；三章描摹了灵台中的祥和景象，四章、卒章写灵台建成以后辟雍（指周王朝贵族及子弟举行礼乐大典及接受教育的地方）之乐。通篇而下，反映出文王与民众协同共乐的愉快场景！

《孟子·梁惠王》云："文王以民力为台为沼，而民欢乐之，谓其台曰灵台。"据此后世史家多将此诗定为文王游园辟雍之乐的诗歌，虽也有史家另有新见，但将之归在周王与民众和谐相处、君民共乐的主题之下，是大致可行的。上海豫园中有一座三穗堂，其上悬挂着一块"灵台经始"的牌匾，其意便源出于此。

从诗歌中可以看到，普通民众在文王修建灵台过程中所表现出来的急切和热情，与他们对同时代的殷纣王，以及后世民众对秦始皇、隋炀帝的态度是大相径庭的。何以如此？因为文王建造灵台是与民共乐、君民共用，而纣王等大兴土木则是为一己之私，只图个人享乐，如此透支民力、劳民伤财，又岂能得到民众的支持与拥护？

下 武

下武维周[1]，世有哲王[2]。
三后在天[3]，王配于京[4]。
王配于京，世德作求[5]。
永言配命，成王之孚[6]。
成王之孚，下土之式[7]。
永言孝思，孝思维则。
媚兹一人[8]，应侯顺德。
永言孝思，昭哉嗣服。
昭兹来许[9]，绳其祖武[10]。
于万斯年，受天之祜。
受天之祜，四方来贺。
于万斯年，不遐有佐[11]。

注释

❶ **下**：后，后代。**武**：继承。
❷ **世**：世代。**哲王**：英明的君主。
❸ **三后**：三代君王。
❹ **配**：顺应天命。
❺ **求**：通“逑”，搭配。

❻孚：声誉。
❼式：榜样。
❽媚：拥护，爱戴。
❾来许：后进。
❿绳：承接，继承。
⓫遐（hú）：通“胡”，何，为什么。

译文

能继祖业唯姬周，世代都有贤圣王。
三位先君灵升天，武王镐京掌周邦。
武王受命将国享，继承祖德有发扬。
永远顺从天旨意，成就王业增威望。
成就王业增威望，世上之人有榜样。
心中永存孝敬心，孝心就是法先王。
世人爱这周武王，他顺祖德治周疆。
心中永存孝敬心，明告后人切勿忘。
明告后人切莫忘，继承祖业增荣光。
周王朝啊国运长，接受天恩把福享。
接受天恩把福享，四面诸侯贺周王。
周王朝啊国运长，岂能不来佐周邦。

解读

这是一首赞美周王能继承先王德业、受到四海臣民拥戴的诗歌。就艺术风格而论，诗歌创作用意自然是为了歌功颂德，语言较为枯燥和呆板，缺乏生气；就思想内涵而言，也属于较为浅显易懂的一类，以颂扬周天子为主，亦呈现出四方来贺、王朝强盛的兴旺国势。

诗歌前三章使用顶真的修辞手法，为语言增添了些许韵律感。在内容上主要以赞美周王为主，赞美他恪守孝道，能继承祖先功业，其德行操守可以作为天下臣民的范式。后三章则转换视角，由歌颂周王个人切换到展现四方宾服、万邦来朝的大国气象。周王因为能够恪守孝道、敬慕先祖三王，所以获得了以姬姓宗室为主体的四方诸侯的拥戴。诗云“于万斯年”，正与我们在宫廷剧中所了解的“吾皇万岁”具有相同的含义和作用。

诗歌当中透露着明显的家国情怀。前三章言周王继承先王德业，赞美周王重视孝道与家室；后三章言四方来贺，赞美周王能君临天下、统御万邦，对邦国亦能履行责任和使命。诗云“昭兹来许，绳其祖武”，意在赞美周王英明神武，有能力有决心继承先王的未竟事业与遗志。或许也正因为这样，他才能“受天之祜”，获得宗室和四海的支持与拥护！

这首诗中提到了中国传统文化中一个很重要的元素——孝道。传统社会一直宣扬“忠孝仁义”的处世思想，古代执政者也有“求忠臣必于孝子之门”的求贤理念，忠孝思想一直是中国传统文化的重要组成部分，投射到家庭当中，孝道思想自然占据主体地位。诗中所讲到的周王遵从先王遗志、继承祖先德业，正是中国孝道文化的集中展现。《论语·学而篇》中记载了孔夫子对孝道的观点：“父在，观其志；父没，观其行；三年无改于父之道，可谓孝矣。”以夫子之论言之，诗中所赞颂的周王，亦可谓孝矣！在当下的社会发展中，孝道思想仍然具有强烈的现实意义，不可忽视。

文王有声

文王有声，遹骏有声[1]。
遹求厥宁，遹观厥成。文王烝哉！
文王受命，有此武功。
既伐于崇，作邑于丰。文王烝哉！
筑城伊淢[2]，作丰伊匹[3]。
匪棘其欲[4]，遹追来孝[5]。王后烝哉！
王公伊濯[6]，维丰之垣。
四方攸同，王后维翰[7]。王后烝哉！
丰水东注，维禹之绩。
四方攸同，皇王维辟[8]。皇王烝哉！
镐京辟廱[9]，自西自东，
自南自北，无思不服。皇王烝哉！
考卜维王，宅是镐京。
维龟正之，武王成之。武王烝哉！
丰水有芑，武王岂不仕[10]？
诒厥孙谋[11]，以燕翼子[12]。武王烝哉！

注释

❶ **遹**（yù）：发语词。**骏**：大。
❷ **淢**（xù）：同“洫”，护城河。
❸ **匹**：匹配。

❹ 棘：通“急”。
❺ 追：追悼，缅怀。孝：孝心。
❻ 公：通“功”，功德，功业。濯：伟大。
❼ 翰（gàn）：通“干”，骨干。
❽ 辟（bì）：国君。
❾ 辟廱：设立学校。
❿ 仕：通“事”，做事。
⓫ 诒：通“贻”，遗留。
⓬ 翼：保护。

译　文

文王本有好声名，巨大声望传四方。
力求政权得安宁，想见事业成大功。英明伟大周文王！
文王接受天帝命，建立这样大武功。
终于讨伐那崇国，建成新都在丰城。文王伟大真英雄！
修城又挖护城河，丰城规模正适当。
不是急着满私欲，追尽孝道敬先王。文王美好皆赞扬！
文王事业真辉煌，修筑丰都那城墙。
四方诸侯来朝会，文王真是国栋梁。天下称美周文王！
丰水奔流朝东方，大禹功绩美名扬。
四方诸侯来朝会，光明君王是榜样。武王伟大又辉煌！
镐京修起了学校，来自西方与东方，
来自南方和北方，无不归服我周王。武王伟大又辉煌！
周王前来细问卜，定居镐京可吉祥。
龟甲卜定迁都事，武王对此功无量。伟大辉煌周武王！
丰水岸边芑谷生，武王岂能察不详？
远大谋略留后人，似燕护子心慈祥。伟大辉煌周武王！

解读

这是一首赞颂文王迁都丰京、武王迁都镐京的诗歌。迁都对国家、对民族而言是头等大事，都城的安全和稳定直接关乎政权的兴衰存亡，具有重要的政治意义和历史意义。周人两次迁都是周民族势力东扩的必然趋势，同时也昭示着周民族从弱小走向强大。他们由西部边陲挺进丰镐沃土，从而揭开了周人历史发展的新篇章！

这首诗共八章，前四章描写了文王迁都丰京的过程。首章、次章讲述了文王承天受命、振兴武功、伐崇迁丰，其后写营造丰京的实绩。后四章写武王迁都镐京的过程，五章以“丰水东注”做枢纽过渡到镐京事，其后描写武王营建镐京、四方归服的盛况。据诗意，武王迁镐乃是占卜后遵奉神意的结果，这为迁都附着了一层神圣的意味。

对于诗歌主题，历代诗家多有歧见，除二王迁都说以外，一说为武王能继承文王功业、彰显武功军威的赞美诗，一说为辟雍建筑竣工后的颂诗。据诗意论，迁都说似更为贴合。诗歌每章末句都以“烝哉”这一语气词作结，为诗歌的诵读与演唱平添了几分韵律美。

都城是一个国家、一个政权的心脏所在，也是全局中最为重要的部分，都城必然要承载着供养国民、庇护政权的功能，所以古人从日常生活和地理位置考虑，大都选择在水源充足、山脉横亘的地方建都，这样才可以长期扎根于此，有助于政权的稳定。从诗歌中可以看出，文王、武王先后所选的丰镐区域，正是丰水流经、岐山翼护的战略要地，于此处建都，为周人繁衍兴起以及其后的伐商大业抢占了优越的地理位置。

生　民

厥初生民，时维姜嫄[1]。
生民如何？克禋克祀[2]，
以弗无子。履帝武敏歆[3]，
攸介攸止[4]。载震载夙[5]，
载生载育，时维后稷。
诞弥厥月[6]，先生如达。
不坼不副，无菑无害。
以赫厥灵[7]。上帝不宁，
不康禋祀，居然生子。
诞寘之隘巷，牛羊腓字之[8]。
诞寘之平林，会伐平林[9]。
诞寘之寒冰，鸟覆翼之。
鸟乃去矣，后稷呱矣。
实覃实讦[10]，厥声载路[11]。
诞实匍匐，克岐克嶷[12]，
以就口食。蓺之荏菽[13]，
荏菽旆旆[14]。禾役穟穟，
麻麦幪幪[15]，瓜瓞唪唪。
诞后稷之穑，有相之道。
茀厥丰草，种之黄茂[16]。

实方实苞，实种实褎。
实发实秀[17]，实坚实好，
实颖实栗，即有部家室。
诞降嘉种，维秬维秠，
维穈维芑。恒之秬秠[18]，
是获是亩。恒之穈芑，
是任是负。以归肇祀。
诞我祀如何？或舂或揄[19]，
或簸或蹂[20]。释之叟叟[21]。
烝之浮浮[22]。载谋载惟，
取萧祭脂，取羝以軷[23]。
载燔载烈，以兴嗣岁。
卬盛于豆，于豆于登。
其香始升，上帝居歆[24]，
胡臭亶时！后稷肇祀。
庶无罪悔[25]，以迄于今[26]。

注释

❶ **时**：通“是”，此。
❷ **禋**：升烟以祭，古代祭天的典礼。
❸ **武**：足迹。**敏**：脚趾。**歆**（xīn）：激动惊喜。
❹ **攸**：于是。**介**、**止**：休息。
❺ **震**：有孕。**夙**：严肃。
❻ **弥**：终，指怀胎足月。
❼ **赫**：显示，显耀。**灵**：灵异。
❽ **腓**（féi）：庇护。**字**：哺育。

⑨ **会**：碰上。**伐平林**：伐木的樵夫。
⑩ **实**：是。**覃**、**訏**：长。
⑪ **载**：充满。
⑫ **岐**：明事理。**嶷**（nì）：辨事物。
⑬ **蓺**（yì）：种植。
⑭ **旆旆**：长大。
⑮ **幪**（méng）**幪**：茂盛的样子。
⑯ **黄茂**：嘉谷。
⑰ **发**：禾苗发兜。**秀**：扬花。
⑱ **恒**：通“亘”，遍及。
⑲ **揄**（yóu）：舀取。
⑳ **蹂**：用手搓米。
㉑ **释**：淘米。**叟叟**：淘米声。
㉒ **浮浮**：蒸饭的气。
㉓ **軷**（bá）：祭祀名。出行前祭祀路神。
㉔ **居歆**：安享。
㉕ **庶**：幸好。
㉖ **迄**：流传。

译文

是谁最先生周民，这位先妣是姜嫄。
她是怎样生周民？她能虔诚祭上天，
祈求得子代代传。脚踩上帝足拇迹，
停下休息心喜欢。怀胎时小心谨慎，
十月生子来养育，后稷这样降人间。
姜嫄怀孕足十月，头胎生子很顺当。
产门完好不破裂，无灾无害无祸殃。
预示灵异大吉祥。上帝心里不安宁，
不能安享那祭祀，徒然生个小儿郎。

丢弃后稷于小巷，牛羊庇护来喂养。
丢弃后稷于森林，有人伐木正碰上。
丢弃后稷寒冰上，大鸟保护展翅膀。
大鸟不久飞离去，后稷呱呱哭声叫。
哭声很大又很长，满路哭声远传扬。
不久后稷可爬行，能够有知又有识，
且能觅食来为生。种植庄稼播豆种，
大豆长得真茂盛。禾穗下垂沉甸甸，
麻麦繁茂覆垄间，瓜实累累数不尽。
后稷尽心种庄稼，助苗生长有方法。
除去田间丰茂草，播植黄茂品种佳。
禾苗初生分枝好，生得肥壮向高拔。
庄稼茎高结成穗，颗粒坚实成色佳，
穗芒下垂头低下，后稷于邰安了家。
上天恩赐良谷种，既有秬来又有秠，
还有穈来尚有芑。遍地皆种秬和秠，
收获按亩把数计。满地遍种穈和芑，
大获丰收抱又背。回至家中把祖祭。
周民怎么来祭祀？或舂米来或舀粮，
或搓米粒或簸糠。有人淘米声叟叟，
蒸饭热气飘天上。祭祀细节共商量，
取来香蒿和脂肪，拿来公羊祭路神。
烧烤牺肉献神灵，保佑来年庄稼旺。
我把祭品盛木豆，木豆瓦器都摆放。
香气开始升上天，上帝得把祭品享，

香味确实真美好！后稷开始祭上苍。

幸得神佑无罪过，从古到今永兴旺。

解读

这首诗可以说是周民族史诗的开篇之作，因为它讲述的周人始祖后稷的成长事迹，在系列史诗中具有特殊意义。先贤认为这首诗有“尊祖”之意，与诗意相合。这首诗歌具有强烈的神话色彩，无论是后稷的诞生还是他的成长，都有一种超自然的力量在庇佑着他，这种观念也为周族的兴起披上了一层神秘的外衣。

全诗共八章，前三章描述后稷出生的灵异场景，充满着神话色彩和浪漫情调。诗歌描写的是后稷，首章却是以姜嫄起笔，这反映了当时正处于母系氏族制的原始社会；四、五、六章记叙后稷善于稼穑并教周人务农；七章、卒章则着笔于铺陈祭祀场面的热烈与隆重，将人们对神灵的虔诚信仰杂糅其间，以“后稷肇祀”作结，收束全诗。全诗风格奇谲与平实兼具，塑造了一个身份奇特、功勋卓著的英雄形象。

周人以农业立国，随着周人建立国家、分封诸侯至天下万方，周人的这一传统也就在华夏大地上扎根生长，时至今日，农业仍然是我们这个民族赖以生存的重要产业。而农业的渊源，大抵可以追溯到《生民》所勾勒与记述的后稷时代，诗歌中描写了大量农事耕作的场景并记载了远古时期的先民们已经在耕种的农作物，这为我们了解上古时代的农业生产活动提供了一个便捷的窗口。

周人神化始祖后稷，某种程度上也是在为周民族自身的崛起寻求法理依据，从某种程度上来说，他们通过宣传始祖的农神神话向世人宣示他们地位的优越性和身份的神圣性。这种模式在后世历史上被广泛运用，凡英雄豪杰兴起之前，必会有某种神兆的附会，如汉高祖刘邦，据《史记·高祖本纪》载，刘邦乃其母与蛟龙交合而生，意在说明刘邦乃天生龙种，从而为他亡秦灭楚、登基称帝创造合法性。此外如隋文帝杨坚、明太祖朱元璋等人，莫不如此。

行苇

敦彼行苇[1]，牛羊勿践履。
方苞方体，维叶泥泥[2]。
戚戚兄弟，莫远具尔[3]。
或肆之筵，或授之几。
肆筵设席，授几有缉御[4]。
或献或酢，洗爵奠斝。
醓醢以荐[5]，或燔或炙。
嘉殽脾臄[6]，或歌或咢。
敦弓既坚[7]，四鍭既钧[8]。
舍矢既均，序宾以贤。
敦弓既句[9]，既挟四鍭。
四鍭如树[10]，序宾以不侮。
曾孙维主，酒醴维醹[11]。
酌以大斗，以祈黄耇。

黄耇台背，以引以翼。
寿考维祺，以介景福。

注释

❶ 敦（tuán）：聚拢的样子。行（háng）苇：路旁的芦苇。
❷ 泥（nǐ）泥：通“苨苨”，指茂盛的样子。
❸ 尔：同“迩”，接近。
❹ 缉（qī）：不断。御：侍者。
❺ 醓醢（tǎn hǎi）：多汁的肉酱。
❻ 脾：牛胃。
❼ 敦（diāo）弓：画弓。
❽ 鍭（hóu）：箭矢。钧：同“均”，指均射中。
❾ 句（gòu）：通“彀”，张满了。
❿ 树：通“竖”。
⓫ 醹（rú）：醇厚的酒。

译文

从从芦苇长道旁，别让牛羊来踩伤。
芦苇含苞茎儿长，叶子茂盛生得旺。
亲亲热热众兄弟，关系皆近勿疏远。
有的给他铺筵席，有的为他设几案。
摆好筵席铺上席，几旁侍者侍周详。
主人敬酒客回敬，洗涤酒爵放案上。
肉汤肉酱全端上，烧肉烤肉多花样。
牛肚牛舌有佳肴，有人击鼓有人唱。
雕弓全都好坚劲，四人皆用相同箭。
每人射箭数相等，贤才名次排在前。

雕弓已经拉满弦，四人手中全持箭。
四箭皆中来竖立，未得名次不轻慢。
曾孙自己乃主人，甜酒醇美献席间。
大斗舀酒斟满杯，敬献老人寿命长。
老人背驼是长者，引路扶持将他帮。
长寿本来是吉祥，祝他大福毕生享。

解读

这是一首描写周室贵族亲友宴飨、比射场景的诗歌，诗中多写兄弟、老幼饮酒射箭之欢快场面，家人和睦，宗族兴旺。周人建政立国以后，为避免同姓同宗之间因继承而自戕，故而建立了以血缘关系为纽带的宗法制。在这种制度的作用下，周人格外重视宗族之间的血缘亲情，《行苇》就是一首展现这种和谐场面的诗歌。

诗歌以行苇起兴，通篇而下描摹了一幅兄友弟恭、家族和睦的祥和场景。“戚戚兄弟，莫远具尔”，意指王之亲族应当亲昵和谐，不要疏远。其后“肆筵设席，授几有缉御”，摆席设宴，美食佳肴、玉酿琼浆陈列于桌面上，宾主尽欢，享用美食。筵席过后，宾客以射箭取乐，增进感情，活跃氛围。与此同时还不忘敬老尊贤的优良习俗，斟酒举杯以为长者祝寿。字里行间让人感受到周人在面对兄弟族人时的那种热情与尊重。

周人灭商的胜利首先是周民族集体力量的胜利，但是在灭商以后，周人内部面临着因利益分配而产生的矛盾，而外部还有殷商的残余势力在虎视眈眈。在这样内忧外患的局势下，周人采用宗法制与分封制相结合的政治手段，封建宗族亲戚，以藩屏王室。正所谓“家和万事兴”，这两种制度的施行要求周人内部要建立敦宗睦族的血缘关系并形成长幼尊卑的等级秩序，这也就是周人“亲亲尊尊”的政治理念，《行苇》中的场景就是对这一理念的体现。

周人重视亲情、强调宗族和睦的思想通过对分封制的践行辐射到周文化圈内的每一个诸侯国，经过历史的沉淀已经浸入到每一个华夏子孙的血脉和记忆当中，并一直延续到现在。亲情从一个人出生那一刻起便已经形成并且成为其人一生当中最重要的社会关系，对家庭的依恋和对亲人的信赖，是中国人最温暖的记忆。

既醉

既醉以酒，既饱以德[1]。
君子万年，介尔景福。
既醉以酒，尔殽既将[2]。
君子万年，介尔昭明。
昭明有融[3]，高朗令终[4]。
令终有俶[5]，公尸嘉告。
其告维何？笾豆静嘉。
朋友攸摄，摄以威仪[6]。
威仪孔时，君子有孝子。
孝子不匮，永锡尔类。
其类维何？室家之壶。
君子万年，永锡祚胤[7]。

其胤维何？天被尔禄。
君子万年，景命有仆[8]。
其仆维何？釐尔女士[9]。
釐尔女士，从以孙子。

注释

❶饱：饱食。
❷将：美好。
❸融：长久。
❹令：美。
❺令终有俶（chù）：祝词，祝其善始善终。
❻摄：佐理，辅助。
❼祚：福。胤：后代。
❽仆：跟随。
❾釐（lài）：通“赉”，赐福。女士：男女。

译　文

痛饮美酒已经醉，受你恩德似吃饱。
周王长寿万万年，赐你大福真美好。
痛饮美酒已喝醉，你的荤菜甚美好。
周王长寿亿万年，赐你光明智慧高。
光明智慧远无垠，嘉美名望好结果。
美好结果有善始，神主好话对你说。
那么祝词是什么？祭祀礼物要美洁。
同来群臣都助祭，助祭一定有礼节。
礼节严肃很美好，周王又是大孝子。

孝子之心永不竭，神将法则永赐你。
孝子法则是什么？先要治家后治邦。
周王长寿亿万年，子孙幸福绵延长。
子孙相承怎么样？上天为你降大福。
周王长寿万年长，天命你得众奴仆。
天赐奴仆什么样？赐你男仆和女仆。
赐你女仆和男仆，子孙相随代代传。

解读

这是一首周人在祭祀祖先时工祝代表神尸对主祭者周王所致的祝辞。祭祀是一道深深刻入国人脑海中的文化记忆，是居于五礼之首的吉礼。在古时，上至天子、下至黎民都对吉礼格外重视。时至今日，吉礼在我们的文化习俗中仍然占据着重要地位，所祭对象包括天神、地祇、人鬼等一切具有神秘身份的事物。《既醉》则是对周人祭祖活动的反映。

诗歌前三章讲享受了酒食祭品的“公尸”对祭祀活动的满足和嘉许，以工祝为介表示对主祭者的祝福。其余五章则是工祝代表祖先神对主祭者的“嘉告”之语，言祖先神会为君子赐予室家之福，也会赐予奴仆和福禄。其中以“孝子不匮，永锡尔类”“君子万年，景命有仆”等诗句较为著名，表示祝福对方德行广及族类，福禄泽及奴仆。

诗言“公尸嘉告”，所谓“公尸”，并非指亡者尸体，而是指扮演成祖先或神的形象接受祭奠的人，后世改用画像或神主牌位取代“尸”的功能。据《礼记》载，祭祖时的“尸”一般由亡者的孙子担任。

祭祖是孝道传统的一种表现形式，时至今日仍然可以感受到它浓郁的氛围，比如到了以清明节、中元节为代表的传统节日时，我们踏青扫墓、焚香祭祖，以这种方式寄托哀思，缅怀先祖。祭祀之时，人们对亡者一则寄以思念和缅怀之情，二则亦寻求祖先赐福、庇佑后人。通过这一庄重肃穆的祭祀活动，可以增进宗族亲属之间的归属感和认同感，这反映了国人虔诚的祖先神信仰。

凫　鹥

凫鹥在泾，公尸来燕来宁。
尔酒既清，尔殽既馨。
公尸燕饮，福禄来成[1]。
凫鹥在沙，公尸来燕来宜。
尔酒既多，尔殽既嘉。
公尸燕饮，福禄来为。
凫鹥在渚，公尸来燕来处。
尔酒既湑，尔殽伊脯[2]。
公尸燕饮，福禄来下。
凫鹥在潨[3]，公尸来燕来宗。
既燕于宗[4]，福禄攸降。
公尸燕饮，福禄来崇。
凫鹥在亹，公尸来止熏熏[5]。
旨酒欣欣，燔炙芬芬。
公尸燕饮，无有后艰[6]。

注释

❶ 成：促成。
❷ 脯（fǔ）：干肉。
❸ 潨：崖岸，一说为小水流入大水处。
❹ 于宗：在宗室，在宗庙。
❺ 熏熏：舒畅安详的样子。
❻ 艰：灾难，不幸。

译 文

野鸭水鸥泾水游，神主宴享好安详。
主人美酒多清爽，你的菜肴味好香。
神主前来赴宴会，大福大禄双双降。
野鸭水鸥于沙滩，神主宴享舒且安。
主人美酒多多献，你的菜肴全新鲜。
神主高兴来赴宴，福禄双降数量添。
野鸭水鸥在沙滩，神主宴饮意真欢。
主人美酒真清爽，你的佳肴有肉干。
神主降临来赴宴，福禄双降你身边。
野鸭水鸥在河岸，神主宴饮心中欢。
宗庙之中来饮宴，福禄双降在此间。
神主前来享酒宴，福禄积聚在面前。
野鸭水鸥在水边，神主休息心意舒。
主人美酒很芳香，烧肉烤肉味香甜。
神主前来享饮宴，主人从此没后患。

解读

这是一首周王绎祭宾尸时所演奏的乐曲。古代天子或诸侯祭祀，第一天为正祭，祭祀神灵，正如《既醉》一诗所叙，第二天称为绎祭，即扮作祖先神的神尸设宴，又称作宾尸。将这首诗放在《既醉》之后，是因为二诗的背景既有联系，又有前后次序的差别。这首诗反复言凫鹥在沙、在渚、在潨，描写了一个水边生态，说明这一活动可能是在辟雍处进行的。

此诗分五章，除每章的第二句为六言外，其余均为四言句。就诗而言，此歌主题旋律便是：野鸭沙鸥在水泽畔欢快地嬉戏觅食，公尸来到宗庙接受宾尸之礼就像野鸭沙鸥自得其所那样恬适愉悦，人们答谢公尸，献给公尸的酒清醇甘甜，献给公尸的食香酥鲜美，希望公尸沟通献祭的人们与受祭的神灵，并祈求神灵赐福。

诗中反覆渲染公尸“来燕来宁”“来燕来宜”“来燕来处”“来燕来宗”“来止熏熏”，正说明因为主人虔诚，所以公尸也显得特别高兴，从而神灵也会不断降福给主人，这就是诗中反覆强调的“福禄来成”“福禄来为”“福禄来下”“福禄攸降”“福禄来崇”。

这首诗可以说是《既醉》的姊妹篇，均是反映祭祀仪式中正祭、绎祭场面的乐歌，从诗歌中所描绘的隆重盛大的祭祀场面可知，古人对祭祀活动是极其重视的，因为在科学技术尚不发达的先秦时期，人们对自然力量的认识尚不明确，在面临旦夕祸福而不能自主的情况时，他们会向意识中具有超自然力量的神祇或祖先寻求庇佑，以达到祈福避灾的目的。在这样的心理作用下，也就催生了庄重肃穆的祭祀仪式，人们试图通过内心的虔诚以获得神灵的认可与保佑。

假 乐

假乐君子[1]，显显令德。
宜民宜人，受禄于天。
保右命之[2]，自天申之[3]。
干禄百福[4]，子孙千亿。
穆穆皇皇，宜君宜王。
不愆不忘[5]，率由旧章[6]。
威仪抑抑，德音秩秩。
无怨无恶，率由群匹[7]。
受福无疆，四方之纲。
之纲之纪，燕及朋友。
百辟卿士[8]，媚于天子[9]。
不解于位，民之攸塈[10]。

注释

❶ **假乐**：欢喜愉悦。假，通“嘉”。
❷ **右**：佑助。
❸ **申**：不断的。
❹ **干**：求。
❺ **不愆**：没有过失。
❻ **率**：依照，遵循。**由**：跟随。**旧章**：原有的制度。
❼ **群匹**：群臣。

❽ 辟：诸侯。卿士：大臣。
❾ 媚：喜爱。
❿ 塈：通“愒”，休息。

译文

心中喜乐周君王，美誉显赫真辉煌。
安民任贤皆适宜，从天受福来安享。
上天下命保周君，不断赐福兴周邦。
祈求福禄千百样，子孙千亿传久长。
恭恭敬敬心明亮，适合做君宜做王。
不犯过失不遗忘，遵循旧法治国忙。
仪表举止气度美，聪明多智有名望。
举国上下无怨恨，遵依群臣好主张。
接受福禄大无疆，你是四方好榜样。
你是天下好楷模，使那群臣安乐享。
诸侯百官众群臣，都爱天子敬酒忙。
你对国政不懈怠，人们安心都守道。

解读

这是一首在周宣王行冠礼时辅国大臣所作的祝颂诗。周宣王幼年遭遇了一场国人暴动，国人将其父周厉王驱逐出京，连周宣王自己也差点被殃及。据周礼，宣王父死而继位并举行冠礼（《礼记·曾子问》），他在召伯虎等名臣的尽心辅佐下，于周厉王崩后行冠礼，并借此礼仪宣布权力的交接。

全诗共四章，通篇可以看出臣子对周宣王继位及举行冠礼的热情赞颂，赞歌背后也向新王表达了自己的忠诚。诗歌首章赞美周王的福禄降自上天；次章赞美周王子孙繁盛，他的一切行为都遵循先王典章制度，具有精明强干、英明神武的优良品德；第三章赞美天子威仪庄重大方，政教法令有条不紊，可以纲纪天下，令四海宾服；卒章回归主题，众卿士向天子表明忠心，赞扬宣王执政乃民心所盼。

诗歌表现了宗室亲族对一个年轻君主的深厚感情和殷切期望，希望他可以励精图治，振兴王朝。诗歌既歌颂周宣王德荫子孙，受禄千亿，也落笔于他能“不愆不忘”，一丝不苟地遵循先王典章制度，能够听从大臣们的劝谏。这些话里包含着极其深刻的教训：周厉王因为违背祖制使王朝几乎灭亡，其代价不可谓不大。

宣王中兴是周代历史上值得称道的一大盛事，其后历代有志于重振朝纲的君主，莫不以宣王自比。可以说周宣王作为中兴之主，为后世皇帝树立了一个良好的榜样。周宣王即位于内忧外患之时，国家尚未从国人暴动的创伤中恢复过来，王朝外部也有蛮夷虎视眈眈，但周宣王能团结宗室，选贤举能，将这些危机顺次消弭，展现出一个政治家的卓越才能，从而也获得了朝野上下对他的拥戴。

公刘

笃公刘[1]，匪居匪康[2]。
迺埸乃疆，迺积迺仓；
迺裹餱粮，于橐于囊[3]，思辑用光[4]。

弓矢斯张，干戈戚扬[5]，爰方启行[6]。
笃公刘，于胥斯原[7]。
既庶既繁，既顺迺宣[8]，而无永叹。
陟则在巘，复降在原。
何以舟之？维玉及瑶，鞞琫容刀。
笃公刘，逝彼百泉，瞻彼溥原。
迺陟南冈，乃觏于京。
京师之野，于时处处，于时庐旅。
于时言言，于时语语。
笃公刘，于京斯依。
跄跄济济[9]，俾筵俾几[10]，既登乃依。
乃造其曹[11]，执豕于牢，酌之用匏。
食之饮之，君之宗之。
笃公刘，既溥既长[12]，
既景迺冈[13]，相其阴阳，
观其流泉；其军三单，
度其隰原，彻田为粮[14]。
度其夕阳[15]，豳居允荒。
笃公刘，于豳斯馆。
涉渭为乱[16]，取厉取锻[17]。
止基迺理，爰众爰有[18]。
夹其皇涧，溯其过涧。
止旅迺密[19]，芮鞫之即[20]。

注释

❶ **笃**：敦厚正直。
❷ **居**：安居。**康**：康宁。
❸ **橐**：袋子。
❹ **思**：想方设法。**辑**：安定繁荣。**用**：从而，进而。
❺ **干**：盾。**戈**：戟。**戚扬**：指挥动干戈。
❻ **爰**：于是。**方**：开始。**启行**：动身出发。
❼ **胥**：相，观看。
❽ **宣**：畅快。
❾ **跄（qiāng）跄**：步趋有节奏的样子。**济济**：庄严恭敬的样子。
❿ **俾**：使。**筵**：（摆）酒席。**几**：（摆）案几。
⓫ **造**：适，去。**曹**：通槽，指祭豕神。
⓬ **溥**：宽大。
⓭ **景**：日影。
⓮ **彻**：治，开发。
⓯ **度**：测量。
⓰ **乱**：横渡。
⓱ **厉**：磨刀石。
⓲ **众**：指人口增加。**有**：指物产丰富。
⓳ **旅**：众。**密**：安。
⓴ **芮鞫（jū）**：水边弯曲之地。**即**：靠近，去、到。

译 文

忠诚敦厚好公刘，不敢安居度时光。
划定田界来耕田，堆积粮食盛满仓；
于是包装备干粮，各种口袋一齐装，让民和睦有荣光。
拉开弓来箭上弦，盾牌戈斧持手中，开往豳地奔向前。
忠诚敦厚好公刘，视察原野日夜忙。
随来百姓日日多，百事和顺心舒畅，不再哀叹把心伤。

有时登上小山头，然后再回平原上。
公刘佩带是何物？美玉宝石挂腰间，佩刀玉鞘闪光亮。
忠诚敦厚好公刘，前往百泉去视察，广阔平原放眼望。
登上南边高山冈，方见京地好地方。
京师原野多宽广，于是在此来安居，在此寄居造新房。
于是人人说笑忙，你言我语喜洋洋。
忠诚敦厚好公刘，安心在京建新邦。
仪容庄重人满堂，恳请赴宴到座上，宾客就座靠桌旁。
先行曹祭求吉祥，圈中抓猪做佳肴，斟酒用瓢操作忙。
请吃饭来请喝酒，公刘做君为宗长。
忠诚敦厚好公刘，开垦土地宽且长，
观测日影登山冈，察看山的南北方，
探明河流何处淌；组建三军相轮换，
湿地平原都测量，尽力耕田多打粮。
西山坡上度量忙，豳地原野实在广。
忠诚敦厚好公刘，豳地之上建宫房。
率民横渡渭水河，拿回砺锻建房忙。
基地已定治田亩，民多物足心欢畅。
住在皇涧岸两边，对面过涧很宽敞。
居民众多都平安，河弯内外人攘攘。

解读

本诗是周民族史诗之一，叙述了周人祖先公刘带领族人迁徙至豳地的功绩。据史书记载，公刘及其族人生长于游牧民族混居地区，以务农为业，但不堪游牧民族的间歇性袭扰，于是率众迁徙。公刘执政有方，百姓安居乐业，远方的民众也来归附，周人从此走向繁盛，这首诗歌就是对公刘迁豳过程的描写。

诗歌首章言公刘率族人积攒粮草、修整兵器，为迁徙做长足的准备。次章言公刘率众到达豳地之后与当地土著和睦相处。第三章言公刘考察豳地地势风貌，建造房舍。第四章言宗庙落成、祭毕饮酒。第五章言公刘择地驻军，准备农事。卒章言大功告成以后的庆贺。

从迁徙过程来看，公刘无疑是迁居大业的主导者和谋划者，从前期准备到勘测地形再到筑房定居，公刘均参与其中，制定着每一个关键环节。公刘是所有族人的主心骨，其殚精竭虑、心系全族的形象跃然纸上。

周人以务农为业，颇为安定，戎狄以游牧为生，行动灵便。当二者产生冲突与纠葛时，周人必然要避戎狄锋芒，重新选择水土肥沃的宜居之地生存繁衍。公刘是周人发展史上一个十分关键的人物，正是因为有了他的深谋远虑，率众迁徙，选定了豳地作为周民族新的落脚之地，周人才得以摆脱外敌袭扰、专心稼穑从而繁衍种族，使得族群势力不断壮大，最终从小邦成长为可以翦灭商的强大部族。

泂　酌

泂酌彼行潦[1]，挹彼注兹[2]，可以餴饎[3]。
岂弟君子，民之父母。
泂酌彼行潦，挹彼注兹，可以濯罍[4]。

岂弟君子，民之攸归。
泂酌彼行潦，挹彼注兹，可以濯溉。
岂弟君子，民之攸塈[5]。

注释

[1] 泂（jiǒng）：远。行潦（háng lǎo）：指路旁积水。
[2] 挹：舀。注：倒。
[3] 饙（fēn）：蒸饭。饎（chì）：酒食。
[4] 濯（zhuó）：洗涤。罍（léi）：古代器名，盛酒和水。
[5] 塈：休息。

译 文

远处沟中舀积水，水缸将它来装满，可以使它来蒸饭。
和乐平易周天子，是民父母民欢喜。
远处沟中舀积水，水缸将它来装满，可使它来洗酒坛。
和乐平易周天子，百姓归附心意安。
远处沟中舀积水，水缸将它来装满，可用它来洗酒樽。
和乐平易周天子，可使人们休息久。

解读

这是一首周王与臣属宴饮、臣属赞美周天子能得民心的诗歌。关于这首诗的创作背景，学者们说法不一，一说为召康公诫勉周成王的诗歌，一说为赞美公刘的诗歌，但从诗意分析，均没有可靠的依据。这是一首典型的歌功颂德之作，应适用于宴饮场合，但其作于何时、作于何人之手，只能存疑。

诗歌较为简短，诗意浅显易懂。全诗共三章，虽然都是从取水做饭而起，但落脚点却是在赞美恺悌君子能为“民之父母”，使得百姓归附。从诗中看，主人所准备的饭食比较简朴，有学者推测这有不忘祖先创业艰难之意。

这首诗采用重章叠句的艺术手法，反复咏赞恺悌君子，诗中虽然并未介绍这位君子究竟有何丰功伟绩，但从他能得到民众的归附可知，他一定是一位心怀天下、勤政爱民的称职领导者。

俗语云：“得民心者得天下”，所谓天下，就是民心。统治者虽然身处高位，但仍然能心系黎民、忧劳国事，自然值得被称作“恺悌君子”。诗中歌颂的统治者对民众必然有着深厚的情感，只有这样才能使得民众如百川归海般依附。

卷　阿

有卷者阿[1]，飘风自南。
岂弟君子，来游来歌，以矢其音[2]。
伴奂尔游矣[3]，优游尔休矣。
岂弟君子，俾尔弥尔性[4]，似先公酋矣。
尔土宇昄章[5]，亦孔之厚矣。
岂弟君子，俾尔弥尔性，百神尔主矣。
尔受命长矣，茀禄尔康矣[6]。
岂弟君子，俾尔弥尔性，纯嘏尔常矣[7]。
有冯有翼[8]，有孝有德，以引以翼。

岂弟君子，四方为则。
颙颙卬卬，如圭如璋，令闻令望。
岂弟君子，四方为纲。
凤凰于飞，翙翙其羽，亦集爰止。
蔼蔼王多吉士，维君子使[9]，媚于天子。
凤凰于飞，翙翙其羽，亦傅于天[10]。
蔼蔼王多吉人，维君子命，媚于庶人。
凤凰鸣矣，于彼高冈。
梧桐生矣，于彼朝阳。
菶菶萋萋[11]，雝雝喈喈。
君子之车，既庶且多[12]。
君子之马，既闲且驰。
矢诗不多[13]，维以遂歌。

注释

❶ 卷（quán）：曲，起伏。阿（ē）：大土山。
❷ 矢：展示。
❸ 伴奂：悠然自得。
❹ 俾：使。性：命。
❺ 昄章：版图。
❻ 茀（fú）：通“福”。
❼ 纯：大。嘏：福气。
❽ 冯：依。翼：庇护。
❾ 使：差遣。
❿ 傅：到，及。
⓫ 菶（běng）菶萋萋：草木茂盛的样子。
⓬ 多：通“侈”，车饰侈丽。
⓭ 不：语气词。

译　文

曲曲折折大山丘，旋风从南方吹来。

平易和乐周君王，到此游玩把歌唱，群臣献诗诉衷肠。

你可尽情来游赏，悠闲休息意气扬。

平易和乐周君王，让你生命得延长，继承祖谋业辉煌。

你的疆域版图大，确实辽阔又宽广。

平易和乐周君王，你的生命得延长，主祭百神乃周王。

受命为王时间久，福禄多多你安享。

平易和乐周君王，你的生命得延长，大福使你尽情享。

有依靠来有辅佐，有孝心来有美德，教导辅助功业多。

平易和乐周君王，四方视你为法则。

温和肃敬气轩昂，美德纯粹似圭璋，名声美好有威望。

平易和乐周君王，天下认你为榜样。

凤凰鸟儿高高飞，双翅振动翙翙响，停飞落在大树上。

周王贤才熙攘攘，任使君王来差遣，人人都爱周君王。

凤凰鸟儿高高飞，振动双翅翙翙响，一直飞到蓝天上。

周王贤才熙攘攘，任让君王下命令，爱护百姓事事忙。

凤凰鸟儿在鸣叫，停落那个高山冈。

梧桐树儿在生长，就在东面向朝阳。

枝叶茂密长得盛，凤凰鸣声甚悠扬。

周王安排众车辆，车儿数多又堂皇。

周王备马把车驾，马儿熟练奔驰忙。

群臣献诗有许多，随时谱曲给王唱。

解读

这是一首周王与群臣出游卷阿、诗人陈诗颂王的诗歌。历来学者对于本诗的创作背景观点甚多，大都将其创作时间归于周初，但从诗歌较为成熟的艺术风格分析，它不可能是周初作品。

从内容看，这是歌颂周王礼贤求士的诗。全诗十章，首章以“来游来歌，以矢其音”领起，末章以“矢诗不多，维以遂歌”收束，首尾呼应，结构谨严。从语言运用上看，虽然以歌颂赞美的谀辞为主，但也不乏佳句，如第七、八、九章以凤凰的飞鸣集止起兴，比喻天子周围贤才荟萃，形象鲜明而庄美。

诗歌多咏凤凰起飞与高鸣之态，这很容易让人联想到周族兴起时凤鸣岐山的祥瑞。诗人以凤凰飞鸣之姿态比喻此次出游访贤的周王，赞美他气度雍容华贵，德行不凡。尤其是第九章，全用比喻，写高冈、朝阳，梧桐生焉，凤凰栖于其上而鸣，华丽的意境与“天子得人，野无遗贤”的盛况十分吻合。

华为公司创始人、总裁任正非有言：“21世纪什么最贵？人才！”这个设问句道出了华为公司近年来事业突飞猛进的根本原因。其实何止在21世纪，在任何时候都是如此，比如周文王渭水访太公望（也就是神话传说中的姜子牙）；周公虽位高权重却也一饭吐哺三次唯恐怠慢贤者；燕昭王斥资千金买马骨以此表露自己对千里马亦即人才的重视之意；再如萧何月下追韩信，为刘邦打出汉中、与项羽争夺天下收揽了人才；刘备三顾茅庐请得诸葛亮出山辅佐，终于三分天下，成就帝业；曹操三次发布《求贤令》，只为能访得贤才，实现他“周公吐哺，天下归心”的宏大志愿。可见，拥有丰富的人才资源对领导者来说，其重要性和必要性是不言而喻的。

民劳

民亦劳止，汔可小康❶。
惠此中国❷，以绥四方。
无纵诡随❸，以谨无良❹。
式遏寇虐❺，憯不畏明❻。
柔远能迩❼，以定我王。
民亦劳止，汔可小休。
惠此中国，以为民逑❽。
无纵诡随，以谨惛怓❾。
式遏寇虐，无俾民忧。
无弃尔劳，以为王休。
民亦劳止，汔可小息。
惠此京师，以绥四国。
无纵诡随，以谨罔极❿。
式遏寇虐，无俾作慝⓫。
敬慎威仪，以近有德。
民亦劳止，汔可小愒⓬。
惠此中国，俾民忧泄。
无纵诡随，以谨丑厉⓭。
式遏寇虐，无俾正败。

戎虽小子[14]，而式弘大[15]。
民亦劳止，汔可小安。
惠此中国，国无有残[16]。
无纵诡随，以谨缱绻[17]。
式遏寇虐，无俾正反。
王欲玉女[18]，是用大谏[19]。

注释

1. **汔**：求。
2. **中国**：指京师。
3. **纵**：听信。**诡随**：诡计多端的人。
4. **谨**：小心，警惕。
5. **式**：应当。**寇**：劫掠。
6. **憯**（cǎn）：乃，竟。**不畏明**：不畏其坚强高明。
7. **柔**：安。**能**：而。
8. **逑**：聚居。
9. **惛怓**（hūn náo）：争执。
10. **极**：法纪。
11. **慝**（tè）：恶。
12. **愒**（qì）：休息。
13. **丑厉**：为非作歹。
14. **戎**：你。
15. **式**：地位，作用。
16. **残**：破坏。
17. **缱绻**：缠绕。
18. **玉女**（rǔ）：玉汝，成就你。
19. **大谏**：力谏。

译文

百姓劳苦心哀伤，只求稍微得安康。
爱怜西周京师民，就可安定那四方。
莫信狡诈欺骗言，谨防恶人把权掌。
禁止抢掠和暴虐，他们竟然抗法网。
怀柔远人爱近人，以此安定我周王。
百姓劳苦心凄凉，稍作休息乃希望。
爱怜西周京师民，使得人民可聚居。
勿听狡诈欺骗言，谨防混乱坏朝纲。
禁止抢掠和暴虐，勿使百姓心忧伤。
不要放弃你功劳，成就我王好名望。
百姓劳苦心忧伤，稍事休息是希望。
爱怜西周京师民，各国平安是吉祥。
勿听狡诈欺骗言，警惕坏人乱官场。
禁止抢掠和暴虐，莫使有人来作恶。
严肃谨慎举止好，亲近贤才理应当。
百姓劳苦心悲凉，略作休息是理想。
爱怜西周京师民，万民消除心内伤。
勿听狡诈欺骗话，谨防丑类将官当。
禁止抢掠与暴虐，莫使朝政遭沦丧。
你虽年轻把权掌，责任重大应思量。
百姓劳苦心凄凉，稍得安逸是理想。
爱怜西周京师民，整个社会安无恙。
莫信狡诈欺骗话，谨防内讧结私党。
禁止抢掠和暴虐，莫使朝政错方向。

我望周王你完美，因此深谏你周王。

解读

这是一篇朝中老臣对朝廷新进后辈的训告之辞，诗歌语气颇为严肃凝重。它可能是周宣王即位后的乐章，王朝虽经历国人暴动但国运未衰，所以诗中既有对大难之后的反思，又有对未来光景的期望，可以看作是西周诗歌创作史上的转型之作。

本诗多是苦口婆心的劝诫之言，多言抵御外部侵略，以安人民而定王室。面对新近后辈，老臣告诫其要“柔远能迩，以定我王”，也要“敬慎威仪，以近有德”，只有勤修德行不断提升自己的行政水平，才可以尽职尽责地辅佐王政。

这首诗歌中明显体现出统治阶层的民本思想。本诗每章首句均言“民亦劳止”，可见统治阶层能认识到广大民众的辛劳艰苦，所以才多次强调要与民休息。这种民本思想在后世得到了充分发扬，其代表人物孟子毕生都在为宣扬民本思想而努力。

《荀子·王制篇》云:“君者，舟也；庶人者，水也；水则载舟，水则覆舟。”这句话在历代执政者耳中传诵已久，这个道理也深入人心。多少皇帝因为没有认识到君舟民水的道理而被人民起义的浪潮掀翻，比如秦始皇大兴土木，同时启动修筑长城、阿房宫、陵墓等大型工程，过度透支民力，以致陈胜吴广起义后天下云集响应，推翻暴秦；隋炀帝穷兵黩武，三征高丽，同时也在各地修建行宫，耽于享乐，以致引发隋末农民大起义。这些都是水能覆舟的典型事例。孔子言“为政以德”，不可以残暴对待百姓。

值得一说的是，现在所言“小康社会”，“小康”一词即源出于此。

板

上帝板板，下民卒瘅[1]。
出话不然[2]，为犹不远。
靡圣管管[3]，不实于亶[4]。
犹之未远，是用大谏[5]。
天之方难，无然宪宪[6]。
天之方蹶，无然泄泄。
辞之辑矣[7]，民之洽矣。
辞之怿矣[8]，民之莫矣[9]。
我虽异事[10]，及尔同僚。
我即尔谋，听我嚣嚣。
我言维服[11]，勿以为笑。
先民有言：询于刍荛[12]。
天之方虐，无然谑谑[13]。
老夫灌灌[14]，小子蹻蹻[15]。
匪我言耄，尔用忧谑。
多将熇熇[16]，不可救药。
天之方懠[17]，无为夸毗[18]。
威仪卒迷，善人载尸。
民之方殿屎，则莫我敢葵[19]。

丧乱蔑资[20]，曾莫惠我师[21]。
天之牖民[22]，如埙如篪。
如璋如圭，如取如携。
携无曰益，牖民孔易。
民之多辟，无自立辟[23]。
价人维藩[24]，大师维垣。
大邦维屏，大宗维翰。
怀德维宁，宗子维城。
无俾城坏，无独斯畏。
敬天之怒，无敢戏豫。
敬天之渝，无敢驰驱[25]。
昊天曰明，及尔出王[26]。
昊天曰旦，及尔游衍。

注释

❶ **瘅**（dān）：病。
❷ **不然**：不对，不正确。
❸ **管管**：任性妄为。
❹ **不实于亶**：言行相违。
❺ **是用**：因此。**大谏**：深切地劝谏。
❻ **无然**：不要如此。**宪宪**：欢乐的样子。
❼ **辞**：政令。**辑**：协调，温和。
❽ **怿**：高兴。
❾ **莫**：通“瘼”，病。
❿ **异事**：职务不同。
⓫ **服**：治，指合理的建议。
⓬ **刍荛**（chú ráo）：割草打柴的人。
⓭ **谑**（xuè）**谑**：喜乐的样子。

⑭ 灌灌：恳切。
⑮ 跻跻：骄傲的样子。
⑯ 熇（hè）熇：火势炽盛的样子。
⑰ 怜（qí）：发怒。
⑱ 夸毗：奉承，谄媚。
⑲ 葵：度，猜。
⑳ 蔑：无。资：财。
㉑ 惠：安抚。师：众民。
㉒ 牖：通“诱”，诱导。
㉓ 辟：法。
㉔ 价：通“介”，诚，善。藩：藩篱。
㉕ 驰驱：放纵。
㉖ 王（wǎng）：通“往”，出王，进出来往。

译　文

上帝旨意不寻常，下界人们遭祸殃。
君王说话真不对，制定政令无眼光。
处事无据自主张，不守信用甚放荡。
谋划国事无远见，所以深谏我君王。
上天正在降祸患，不要如此喜洋洋。
上天正在起动乱，莫要喋喋把话讲。
政令和缓不苛刻，百姓心中都舒畅。
政令若是不合理，百姓受害遭祸殃。
你我任职不相同，都是同僚侍周王。
我去同你议国事，傲慢不肯听我讲。
我的主张很有用，勿当笑话丢一旁。
古人曾把名言留：请教樵夫把事商。
上天正在施暴虐，不要这样嬉笑忙。

老夫恳恳诉衷肠，小子高傲意气扬。
不是我把昏话讲，你在嬉笑逞轻狂。
只助火势烧得旺，无法救治国沦丧。
上天正在发怒气，莫把媚言大话讲。
举止礼节全惑乱，好人如尸口不张。
百姓遭难苦呻吟，王朝前途不敢想。
社会丧乱资财空，无人救民除灾殃。
上天诱使老百姓，如造埙篪用土竹。
如制圭璋用美玉，如同提携来帮助。
提携不会遭拦阻，因材施教很容易。
现在百姓多邪僻，无从立法来惩处。
善人可以是藩篱，民众就是那围墙。
大国好像那屏障，同宗大族是栋梁。
保有美德才安宁，太子好比是城墙。
别让城墙遭破坏，孤立无援最恐慌。
敬畏上天发大怒，不敢嬉笑娱乐忙。
敬畏上天常变动，不敢放纵太骄狂。
上天眼睛最明亮，你的举动瞧得清。
上天双目最明朗，看你游逛去何方。

解读

这是一首借批评同僚为名实则劝诫厉王的诗歌，据历代学者考证，这首诗为周厉王时的名臣凡伯所作。厉王施政暴虐，钳制言论，国家正处于危机之中，凡伯见此情景便生忧国忧民之心，想要向周厉王进谏却又担心遭到报复，于是只能以批评同僚的口吻来阐发心中所感所想。

诗歌言辞犀利，用词精准，首章即言执政者政令不当，不能以诚信之道教化民众，使得民众心生忧虑，此外也指出进谏的缘由；其后指出上天正在降下灾难，同僚之间应和悦相处，为政者应该与民休息，百姓才能融洽勉力。

诗言“天之牖民，如埙如篪。如璋如圭，如取如携”，意在说明符合天道的治国之法是采用妥善的方法引导民众向善从良，这样的话民众才会乐于响应，积极改变。

一个合格的政治家善于反躬自省、从谏如流，正如曾子所言：“吾日三省吾身，为人谋而不忠乎？与朋友交而不信乎？传不习乎？”但如周厉王等君主的所作所为，恰恰是与天道所背离的。治国理政不思反省己过，反而阻塞言路，禁止人们议论，这样一味地压制，只会愈发加深民众对执政者的怨恨，这就如同大禹治水一样，宜疏不宜堵，堵则易决堤，疏通则水自然会向低处流去。与之相反的方法则是强迫民众去做他们不喜欢、不乐意的事，这样的做法只会适得其反，加深百姓对执政者的厌恶和恐惧。一旦这种怨恨之情有了宣泄的口子，便会一发不可收拾，后来发生的国人暴动便是一个鲜明的例子。

荡

荡荡上帝，下民之辟[1]。
疾威上帝[2]，其命多辟。
天生烝民，其命匪谌[3]。

靡不有初，鲜克有终。
文王曰咨[4]，咨女殷商！
曾是强御，曾是掊克[5]，
曾是在位，曾是在服。
天降滔德，女兴是力[6]。
文王曰咨，咨女殷商！
而秉义类[7]，强御多怼。
流言以对，寇攘式内。
侯作侯祝[8]，靡届靡究。
文王曰咨，咨女殷商！
女炰烋于中国[9]，敛怨以为德。
不明尔德，时无背无侧。
尔德不明，以无陪无卿。
文王曰咨，咨女殷商！
天不湎尔以酒[10]，不义从式。
既衍尔止[11]，靡明靡晦。
式号式呼，俾昼作夜。
文王曰咨，咨女殷商！
如蜩如螗，如沸如羹。
小大近丧，人尚乎由行[12]。
内奰于中国[13]，覃及鬼方[14]。
文王曰咨，咨女殷商！
匪上帝不时[15]，殷不用旧。
虽无老成人，尚有典刑。

曾是莫听，大命以倾[16]。
文王曰咨，咨女殷商！
人亦有言：颠沛之揭[17]，
枝叶未有害，本实先拨。
殷鉴不远[18]，在夏后之世。

注释

❶ **辟**：国君。
❷ **疾威**：狂暴。
❸ **谌**（chén）：信。
❹ **咨**：叹词。
❺ **掊**（póu）**克**：聚敛贪狠。
❻ **兴**：助长。
❼ **秉**：执掌。**义类**：德政。
❽ **作**：通“诅”。祝，通“咒”，诅咒。
❾ **炰烋**（páo xiāo）：怒吼，咆哮。
❿ **湎**：沉迷于酒。
⓫ **衍**：使有差错。**止**：言行举止。
⓬ **由**：顺着，沿着。**行**：执行，做。
⓭ **奰**（bì）：激怒。
⓮ **覃**：及，延。**鬼方**：即远方。
⓯ **不时**：不好。
⓰ **大命**：天数。
⓱ **颠沛**：倒。**揭**：连根而起。
⓲ **鉴**：镜子。

译　文

上帝放纵无节度，他是下民之君王。
暴虐凶狂那上帝，政令偏转无定向。

上天生下众百姓，政令无信将民诳。
建国之初无不好，很少能有好收场。
文王开口一声叹，可叹殷朝商纣王！
竟然如此逞强暴，竟然如此敛财粮。
竟然这样居高位，垄断政事太猖狂。
天降傲慢无德人，你却用力相助长。
文王开口一声叹，可叹殷朝商纣王！
你秉持的是德政，强暴之人多怨恨。
听信谣言来定罪，强盗之人站朝堂。
诅咒贤才害他人，无休无止生祸殃。
文王开口一声叹，可叹殷朝商纣王！
都城之中狂咆哮，聚怨自得乐洋洋。
你的德行不可信，没有贤人在身旁。
你的德行不可信，贤人俊士离朝堂。
文王开口一声叹，可叹殷朝商纣王！
上天不许你嗜酒，你做坏事真猖狂。
你的举止有过失，昼夜不停酒乐享。
大喊大叫闹嚷嚷，竟把白天当晚上。
文王开口一声叹，可叹殷朝商纣王！
百姓悲叹似蝉鸣，心忧不安如沸汤。
大小官员都背叛，你还要一意孤行。
你已激怒国内民，作恶延及至鬼方。
文王开口一声叹，可叹殷朝商纣王！
不是上帝不善良，由于你废旧规章。
虽无德高望重臣，尚有常法可依傍。

竟然这样不听劝，国运倾覆将沦亡。

文王开口一声叹，可叹殷朝商纣王！

人们常常这样讲：大树倒地树根扬，

树叶尚未遭损伤，树根先坏难生长。

殷商镜子未离远，且看夏桀怎灭亡。

解读

这是一首周人哀叹周厉王暴虐无道、国家将亡的诗歌。周厉王在位期间横征暴敛，荼毒万民，最过分的就是钳制人民言论，著名的“防民之口甚于防川”就是召康公对周厉王的谏言。随着周厉王暴行与日俱增，终于激起了国人暴动，人们将周厉王驱逐于彘，至周宣王即位才算告终。

全诗八章，二至八章首句均为“文王曰咨，咨女殷商”，以文王口吻表达心事。诗中最后言道“殷鉴不远，在夏后之世”，指出文王用夏桀的教训劝谏殷纣，希望他能以夏桀为鉴，实则是诗人希望周厉王能以夏桀和殷纣为鉴。

这首诗是王室老臣不忍国家覆亡对周厉王所作的谏诗。但这首诗没有直斥周厉王的暴行，而是托言周文王，以文王训诫规劝殷纣王的话来间接劝谏周厉王，这种方式又称为“谲谏”，即委婉地劝谏。

唐太宗有言：“以史为鉴，可以知兴替。”这句话恰好可以作为这首诗的中心思想，诗人以谲谏的方式向周厉王进言，就是希望周厉王能够以前朝暴君的惨痛教训为鉴，不要重蹈覆辙。唐代著名诗人白居易所写的《长恨歌》，也是采用这种借古讽今的艺术手法，不便直言唐明皇宠信杨贵妃以致爆发安史之乱，委婉地说道：“汉皇重色思倾国，御宇多年求不得”，将时代定位在汉朝，实际上汉皇指的就是唐明皇。

抑

抑抑威仪，维德之隅。
人亦有言：“靡哲不愚。”
庶人之愚，亦职维疾[1]。
哲人之愚，亦维斯戾[2]。
无竞维人，四方其训之。
有觉德行，四国顺之。
讦谟定命[3]，远犹辰告[4]。
敬慎威仪，维民之则。
其在于今，兴迷乱于政。
颠覆厥德，荒湛于酒。
女虽湛乐从[5]，弗念厥绍[6]。
罔敷求先王[7]，克共明刑。
肆皇天弗尚[8]，如彼泉流，无沦胥以亡。
夙兴夜寐，洒扫廷内[9]，维民之章。
修尔车马，弓矢戎兵。
用戒戎作[10]，用逷蛮方。
质尔人民[11]，谨尔侯度，用戒不虞。
慎尔出话，敬尔威仪，无不柔嘉。
白圭之玷，尚可磨也；

斯言之玷，不可为也。
无易由言，无曰苟矣。
莫扪朕舌[12]，言不可逝矣。
无言不雠[13]，无德不报。
惠于朋友，庶民小子。
子孙绳绳[14]，万民靡不承。
视尔友君子，辑柔尔颜，不遐有愆。
相在尔室，尚不愧于屋漏。
无曰不显，莫予云觏。
神之格思，不可度思，矧可射思[15]。
辟尔为德[16]，俾臧俾嘉。
淑慎尔止，不愆于仪。
不僭不贼[17]，鲜不为则。
投我以桃，报之以李。
彼童而角[18]，实虹小子[19]。
荏染柔木，言缗之丝。
温温恭人，维德之基。
其维哲人，告之话言，顺德之行。
其维愚人，覆谓我僭[20]，民各有心。
於乎小子！未知臧否。
匪手携之，言示之事。
匪面命之，言提其耳。
借曰未知[21]，亦既抱子。
民之靡盈，谁夙知而莫成？

昊天孔昭，我生靡乐。
视尔梦梦，我心惨惨[22]。
诲尔谆谆[23]，听我藐藐[24]。
匪用为教，覆用为虐[25]。
借曰未知，亦聿既耄[26]。
於乎小子！告尔旧止。
听用我谋，庶无大悔。
天方艰难，曰丧厥国。
取譬不远，昊天不忒。
回遹其德，俾民大棘[27]。

注释

❶ **职**：本身。**疾**：生病。
❷ **戾**：罪。
❸ **讦**（xū）：大。**谟**（mó）：谋略。**命**：命令，政令。
❹ **辰**：按时。
❺ **虽**：唯。
❻ **绍**：指继承者。
❼ **罔**：无。**敷**：铺，广。
❽ **肆**：于是。**尚**：佑助。
❾ **廷内**：室内。
❿ **戒**：戒备。**戎作**：戎事。
⓫ **质**：诚。
⓬ **扪**：执持。
⓭ **雠**：应验。
⓮ **绳**（mǐn）**绳**：戒慎的样子。
⓯ **矧**：况。
⓰ **辟**：法，指以身作则。
⓱ **僭**：逾越。**贼**：害人。

⑱ **童**：童羊。
⑲ **虹**（hòng）：同“讧”，溃乱。
⑳ **僭**：不信。
㉑ **借**：假如。
㉒ **惨惨**：悲伤。
㉓ **谆谆**：教诲不倦的样子。
㉔ **藐藐**：疏远的样子。
㉕ **覆**：反。
㉖ **耄**：老。
㉗ **棘**：危急。

译　文

仪容举止真美好，道德品质也相称。
人们常讲这句话：“智者人人都愚蠢。”
如果平民显得笨，只因自己有病身。
智者若是变得愚，那是装愚避祸根。
不用强暴去压人，天下之民皆归顺。
君子德行高又直，诸侯个个皆顺从。
治国大计要确定，长远政策时宣示。
举止严肃又谨慎，人们以你为标准。
现在局势很不好，各种政事皆混乱。
君王德行已败坏，沉溺于酒日寻欢。
你只日夜来玩乐，国家后人不考虑。
不求先王治国策，如何执行好法典。
皇天不肯加保佑，好似泉水终日流，君臣相率而沦亡。
你应早起和晚睡，洒水打扫院和室，要为人民做楷模。
修治你的车和马，弓矢兵器都很强。

防备战争突然起，消灭蛮方卫边疆。

告诫你的老百姓，国防建设需加强，突发之事要提防。

开口说话要谨慎，行动举止要端庄，事无不美全像样。

白玉之上有污点，尚可磨掉闪光亮；

出口之言出差错，驷马难追挽不回。

不要轻易把话讲，莫说言语可随便。

无人按舌去阻挡，一言既出难追上。

话已出口有回响，施恩肯定得补偿。

朝中群臣要爱护，庶民子弟得沾光。

子子孙孙要诚慎，万民顺从敬君王。

看你关照朝中臣，容颜和悦善心肠，没有过错喜洋洋。

瞧你独自在室中，无愧上方神察访。

别说室内无光亮，没人把我举动望。

神人到来难知详，不知何时从天降，哪可厌倦不自强。

你的品德应可信，使它美好又高尚。

行为举止要美好，礼节无错需端庄。

不僭越也不害人，很少不被人效仿。

人家赠我一筐桃，我必赠李作补偿。

那羊无角说有角，此人想乱你周王。

柔韧木料好制琴，加上丝弦弹奏响。

温和善良又谨慎，美德之本众向往。

他若是个有心人，对他要把名言讲，依顺道德实践忙。

他若是个愚蠢人，却说我把错话讲，人心不同难勉强。

可叹君王真年少！不知好坏和重轻。

不但扶你往前行，也曾指点理朝政。

不但当面教导你，也曾提耳细叮咛。
假若你说还年少，你已有子是成人。
人虽很难达完美，谁说早知好晚成？
皇天在上眼明亮，晓我一生无欢畅。
瞧你昏聩那模样，我心时时在忧伤。
我本谆谆教诲你，你反不听我所望。
施教为你你不知，反开玩笑不体谅。
你说你尚年龄小，却似老迈年已长。
可叹君王太年少！听我来把旧礼说。
你若能听我主张，政事大概会兴旺。
现在上天把灾降，我怕国家要沦亡。
浅显比喻我来打，上天做事不出框。
如果邪僻性难改，定使人们遭大殃。

解读

这是一首宗室老臣劝诫年轻君王要自我警戒的诗歌。据学者研究，宗室老臣当为卫武公，君王当为周平王。西周灭亡后，为保存社稷，卫武公等一众宗亲诸侯拥戴幽王太子平王继位，并迁都洛阳，开启了历史上的东周时代。平王即位时年少德薄，卫武公恐他不能严于律己，于是作诗警醒。

作为劝诫诗，这首诗歌可谓要素齐备，寓意深刻，字里行间无不展现着宗室老臣对国家和君王的拳拳忠心，劝诫君王要辨识贤愚、选贤举能，敬畏神明、从谏如流，读之让人被卫武公对周平王的爱护之情所感动。

这首诗歌说教劝诫的成分居多，语言较为平实，富有哲理。如“白圭之玷，尚可磨也；斯言之玷，不可为也”，意在说明人要谨言慎行，不可肆意妄为，一旦留下污点便再难以洗刷；再如“投我以桃，报之以李”，意在说明要以德治国、以礼御下，臣民自然也会对君王回报以赞美和拥戴。

诗人不厌其烦地对君王耳提面命，唯恐他不能担当重责，一个尽职尽责的忠臣形象跃然纸上。卫武公对周平王的劝诫和警醒，特别像为人父母对孩子的谆谆教诲。在孩子成长的每一步上，父母总是事无巨细、面面俱到，恨不得把所有的人生经验和处世之道传授给孩子，唯恐孩子误入歧途，正所谓“殚竭心力终为子，可怜天下父母心”。

桑柔

菀彼桑柔，其下侯旬。
捋采其刘，瘼此下民[1]。
不殄心忧[2]，仓兄填兮[3]！
倬彼昊天[4]，宁不我矜。
四牡骙骙，旟旐有翩。
乱生不夷，靡国不泯。
民靡有黎，具祸以烬[5]。
於乎有哀，国步斯频！
国步蔑资[6]，天不我将。

靡所止疑，云徂何往？
君子实维，秉心无竞。
谁生厉阶？至今为梗[7]！
忧心殷殷，念我土宇。
我生不辰，逢天僤怒。
自西徂东，靡所定处。
多我觏痻，孔棘我圉[8]！
为谋为毖，乱况斯削。
告尔忧恤，诲尔序爵。
谁能执热，逝不以濯？
其何能淑？载胥及溺！
如彼溯风，亦孔之僾[9]。
民有肃心[10]，荓云不逮。
好是稼穑，力民代食。
稼穑维宝，代食维好。
天降丧乱，灭我立王。
降此蟊贼，稼穑卒痒。
哀恫中国，具赘卒荒。
靡有旅力，以念穹苍。
维此惠君，民人所瞻。
秉心宣犹，考慎其相。
维彼不顺，自独俾臧。
自有肺肠，俾民卒狂。
瞻彼中林，甡甡其鹿[11]。

朋友已谮[12]，不胥以榖[13]。
人亦有言：进退维谷。
维此圣人，瞻言百里；
维彼愚人，覆狂以喜。
匪言不能，胡斯畏忌？
维此良人，弗求弗迪；
维彼忍心，是顾是复。
民之贪乱，宁为荼毒。
大风有隧，有空大谷。
维此良人，作为式榖；
维彼不顺，征以中垢。
大风有隧，贪人败类。
听言则对，诵言如醉。
匪用其良，覆俾我悖。
嗟尔朋友，予岂不知而作？
如彼飞虫[14]，时亦弋获。
既之阴女[15]，反予来赫。
民之罔极，职凉善背[16]。
为民不利，如云不克。
民之回遹，职竞用力。
民之未戾，职盗为寇。
凉曰不可，覆背善詈[17]。
虽曰匪予，既作尔歌。

注释

❶ 瘼（mò）：苦难，病痛。
❷ 殄：断绝。
❸ 仓兄（chuàng huǎng）：同“怆怳”。
❹ 倬（zhuō）：宽大的样子。
❺ 具：通“俱”。
❻ 蔑资：无资财。
❼ 梗：指害人。
❽ 圉（yǔ）：边疆。
❾ 僾（ài）：呼吸不顺畅。
❿ 肃：进，进取。
⓫ 甡（shēn）甡：同“莘莘”。
⓬ 谮（jiàn）：通“僭”，不信任。
⓭ 穀：善，友好。
⓮ 飞虫：飞鸟。
⓯ 阴：同“荫”，庇护。
⓰ 凉：语气助词。
⓱ 詈（lì）：骂。

译　文

茂盛桑树嫩叶盛，树下浓荫可乘凉。
桑叶频采叶稀疏，百姓遭害苦难当。
心中忧伤总不消，长久失意难顺畅！
上天眼睛大又亮，何不哀怜我遭殃。
四匹雄马奔行忙，旟旗旐旗随风扬。
祸乱发生不消除，全国各地乱攘攘。
百姓之中老人少，都因战乱而死亡。
一声长叹心哀凉，国运危急意凄惶！
国运危难无资财，皇天不愿把我帮。

我无处所可栖止，怎没可去好地方？
我曾如此来思量，确无争夺坏心肠。
是谁制造这罪恶？至今为害民遭殃！
心中隐痛多悲伤，思念故土我家乡。
生不逢时到世上，正遇上天怒气旺。
打从西方到东方，未有安定好地方。
我遭祸害实在多，又逢敌寇扰边疆！
尽心筹划慎行事，祸乱减轻有希望。
忧国之事告诉你，教你赐爵好主张。
有谁救治热火烫，又用冷水洗得凉？
不然何能变得好？大家溺水将命丧！
好像逆风往前闯，喘气困难心紧张。
百姓皆想把官当，君王使他当不上。
厉王喜欢聚敛者，使他代君榨取忙。
聚敛之人你当宝，代君搜刮得赞赏。
丧乱大祸由天降，在位之王被灭亡。
天降蟊贼满田地，庄稼全都被吃光。
哀痛国都好可怜，虫吃庄稼田皆荒。
我没力量改现状，只能深谏向上苍。
只有顺理好君王，人民才把他敬仰。
好君存心明哲显，择取辅臣慎考量。
唯有逆理坏君王，只让自己得吉祥。
昏君自行坏主张，使民人人皆迷狂。
瞻望那边树林里，野鹿成群多亲热。
朋友再不相信任，不能以善来辅佐。
人都有话这样说：进退维艰来求索。

唯有这些明智人，才能见到忧患多；
只有这些愚蠢人，反而狂喜且欢乐。
不是有话我不说，到底为啥想得多？
唯有这些善良人，不找不用受冷落；
只有那些残忍人，你反关照包庇多。
百姓为何把乱作，乃因暴政太苛刻。
大风疾速刮过来，山谷漫长而空廓。
唯有这些善良人，皆用善意把事做；
只有那些愚蠢人，做事想得好龌龊。
大风疾速吹万物，贪人竟把善人毁。
顺从之言你答对，听到谏言像喝醉。
不肯采纳我良言，反而使我遭颠沛。
哎呀我的好朋友，我怎不知你所为？
如同那些飞翔鸟，有时也被人射落。
我已前去庇护你，你将怒气来发作。
百姓有时无准则，只由官吏违人情。
治民使其无利得，你还以为没取胜。
百姓行为好邪僻，因你常把暴力逞。
百姓有时行为差，由于盗臣来抢夺。
教你不能这样做，你却背地大骂我。
纵然你要反对我，我来写诗谴责你。

解读

这是一首西周后期名臣芮良夫因哀伤周厉王残暴刚愎、任用非人而致使国家发生丧乱险遭灭亡而作的诗歌，此诗应作于周厉王被国人逐出京师、流亡于彘之后，因有史料明文记载（《左传·文公十三年》）以及诗歌内容附证，所以历代学者对于诗人身份以及创作时代背景均无异议。

这是一首感伤时乱之作，所以诗歌的情感基调总的来说趋于低沉。全诗十六章，反复描述国事的纷乱不可收拾，申诉自己心情的悲痛却又无能为力：前四章写国乱民困的危局；五、六章言治乱之道；七章至十五章直斥周厉王以及佞臣倒行逆施的所作所为，以致激起民变；卒章点明创作诗歌的缘由。通篇来看，这首诗可以视为国人暴动之后统治阶级高层对国事的一次反思。

据史料来看，周厉王时期名臣辈出，如召伯虎、芮良夫等人都是国之栋梁，若委以重任，国家不至于发生民变，周厉王也不会沦落到被逐下台、流亡他乡的悲惨境地。究其根源，在于周厉王刚愎自用、不纳谏言、施政残暴，国有贤臣而不能尽用之，反而任由荣夷公等奸佞小人把持朝政、阻塞言路，致使万民敢怒而不敢言，终于导致政变。周厉王及其爪牙自食恶果，国家也随之蒙难，险遭覆灭。

中国历史上不乏像芮良夫这样忠君爱国、心系苍生的伟大诗人，诗人将国势环境与个人人生遭遇联系在一起，诗歌沉郁顿挫，哀婉之情不绝于笔。如战国时期楚国的屈原，他所创作的《九章》中的《哀郢》《怀沙》等诗篇表达了和《桑柔》一样的思想情感，哀其不幸，怒其不争；再如唐代著名诗人杜甫，他所创作的“三吏”“三别”多写因安史之乱所导致的百姓流离失所、饥寒交迫的情景，还在《茅屋为秋风所破歌》中大呼“安得广厦千万间，大庇天下寒士俱欢颜”；还有南宋著名诗人文天祥，留下了“人生自古谁无死，留取丹心照汗青”的千古绝唱。

云汉

倬彼云汉[1]，昭回于天[2]。
王曰於乎：何辜今之人[3]？
天降丧乱，饥馑荐臻[4]。
靡神不举[5]，靡爱斯牲。
圭璧既卒，宁莫我听！
旱既大甚，蕴隆爞爞[6]。
不殄禋祀，自郊徂宫。
上下奠瘗[7]，靡神不宗。
后稷不克，上帝不临。
耗斁下土[8]，宁丁我躬[9]！
旱既大甚，则不可推[10]。
兢兢业业，如霆如雷。
周余黎民，靡有孑遗。
昊天上帝！则不我遗[11]。
胡不相畏？先祖于摧[12]。
旱既大甚，则不可沮。
赫赫炎炎，云我无所。
大命近止，靡瞻靡顾。
群公先正[13]，则不我助。
父母先祖，胡宁忍予？

旱既大甚，涤涤山川。
旱魃为虐，如惔如焚。
我心惮暑，忧心如熏。
群公先正，则不我闻[14]。
昊天上帝！宁俾我遁？
旱既大甚，黾勉畏去。
胡宁瘨我以旱[15]，憯不知其故[16]。
祈年孔夙，方社不莫。
昊天上帝！则不我虞[17]。
敬恭明神，宜无悔怒。
旱既大甚，散无友纪[18]。
鞫哉庶正[19]，疚哉冢宰。
趣马师氏，膳夫左右。
靡人不周[20]，无不能止。
瞻卬昊天，云如何里[21]？
瞻卬昊天，有嘒其星。
大夫君子，昭假无赢。
大命近止，无弃尔成。
何求为我，以戾庶正。
瞻卬昊天，曷惠其宁？

注释

❶倬：大。云汉：银汉，天河。
❷昭：光。回：运转。

③ 辜：罪。
④ 荐臻：接连而来。
⑤ 举：祭祀。
⑥ 蕴：闷热。隆：雷声。爞（chóng）爞：热气蒸人。
⑦ 奠：祭天。瘗（yì）：祭地。
⑧ 斁（dù）：败坏。
⑨ 丁：当，逢。
⑩ 推：去，除。
⑪ 遗：慰问，恩赐。
⑫ 摧：断绝。
⑬ 群：众，诸位。
⑭ 闻：恤问。
⑮ 瘨（diān）：病害。
⑯ 憯（cǎn）：竟然。
⑰ 虞：安抚，帮助。
⑱ 散：涣散。友：通“有”。
⑲ 鞫：困窘。庶：众。正：公卿，大臣。
⑳ 周：周济。
㉑ 里（kuī）：通“悝”，忧愁。

译文

浩瀚银河高高悬，明亮回转蓝天上。
周王一叹曰呜呼：现在人们何罪状？
上天已把灾祸降，饥饿相连闹灾荒。
哪位神仙没献祭，怎么吝啬猪牛羊。
圭璧祭神全用光，上天不听诉衷肠！
旱象已经很严重，暑气雷声人如蒸。
求雨祭祀总不停，自郊来至祖庙中。
祭了天神祭地神，无论何神全恭敬。
后稷不能把灾除，上帝不来助成功。

人间土地都遭灾，宁愿自身把祸承！
旱象已经很严重，若想消除难成功。
终日恐慌惧危险，如怕雷霆震天空。
周地残余众百姓，现在一个也未剩。
苍天上帝是依靠！竟然不肯来慰问。
怎不相互来惧怕？祖业断绝没人承。
旱象已经太严重，毫无办法去纠正。
烈日炎热把人灼，让我无处把凉乘。
寿命眼见要终止，神不照顾无行动。
诸侯贤臣之神灵，不肯帮我把灾平。
父母在天之神灵，怎忍看我受痛苦？
旱象已经很严重，山上荒秃河水无。
旱神肆意来逞狂，人间如同火烧遍。
暑热难熬使人畏，忧心如焚难睡眠。
诸侯贤臣之神灵，不闻不问不肯管。
叫声上帝问苍天！竟肯叫我来逃窜？
旱象已经很严重，尽心而为不畏惧。
何以大旱加害我，竟然不知为何故。
很早祭祀求丰年，祭方祭社没耽误。
苍天之上天帝神！竟然不把我帮助。
心中恭敬众神灵，应当不会对我怒。
旱象已经太严重，人民离散无法度。
众官之长办法尽，朝中宰相徒焦虑。
趣马师氏求雨忙，膳夫近臣也相助。
没有一人不救灾，救民行动不打住。
抬头仰望那上天，心有忧愁向谁诉？

抬头仰望那上苍，群星微光布满天。
大夫君子众百官，诚心求神消灾难。
死亡虽然要临近，争取成功莫等闲。
祈雨不光为周王，是让官民将心安。
瞻望苍天再祈求，何时赐民宁与欢？

解读

这是一首记周宣王求神祈雨的诗歌。周宣王史称“中兴之主”，这首诗记载了周王对上天的祷告之词，目的是要体现他“有事天之敬，有事神之诚，有恤民之仁”，诗中有赞美的成分。从诗歌怨痛哀诉的句子中可以窥见那场旱灾所带来的严重后果，表现人在自然灾害面前的恐惧和茫然，可以算作是最早的灾难文学。

全诗表露了宣王面对旱情肆虐时内心中焦虑紧张的情绪，以第五章所描写的场面最能体现旱灾的严重。诗言：“旱既大甚，涤涤山川。旱魃为虐，如惔如焚。”旱魃，即上古传说中的旱魔，此处代指旱情肆虐。诗人在旱情面前无能为力，只能向上天哭嚎，祈求上天降下甘霖，解黎民百姓之苦厄。

周人以农业生产为主要生存方式，故而对自然条件的依赖远甚于其他民族。农业生产最大的一个特点就是靠天吃饭，气候条件优良、自然环境适宜的地区农作物产量自然就高，反之则否。一旦发生自然灾害，首当其冲的就是农业，减产或歉收都会引发一系列的社会问题，轻则百姓流离失所，重则社会动荡，这也是历代统治者重视旱涝防控的主要原因。

灾难文学字字泣血，读起来让人倍觉痛心。文学的背后，不知隐藏着多少血泪与辛酸，正如曹操在《蒿里行》中所描述的那样："白骨露于野，千里无鸡鸣。生民百遗一，念之断人肠。"在自然灾害面前，人力显得如此脆弱。冯小刚执导的电影《1942》反映了1942年河南旱灾背景下政府与民众所遭遇的种种磨难，影视剧中，旱灾所引起的赤地千里、饿殍遍野，对社会生产、人性伦理造成了巨大的冲击和伤害。

崧　高

崧高维岳，骏极于天[1]。
维岳降神，生甫及申。
维申及甫，维周之翰。
四国于蕃，四方于宣。
亹亹申伯[2]，王缵之事[3]。
于邑于谢，南国是式[4]。
王命召伯，定申伯之宅。
登是南邦，世执其功。
王命申伯，式是南邦。
因是谢人，以作尔庸。
王命召伯，彻申伯土田。
王命傅御，迁其私人。
申伯之功，召伯是营。

有俶其城，寝庙既成。
既成藐藐，王锡申伯。
四牡跻跻[5]，钩膺濯濯[6]。
王遣申伯，路车乘马。
我图尔居，莫如南土。
锡尔介圭，以作尔宝。
往近王舅，南土是保。
申伯信迈[7]，王饯于郿。
申伯还南，谢于诚归。
王命召伯，彻申伯土疆。
以峙其粻[8]，式遄其行[9]。
申伯番番，既入于谢。
徒御啴啴[10]，周邦咸喜。
戎有良翰[11]，不显申伯。
王之元舅，文武是宪[12]。
申伯之德，柔惠且直。
揉此万邦，闻于四国。
吉甫作诵，其诗孔硕[13]。
其风肆好[14]，以赠申伯。

注释

❶ **骏**：通“峻”，高。
❷ **亹（wěi）亹**：勤勉。
❸ **缵（zuǎn）**：继承，接手。
❹ **南国**：周王朝南边的国家。**式**：法，引申为治理。

❺ **蹻（jiǎo）蹻**：强壮的样子。
❻ **濯（zhuó）濯**：光明的样子。
❼ **迈**：走。
❽ **粻（zhāng）**：食粮。
❾ **遄**：速。
❿ **啴（chǎn）啴**：和乐的样子。
⓫ **戎**：你们。
⓬ **宪**：法，法则。
⓭ **孔**：很。**硕**：大，指诗意深切。
⓮ **风**：穆如清风，用以称颂有才德的人。**肆好**：极好。

译　文

四岳之一是崧山，高峻上至蔚蓝天。
崧山之神降人间，甫侯申伯生相连。
说是申伯与甫侯，捍卫周朝是主干。
皆是诸侯好屏障，全是天下好墙垣。
申伯做事真勤勉，宣王命他把事担。
封他新地是谢城，南国诸侯得治理。
宣王命令召伯虎，先替申伯把房建。
建成南方新邦国，申伯世世基业传。
宣王吩咐那申伯，要将南国治理好。
充分利用谢邑民，修筑你的新都墙。
宣王命令召伯虎，协同申伯定封疆。
宣王命令傅和御，助伯家臣搬家忙。
申伯建谢事务繁，召伯经营日夜忙。
谢城落成真美好，内寝宗庙立地上。
工程完毕很堂皇，宣王赏赐申伯多。

雄马四匹真强壮，樊缨闪闪亮光光。
宣王亲自送申伯，大车四马作奖赏。
你的居处我思量，何地都无南国强。
赐你美玉之大圭，留作国宝永珍藏。
我的娘舅急上路，保卫南国永不忘。
申伯确实要上路，宣王郿郊饯行忙。
申伯启程到南方，诚心感谢忙前往。
宣王下令召伯虎，帮助申伯划封疆。
要为申伯多储粮，助他急行奔南方。
申伯勇武气轩昂，走到谢邑好地方。
步兵车骑很欢乐，周人高兴喜洋洋。
你们有了好屏障，申伯显赫甚堂皇。
他是宣王大舅父，文才武略是楷模。
申伯自有好美德，做人正直而温和。
他使天下得安宁，美名传扬到四国。
吉甫作下这首诗，诗长含义很深刻。
曲调优美也甚好，把它拿来赠申伯。

解读

这是一首记载周宣王任命申伯镇守南疆的诗歌。申伯是周厉王妻子申后的兄弟，宣王的母舅。周宣王在位时，申伯来朝，宣王优待母舅，增加他的封地，这首诗就是申伯赴封地之时朝廷重臣尹吉甫与他饯别所作的赠诗。诗歌在语言风格上大有雄伟健拔、壮丽华美之气势，夸耀赞美的意味比较浓厚。

首章即言“崧高维岳，骏极于天。维岳降神，生甫及申。维申及甫，维周之翰”，将申伯比作雄峻壮美的嵩山，气势高扬，先声夺人，正所谓“赳赳武夫，公侯干城”，诗歌将申伯比喻为国之干城，赞美他像山岳一般镇守南疆。

据历史记载，周宣王处于一个“四夷交侵”的时代，边境上外敌虎视眈眈，一直是国家潜在的威胁。所以，周宣王在即位以后对边境防御是比较重视的，派遣申伯去戍守南疆，就有这一层用意在其中。

唐代著名诗人王昌龄有诗曰：“秦时明月汉时关，万里长征人未还。但使龙城飞将在，不教胡马度阴山。”龙城飞将，一般认为指的是汉朝镇守边关的名将李广。中国历史上不乏像申伯、李广这样卫国戍边的名将，他们一直以来都是国家防御力量的重要组成部分，更是国家和民众安全的第一道屏障。比如战国时期赵国的名将廉颇，虽年老而力未衰，一直梦想着能够再次披甲上阵，奋勇杀敌；再如秦朝名将蒙恬，受秦始皇之命戍守长城沿线，将匈奴部族驱赶出长城以外，忠心耿耿拱卫着大秦皇都。边境苦寒，金戈铁马，自然比不得皇宫都城锦绣繁华，但他们毅然选择了戍守边疆。

烝民

天生烝民[1]，有物有则。
民之秉彝[2]，好是懿德。
天监有周，昭假于下。
保兹天子，生仲山甫。

仲山甫之德，柔嘉维则。
令仪令色，小心翼翼。
古训是式，威仪是力。
天子是若，明命使赋。
王命仲山甫，式是百辟。
缵戎祖考，王躬是保。
出纳王命，王之喉舌。
赋政于外，四方爰发[3]。
肃肃王命[4]，仲山甫将之[5]。
邦国若否，仲山甫明之。
既明且哲，以保其身。
夙夜匪解，以事一人。
人亦有言：柔则茹之[6]，
刚则吐之[7]。维仲山甫，
柔亦不茹，刚亦不吐。
不侮矜寡[8]，不畏强御。
人亦有言：德輶如毛[9]，
民鲜克举之。我仪图之：
维仲山甫举之，爱莫助之。
衮职有阙[10]，维仲山甫补之。
仲山甫出祖[11]，四牡业业。
征夫捷捷，每怀靡及。
四牡彭彭，八鸾锵锵。
王命仲山甫，城彼东方。

四牡骙骙，八鸾喈喈。
仲山甫徂齐，式遄其归[12]。
吉甫作诵，穆如清风。
仲山甫永怀，以慰其心。

注释

❶ **烝**：众。
❷ **彝**：常理，道理。
❸ **发**：执行。
❹ **肃肃**：庄严的样子。
❺ **将**：奉行。
❻ **茹**：吃。
❼ **刚**：硬物。
❽ **侮**：侮辱，欺负。**矜寡**：无所依靠的人。
❾ **輶**（yóu）：轻车。
❿ **阙**：缺失。
⓫ **祖**：路祭。
⓬ **遄**：速。

译　文

上天生此无数民，造万物来有法则。
万民心中有常理，都爱这种好品德。
上天视察周王朝，神明来到这下界。
保佑这位周天子，置辅山甫于君侧。
山甫生有好品德，柔和善良是原则。
仪容脸色都姣好，小心谨慎很严格。
效法先王之遗典，行事努力合礼节。

事事皆从周天子，颁布政令不出辙。
周王命令仲山甫，要给诸侯树榜样。
祖先事业要继承，一心保佑周君王。
出纳周王众政令，代王说话不寻常。
政令发布诸侯国，执行王命到四方。
周王命令很严肃，山甫施行不走样。
国家政情好与坏，山甫明辨全知详。
知识渊博心明亮，保全名节身无恙。
日夜操劳不懈怠，尽心侍奉周宣王。
人们都讲这样话：东西柔软要吃下，
东西若硬便吐它。只有山甫同此异，
软的东西不吃下，硬的东西不吐它。
不肯欺负鳏与寡，强暴之徒亦不怕。
人们都讲这样话：品德轻得如毛发，
少能有人举起它。我便认真作思考：
只有山甫能举它，可惜我帮不上他。
君王执政偶有失，只有山甫来补救。
山甫外出祭路神，四匹公马高又壮。
随从征夫很勤勉，常想公事尚没完。
四匹公马跑不止，八个鸾铃锵锵响。
周王命令仲山甫，修筑齐城到东方。
四匹公马好强壮，八个鸾铃叮当响。
山甫往齐奔驰忙，祝他早日返故乡。
吉甫送行写此诗，和如清风真舒畅。
山甫心中思虑长，以此诗歌慰衷肠。

解读

这是一首周宣王任命仲山甫赴齐地筑城、临别之际尹吉甫所作的赠诗。宣王时期，朝堂上文臣武将人才济济，仲山甫就是其中的典型代表。从诗中可以看出，他德行高尚，不畏权势，最重要的一点是他敢于犯颜直谏，若君王施政有纰漏，他一定会履行职责，指出失误，可见仲山甫具有刚正不阿的精神品格。

诗篇内容上比较有价值的是对仲山甫之德的歌颂，诗言仲山甫是为保卫天子而生，次章称赞他仪态端庄，严谨认真，一言一行都合乎礼节，是国民效仿的典范，因此受到了宣王的重用。

这首诗以说理领起，中间夹叙夹议，突出仲山甫之德才与政绩；最后偏重描写与抒情，以热烈的送别场面作结，点出赠别的主题。全诗章法严整，表达灵活，开后世送别诗之先河。

诗言"衮职有阙，维仲山甫补之"，仲山甫担任的应是后世谏议大夫、拾遗、御史一类的官职，他们的职责就是讽刺上政、直言敢谏。但凡执政，哪怕再怎么精明强干，也会不可避免地出现一些失误。对执政者而言，不怕犯错，怕的是在别人指出错误后拒不承认反而大力掩饰，如商纣王、周幽王、隋炀帝等暴君，在他们倒行逆施、胡作非为的时候，一定也有像仲山甫这样的臣子直言劝谏，但他们并没有采纳谏言，反而变本加厉。可见明君和昏君的界限其实就在于此，能反躬自省、善纳谏言的就是明君，如唐太宗、宋仁宗等人，而刚愎自用、文过饰非的则必然是昏君，商纣王、周幽王都是这一类人。

韩奕

奕奕梁山[1]，维禹甸之[2]。
有倬其道，韩侯受命。
王亲命之：缵戎祖考，无废朕命。
夙夜匪解[3]，虔共尔位。
朕命不易，榦不庭方[4]，以佐戎辟。
四牡奕奕，孔修且张[5]。
韩侯入觐，以其介圭。
入觐于王，王锡韩侯：
淑旂绥章，簟茀错衡。
玄衮赤舄，钩膺镂钖。
鞹鞃浅幭，鞗革金厄。
韩侯出祖[6]，出宿于屠。
显父饯之，清酒百壶。
其殽维何？炰鳖鲜鱼。
其蔌维何？维笋及蒲。
其赠维何？乘马路车。
笾豆有且，侯氏燕胥[7]。
韩侯取妻，汾王之甥，蹶父之子。
韩侯迎止，于蹶之里。
百两彭彭，八鸾锵锵，不显其光！

诸娣从之，祁祁如云。
韩侯顾之，烂其盈门[8]。
蹶父孔武，靡国不到。
为韩姞相攸[9]，莫如韩乐。
孔乐韩土，川泽订订[10]，
鲂鲂甫甫[11]，麀鹿噳噳[12]，
有熊有罴，有猫有虎。
庆既令居，韩姞燕誉。
溥彼韩城，燕师所完。
以先祖受命，因时百蛮[13]。
王锡韩侯：其追其貊[14]，
奄受北国，因以其伯。
实墉实壑[15]，实亩实藉[16]。
献其貔皮，赤豹黄罴。

注释

1. 奕奕：高大的样子。
2. 甸：治。
3. 解：松懈，放松。
4. 榦（gàn）：修正。庭：来庭朝贡。方：国家。
5. 修：长。张：大。
6. 祖：祭路神。
7. 侯氏：诸侯。燕：宴。胥：皆。
8. 烂：灿烂，有光彩。盈门：满门。
9. 相：看。攸：所，居处。
10. 订（xū）订：广大。
11. 甫甫：大的样子。

⑫ 噳（yǔ）噳：众多的样子。
⑬ 因：统辖，治理。时：这些。蛮：少数民族。
⑭ 追、貊：两个少数民族部落。
⑮ 壑：深沟。
⑯ 亩：整饬田地。藉：征收赋税。

译 文

梁山巍峨又高大，大禹治水到此间。
去周大路真宽广，韩侯受封把王见。
宣王亲自向他说：继承祖业努力干，莫把君命弃一边。
日夜奋力别懈怠，敬守职事莫等闲。
我颁册命不随便，整治不来朝贡国，望你辅佐令君安。
四匹雄马气轩昂，体型高大而强壮。
韩侯进京朝宣王，手持大圭进朝堂。
终于得见周君王，宣王赠物来嘉奖：
美丽龙旗花纹好，车帘车衡闪着光。
黑色龙袍红色鞋，樊缨雕锡皆用上。
浅色虎皮包车轼，笼头车轭金光闪。
韩侯出京祭路神，中途住宿屠地方。
显父设宴来饯行，清酒百壶呈上宴。
席上荤菜是何物？煮鳖鲜鱼任你尝。
席上蔬菜是什么？竹笋嫩蒲好多样。
所赠礼物是什么？大车四匹马儿壮。
笾豆果菜好又多，韩侯宴饮喜洋洋。
韩侯成婚做新郎，妻子之舅乃汾王，妻是蹶父好姑娘。
韩侯新婚来亲迎，来到蹶邑好地方。

车儿百辆行不停，八个鸾铃锵锵响，大显派头好风光！
陪嫁众妾随后方，随从很多熙攘攘。
韩侯曲顾把礼行，满门灿烂真堂皇。
蹶父威武真雄壮，出使足迹遍四方。
他为女儿择居处，没有哪里比韩强。
韩国令人很欢乐，河川大泽好宽广，
鲂鱼鲐鱼都肥大，雌鹿雄鹿聚山冈，
还有熊来还有罴，有猫有虎吼声亮。
庆贺获得好归宿，韩姞安乐心欢畅。
建成韩城真宽广，全由燕民献力量。
由于先祖受王命，统治蛮族势力强。
宣王赏赐新韩侯：追貊两国属韩邦，
控制整个大北方，你是北方大长官。
城墙壕沟要增修，垦田征税切勿忘。
命令外族献兽皮，赤豹黄罴亦献上。

解读

这是一首新即位的韩侯朝见周宣王后返回封地、大臣们为他饯行时所作的赞美诗。西周王朝后期内忧外患，渐趋衰落，宣王力图振兴，派仲山甫督修齐城捍卫东方，封韩侯扩建韩城加强北方防务，一时号称“中兴”。韩侯受封入觐，是周宣王时代重要的政治活动，这首诗所记述的即为此事。

《韩奕》记载了宣王册命韩侯镇抚北疆、宣扬王化的实况。诗中叙述韩侯朝周、接受册封，周王赏赐了他很多贵重物品，他离京返国以后，又和美丽的新娘举行婚礼，最后宣王封他为统帅北方诸侯的方伯。

全诗的主题是赞美韩侯，赞美他接受重要政治使命，肩负安定北方的重任，也表现了周王对他的优宠和倚重，以及公卿对他的尊慕和礼敬，其中对饯宴、迎亲场景的描写，烘托了主人公的高贵荣显。

韩侯既受封为北方方伯，又新娶娇妻美眷，可谓事业爱情双丰收，在这样英雄得志、风华正茂的光辉时刻，又怎会缺少赞美之音呢？《韩奕》一诗就是诗人对韩侯地位和荣耀的无尽赞美，这种风格在后世文学作品当中得到了充分的发扬。唐代诗人王维有《少年行》之作，诗曰："出身仕汉羽林郎，初随骠骑战渔阳。孰知不向边庭苦，纵死犹闻侠骨香。"这首诗所描写的对象就是汉朝追随少年将军霍去病征战沙场的羽林郎，他们精神抖擞，斗志昂扬，向往金戈铁马的征战生涯，将少年英雄的壮志豪情抒发得淋漓尽致。

江 汉

江汉浮浮，武夫滔滔。
匪安匪游[1]，淮夷来求。
既出我车，既设我旟。
匪安匪舒，淮夷来铺[2]。
江汉汤汤[3]，武夫洸洸[4]。
经营四方，告成于王。

四方既平，王国庶定。
时靡有争，王心载宁。
江汉之浒，王命召虎：
式辟四方[5]，彻我疆土[6]。
匪疚匪棘[7]，王国来极[8]。
于疆于理[9]，至于南海。
王命召虎：来旬来宣[10]，
文武受命，召公维翰。
无曰予小子，召公是似。
肇敏戎公，用锡尔祉。
釐尔圭瓒[11]，秬鬯一卣。
告于文人，锡山土田。
于周受命，自召祖命。
虎拜稽首[12]，天子万年！
虎拜稽首，对扬王休[13]，
作召公考，天子万寿！
明明天子，令闻不已。
矢其文德[14]，洽此四国。

注释

[1] 匪：不（敢）。
[2] 铺：出兵。
[3] 汤（shāng）汤：浩浩荡荡。
[4] 洸（guāng）洸：威武的样子。
[5] 式：发语词。

❻ **彻**：治，开发。
❼ **疚**：病。
❽ **极**：准则。
❾ **疆**：规划疆土。**理**：治理田地。
❿ **旬**：巡视。**宣**：宣抚。
⓫ **釐**（lí）：赐予。
⓬ **稽**（qǐ）**首**：古时跪拜礼。
⓭ **对扬**：颂扬。**王休**：王的美德。
⓮ **矢**：通“施”。

译　文

长江汉水浩荡荡，出征将士气轩昂。
不求安逸非游逛，只征淮夷保周王。
我军兵车出京城，树起战旗随风飘。
不求安逸非娱乐，陈兵淮夷昼夜忙。
长江汉水水汪洋，出征将士勇又壮。
讨伐叛逆驰四方，胜利捷报告周王。
四方叛军皆平定，安定局面遍周邦。
战争此时被消除，周君心宁意安详。
长江汉水岸一旁，宣王对那召虎言：
为我开辟天下忙，整治田地划土疆。
为民施政勿苛急，王朝就是好榜样。
划定边界治田地，直到南海那去处。
周王命令召伯虎：遍地巡视要宣讲，
文王武王接天命，召公姬奭是栋梁。
勿说我还很年轻，继承祖业要发扬。
你要迅速建大功，赐你永久大福祥。

赏你玉制舀酒勺，一壶黍酒味道香。
向你先祖来报告，大山土田周王赏。
你在岐周得封号，仍用旧典保荣光。
召虎磕头拜周王，恭祝天子万年长！
召虎叩头拜周王，报答君德需颂扬，
铸成召公簋一件，祝君万年寿无疆！
光明正大周天子，美誉千古永传扬。
施行仁政治家邦，天下和睦国运昌。

解读

这是一首召伯虎奉命率师镇压淮夷有功、周王为他举行封赏大典时的实录记载。史载周厉王之时淮夷入侵，虢仲征讨未能取胜，后宣王命召伯虎率军讨伐淮夷，凯旋，宣王大加赏赐，召伯虎因此作铜簋以纪念功勋，并作此诗。

此诗着重颂扬宣王之德，不在纪事，所以对淮夷战事未作具体描述，只有前两章大概记叙了召伯虎征讨淮夷的过程，其余四章都是宣王册封召伯虎的内容以及召伯虎的对答之语。全诗以“矢其文德，洽此四国”作结，表现出中兴君臣的共同愿望。

这首诗是周代册封礼仪的实录记载，其中后四章可以视为宣王颁发的委任状。从宣王对召伯虎的命辞中可以看出宣王作为一个英明君主的雄才大略，他对召伯虎恰如其分的谦虚和鼓励的语气，表现了一个成熟政治家的风度。

召伯虎就是在周厉王时直言进谏的召穆公，在厉王弭谤的暴政面前，他发出了“防民之口甚于防川”的警告，无奈周厉王没有采纳，反而愈发张狂，最终激起了国人暴动。国人在暴怒之下驱逐厉王之后，还想要除掉厉王之子、也就是后来的宣王以泄愤，在危急之下，召伯虎用自己的儿子代替宣王赴死，从而保住了王室正统的血脉。在宣王即位之后，他又团结宗室功臣的力量，共同辅佐宣王，协助他创下了辉煌的中兴伟业。正所谓"国难思良将，家贫思贤妻"，对周王朝以及周宣王来说，召伯虎在内可以辅政，在外可以治军，鞠躬尽瘁、忠贞不二，实为国之栋梁、王之心腹，召伯虎对宣王中兴，厥功至伟。

常　武

赫赫明明[1]，王命卿士。
南仲大祖，大师皇父：
整我六师，以修我戎[2]。
既敬既戒[3]，惠此南国。
王谓尹氏，命程伯休父：
左右陈行，戒我师旅。
率彼淮浦[4]，省此徐土[5]。
不留不处，三事就绪[6]。
赫赫业业，有严天子。
王舒保作[7]，匪绍匪游[8]。
徐方绎骚[9]，震惊徐方。
如雷如霆，徐方震惊。
王奋厥武[10]，如震如怒。

进厥虎臣，阚如虓虎[11]。
铺敦淮溃[12]，仍执丑虏[13]。
截彼淮浦[14]，王师之所。
王旅啴啴，如飞如翰。
如江如汉，如山之苞。
如川之流，绵绵翼翼。
不测不克，濯征徐国。
王犹允塞[15]，徐方既来。
徐方既同，天子之功。
四方既平，徐方来庭。
徐方不回[16]，王曰还归。

注释

❶ **明明**：明察，明智。
❷ **戎**：军队装备。
❸ **既**：表示并列。**敬**：警惕。
❹ **率**：顺，沿。**浦**：水滨。
❺ **省**（xǐng）：察看，勘探。
❻ **三事**：指立三个卿。
❼ **舒**：徐。
❽ **绍**：缓。
❾ **绎**：方阵，队列。**骚**：动乱。
❿ **奋**：发挥，发扬。
⓫ **阚**（hǎn）：虎怒的样子。**虓**（xiāo）：虎咆哮的叫声。
⓬ **溃**（fén）：大堤，沿河高地。
⓭ **执**：俘虏，捕获。
⓮ **截**：切断，引申为整治。

⑮ 塞：踏实。

⑯ 回：谋反，背叛。

译 文

赫赫强盛且明智，宣王命令众卿士。
在大庙中封南仲，又封皇父为太师：
整顿六军精神好，修理武器使其强。
事事警惕要戒备，加惠南国保边疆。
宣王告知尹太师，传命程伯任司马：
左右兵士列阵行，告知将士欲开拔。
沿着淮水往前行，严把徐国来巡察。
不停息来不久住，确立三卿把徐伐。
威仪赫赫真伟大，庄严神圣周宣王。
周军从容稳前进，不缓慢来不游逛。
徐国军阵已骚动，举国震惊真恐慌。
其势就像雷霆响，徐国震惊很紧张。
周王威武尽奋扬，就像雷震怒冲天。
如虎大臣冲在前，吼声似虎震山川。
周军布阵淮水岸，频捉俘虏笑开颜。
截断退路淮水边，周军驻扎在此间。
周王大军势正盛，像鸟高飞冲蓝天。
好像江汉涌大地，似是环山难摇撼。
好像河水无阻拦，绵绵不断齐向前。
难测难识神一般，大征徐国保江山。

周王谋划好实在，徐国终于来投降。
徐国归顺天下同，大功必归周宣王。
天下已经皆平定，徐君来朝拜宣王。
徐国不再谋反叛，王命大军急回还。

解读

这首诗是周宣王亲征徐方获得大胜之后在庆功典礼上表演的乐歌。与《江汉》相似，这首诗表现的是周王朝对东南徐方部族的征讨。不同于对北方猃狁部族所采取的防守态度，周王朝对南方一直主动进攻，这一点在诗歌中有明显的体现。

这首诗赞美周宣王率兵亲征徐方，平定叛乱，取得重大的胜利。通篇以最简洁的笔法表现了周宣王胸有成竹、指挥若定的气魄与才能。天子亲征，沉稳从容，战士行军，不紧不慢，充满一种胜券在握的坚定信心。诗歌叙事虚实结合，实为一大亮点。

全诗最精彩的部分是第五章，表现出了王师攻无不克、战无不胜的赫赫声威，试问在这样兵强马壮、气势如虹的部队面前，什么样的跳梁小丑能与之对抗？诗人满怀激情，运用比喻和排比的修辞手法，饱蘸笔墨，歌唱王师。

诗人用雄伟壮丽的语言记叙了宣王南征徐方的完整过程，主帅的从容镇定，主将的英勇果敢，军队的雷霆之势，敌方的惊慌失措，在诗人的笔下展现得淋漓尽致。可以说，这是一首出色的战争诗歌。后世文学史上仿照这首诗所创作的诗歌也不在少数，如唐代诗人王昌龄的《从军行》："黄沙百战穿金甲，不破楼兰终不还"，《出塞》："但使龙城飞将在，不教胡马度阴山”；再如诗人陈陶所作《陇西行》：“誓扫匈奴不顾身，五千貂锦丧胡尘”，无不展现了军人在战争中英勇冲锋、视死如归的英雄情怀和豪迈气概，读之令人顿生壮志豪情。

瞻 卬

瞻卬昊天[1]，则不我惠。
孔填不宁[2]，降此大厉。
邦靡有定，士民其瘵[3]。
蟊贼蟊疾[4]，靡有夷届[5]。
罪罟不收[6]，靡有夷瘳[7]。
人有土田，女反有之；
人有民人，女覆夺之。
此宜无罪，女反收之[8]。
彼宜有罪，女覆说之[9]。
哲夫成城，哲妇倾城。
懿厥哲妇[10]，为枭为鸱。
妇有长舌，维厉之阶。
乱匪降自天，生自妇人。
匪教匪诲，时维妇寺[11]。
鞫人忮忒[12]，谮始竟背[13]。
岂曰不极？伊胡为慝[14]？
如贾三倍，君子是识。

妇无公事，休其蚕织。
天何以刺[15]？何神不富[16]？
舍尔介狄，维予胥忌。
不吊不祥[17]，威仪不类[18]。
人之云亡，邦国殄瘁。
天之降罔[19]，维其优矣。
人之云亡，心之忧矣。
天之降罔，维其几矣。
人之云亡，心之悲矣。
觱沸槛泉，维其深矣。
心之忧矣，宁自今矣？
不自我先，不自我后。
藐藐昊天，无不克巩[20]。
无忝皇祖，式救尔后。

注释

❶ **瞻卬**（yǎng）：敬仰，瞻仰。
❷ **填**：通“陈”，长久。
❸ **瘵**（zhài）：痛苦不堪。
❹ **蟊**（máo）：害虫。**贼、疾**：损害，破坏。
❺ **夷**：语气助词。**届**：止尽。
❻ **罪罟**：罪网。**不收**：不停。
❼ **瘳**（chōu）：病愈。
❽ **收**：逮捕。
❾ **说**：通“脱”。

⑩ **懿**：通“噫”，叹词。

⑪ **时**：通“是”，这。**寺**：宦官。

⑫ **鞫**：陷害。**忮**（zhì）：妒忌。**忒**：奸诈。

⑬ **谮**：诬陷。**始**：开始。**竟**：最后。**背**：背叛。

⑭ **慝**：恶，残忍。

⑮ **刺**：责。

⑯ **富**：福。

⑰ **吊**：善。

⑱ **类**：善。

⑲ **罔**：同“网”。

⑳ **巩**：控制，管理。

译文

抬头仰望那苍天，天不爱我不肯管。
人间长久不安宁，上天降下大祸患。
全国无处得安定，士卒百姓受苦难。
如同害虫吃庄稼，总是吃来没有完。
罪网害人不收敛，消除病困无年月。
人家若是有田产，你却抢掠独侵占；
别人那里人口多，你硬抢来自己管。
这人原来没有罪，你却拘捕投牢监。
那人本来有罪恶，你却开脱将罪免。
聪明男人建周国，褒姒灭掉周政权。
那位聪明褒姒妃，是枭是鸱罪滔天。
这个妇人有长舌，她是祸乱总根源。
西周混乱非由天，褒姒作孽自推翻。

无谁教王施暴虐，妇人宦者将他管。
奸人善于做坏事，谗言开始终悖逆。
她做恶事还不多？她的残忍是为何？
就像商人能赚钱，君子对此有见识。
女人不应参政事，她却参政不养蚕。
上天为何责罚我？缘何神灵不赐福？
披甲夷狄你不管，只是对我很厌恶。
不善良又不吉祥，不拘礼节心术坏。
贤良之人全逃亡，周朝政权将倾覆。
上天把那罗网降，祸患太多难说详。
贤人个个都逃亡，我心终日甚忧伤。
上天将那罗网降，国运危险不吉祥。
贤良人士皆逃亡，我的心中好悲凉。
泉水翻滚向上涌，泉源深深流不尽。
我的心中忧虑多，难道今日开其端？
灾难不生在我前，亦不生我身后边。
苍天茫茫甚高远，万物都要由它管。
切莫辱没你祖宗，让你子孙把业传。

解读

这是一首讽刺周幽王乱政亡国的诗。幽王是宣王之子，也是西周最后一任君王，他在位期间宠幸褒姒，任用奸佞，以致朝中小人当道，贤者退隐。在国势每况愈下之际，外敌入侵，幽王身死国灭，于是诗人作诗讽刺。

诗歌首章虽言祸自天降，但通读全诗可以发现，诗人将这一切祸乱的根源都归结于褒姒，诗言“乱匪降自天，生自妇人”，批评她“妇有长舌，维厉之阶”，花言巧语，搬弄是非，颠倒黑白，同时也讽刺周幽王，措辞之严厉，情感之激烈，前所未有。

史载周幽王宠信褒姒到了一种近乎疯狂的地步，著名的“烽火戏诸侯”就是幽王为博美人一笑的恶作剧，此外幽王废王后、太子，想要改立褒姒之子继承王位，以致触怒王后之父申侯，他勾结犬戎攻破京师，将幽王及褒姒杀死于骊山之下，西周就此灭亡。

晋代名将杜预在注解《左传》时有言曰：“夏以妹喜，殷以妲己，周以褒姒，三代所由亡也。”将夏、商、西周三个朝代的灭亡归因于褒姒等三个女子的身上，将她们当作红颜祸水，这样的说法看似有理，实则难以成立。试问秦皇汉武、唐宗宋祖，哪一个皇帝身边没有倾国倾城的佳人相伴呢？但为何他们就没有因沉溺酒色而亡国，而在夏桀、殷纣、周幽王的手中，国家就灭亡了呢？这样的说法，无非是为尊者讳罢了。在男权社会中，必然无法让男人特别是君主来承担亡国的责任，所以只能让女子来承担，这样的做法对女性来说是极不公平的。

召旻

旻天疾威，天笃降丧。
瘨我饥馑[1]，民卒流亡。
我居圉卒荒。

天降罪罟，蟊贼内讧。
昏椓靡共[2]，溃溃回遹[3]，
实靖夷我邦[4]。
皋皋訿訿[5]，曾不知其玷。
兢兢业业，孔填不宁，
我位孔贬。
如彼岁旱，草不溃茂[6]，
如彼栖苴。
我相此邦，无不溃止。
维昔之富不如时，维今之疚不如兹[7]。
彼疏斯粺[8]，胡不自替[9]？
职兄斯引[10]。
池之竭矣，不云自频[11]？
泉之竭矣，不云自中？
溥斯害矣，职兄斯弘[12]，
不灾我躬。
昔先王受命，有如召公。
日辟国百里，今也日蹙国百里[13]。
於乎哀哉，维今之人，
不尚有旧！

注释

❶ **瘨**（diān）：使受苦。

❷ **椓**：受过宫刑的人，指阉人。**共**：供职。

❸ **溃溃**：乱。**回遹**（yù）：邪僻。
❹ **夷**：平。
❺ **皋**（gāo）**皋**：欺骗。**訿**（zǐ）**訿**：陷害。
❻ **溃茂**：茂盛。
❼ **疚**（jiù）：灾害。
❽ **疏**：糙米。**粺**（bài）：细米。
❾ **自替**：主动退位。
❿ **兄**（kuàng）：通"况"。
⓫ **频**：水边。
⓬ **弘**：扩大。
⓭ **蹙**（cù）：缩小，紧迫。

译文

上天向民逞暴虐，肆意降下大灾殃。
让我百姓挨饥饿，无法生活都逃亡。
全国到处一片荒。
上天降下那罪网，奸臣内讧不礼让。
昏聩奄人废职事，混乱邪僻真放荡，
实欲谋划灭周邦。
小人欺诈进谗言，幽王不晓其肮脏。
君子谨慎又小心，很久不安心慌张，
我的职位还要降。
如同干旱年景来，大地野草不丰满，
草伏地上全枯黄。
我看周朝这景象，必定崩溃而灭亡。
以前富有人人足，不像今天这样穷。
如今贫病很普遍，不像此地太严重。

民吃粗米他细米，为何自己不退让？
此种情况将加重。
池水有时会枯竭，皆从水边开始干？
泉水有时会枯竭，都从泉中开始干？
这次灾祸面积大，这种情况在扩展，
灾祸必到我身边。
从前祖先得天命，贤臣召公最杰出。
一日百里开国土，现今日削百里土。
呜呼哀哉我长叹，今天朝中大臣多，
无一像旧臣召公！

解读

这首诗作于周幽王宠信褒姒、预备废长立幼的前夕。幽王昏庸无道，不辨忠奸，贪图享乐，国家危亡而不自知，加上有奸臣为虎作伥，祸乱朝纲，忠良贤者被迫隐退。这首诗就是忠臣在退隐之际写下的讽刺诗。

诗歌首章言“旻天疾威，天笃降丧”，次章言“天降罪罟，蟊贼内讧”，虽然认为是上天降下了灾祸，但在崇奉天意的周代，人们自然认为是人间的最高统治者周幽王作恶多端，才招致祸患。诗人在抨击奸邪之徒的同时也在怀念王朝兴盛之际主持国政的忠臣召公，哀叹当今朝堂已经没有这样的忠臣良将了。

史载西周晚期自然灾害频繁，不仅有旱情肆虐，还有山川崩裂等异象，种种灾祸袭来之时，首当其冲的就是普通民众，正如诗歌中所描述的那样：“瘨我饥馑，民卒流亡”，哀鸿遍野，民众流离失所。在某种程度上，这也是西周灭亡的一个重要原因。

这首诗歌所要表达的情感和内容，与《瞻卬》极为相似，都是对统治阶层无情的鞭挞和辛辣的讽刺，批判他们不去为黎民百姓排忧解难，只顾个人享乐，争权夺利。为政者常思正本清源，这个本源正是诗歌中的最高统治者，如果他能明辨忠奸，严于律己，国家也不至于沦落到这步田地。本源尚且如此，更遑论他身边的奸佞宵小之徒，他们更是肆意妄为，不务正业。综观中国历史，每到王朝末年，必然会有这样的衰败景象，最惨的都是底层百姓，怎一个“苦”字了得！

大家读诗经
颂

余世存——译注

北京联合出版公司
Beijing United Publishing Co.,Ltd.

目 录

颂

周颂

鲁颂

商颂

周　颂

鲁　颂

商　颂

清　庙

於穆清庙[1]，肃雍显相[2]。
济济多士，秉文之德[3]。
对越在天[4]，骏奔走在庙。
不显不承[5]，无射于人斯[6]。

注释

1 **於**（wū）：叹词。**穆**：美好。
2 **雍**：和顺。**显**：尊贵。**相**：助祭者。
3 **秉**：承继。
4 **对越**：报答称颂。
5 **不**（pī）：通“丕”，十分。**显**：耀眼。**承**：好。
6 **射**（yì）：厌。

译　文

呜呼美好清庙里，庄重和顺助祭者。
执事人多又整齐，文王美德来继承。
报答文王在天灵，祭祀奔走于庙中。
无限光辉和美好，从无厌倦皆尊奉。

解读

《清庙》在《诗经》中有着举足轻重的地位。它是《颂》的首篇。中国人很喜欢下定义，于是把这首诗定义为“颂之始”。这个概念最早是由司马迁提出来的，他说：“《关雎》之乱，以为风始;《鹿鸣》为小雅始;《文王》为大雅始;《清庙》为颂始。”虽然这种说法迄今存在很多争论，可毕竟司马迁的地位摆在这里，但凡讲到《诗》有四始，总要拿这一条出来说一说。《清庙》既是一首对周文王的赞歌，又是西周举行重大国事活动时的一曲官方主题曲。当然，这样重要的一首诗，各家的争论是少不了的，有人说这是周公写的，有人说这是武王写的，还有人说这是周成王写的，前后差着好些辈儿，迄今都无法有一个统一的答案，但这并不影响它作为《颂》首篇的江湖地位。

《颂》与《风》有很大不同，《风》是人间万花筒，《颂》却是神坛上的赞美诗。这首赞美诗特别短，一共就四言八句，不押韵，不分章，内容简单，前两句写宗庙清净庄严，参加祭奠的公卿高贵雍容；中间四句描写祭祀的场面，参与者们感念文王的功德，为了赞颂他而在现场奔跑忙碌，显然，这是一个盛大而热闹的活动；最后两句还是在写大家祭祀的恭敬，同时赞扬文王盛德显赫。作者的才思很巧妙，他并没有大费周章地去描写和歌颂文王，毕竟在那个时代，文王的功德是千言万语道不尽的。他避开了正面描写，把笔墨放在这些参与者身上，去描写他们的奔跑忙碌，勤恳谨慎，他们这样做是在“秉文之德”，是在虔诚地“对越在天”，恭敬文王。这样侧面的描摹，就让短短的三十四个字有了虚实。

三十四个字，表达了三层意思。一是周庙庄严，作者并没有用华丽的词汇来形容这样一个神圣至极的地方，而是强调“清”，可见清明、清净，才是周人心中的最高标准。二是祭祀的人都很庄重典雅，“肃雍”是庄重和顺的样子，这就是崇尚礼乐的周人对自己的要求。三是通过祭祀感念文王的功德，“秉文之德”，这是祭祀的根本目的。

作为颂诗之始，《清庙》是别开生面的。毕竟《风》《雅》所写的多是人的现实生活，而颂诗却是在写神灵，或是写人与神灵的关联。在古人心里，“国之大事在祀与戎”，只有战争是与祭祀并列的，战争是关乎国家生死的政治大事，祭祀则是关乎伦理人性的大事，所有与祭祀相关的事都是重要的。《清庙》也是一首蕴含了诸多意义的舞曲，因为那个时代的祭祀是要唱诵、舞蹈的。如果把《清庙》放在现在，更像是每年春晚结束时所有人同唱的那首《难忘今宵》，这是人们心中固定的模式，不可更改，代代相传。

维天之命

维天之命，於穆不已[1]。
於乎不显，文王之德之纯。
假以溢我[2]，我其收之。
骏惠我文王[3]，曾孙笃之。

注释

❶ 不已：无极，无穷尽。

❷ 假：嘉。溢：戒慎。

❸ 骏：大。惠：顺从，忠。

译 文

想那上天有旨意，辽远壮美无边极。
呜呼显赫又光明，文王之德真纯正。
他用美政戒慎我，我们必定来执行。
坚决顺从周文王，后世子孙定继承。

解读

这是《周颂》中的一首。颂，是祭神诗，或是献给神灵的歌，或是唱给祖先的赞歌。在《颂》的篇章里，并不是所有做过王侯的人都配拥有一首颂，这一首《惟天之命》，就是祭奠周文王的，因为他带领这个国家走向了繁盛，他的人民认为这样的人才是天命所归的，所以，他是值得赞颂的，也是值得感谢的。此外，我们都清楚，中国古人信奉的是“天人合一”，我们在“颂”之中也常会看到“天命”之类的词语，但有一点特别值得我们去关注，《周颂》崇拜的并不是虚无的鬼神，而是那些真正有德行、有功劳的人，中国人认为这样的人是在“奉天行事”，而这个天，就是大道。所以，我们透过《诗经》可以看到，中国文化本身在很早就摆脱掉了宗教的禁锢，进而形成了一种独有的“天地人”三者统一的系统。

《维天之命》诗文很短，也不分章节，全篇一气呵成。一共就只有八句，但是信息量却很大。这是一篇写给周文王的祭文，前四句歌颂他“上承天命”，我们今天读起来会有些拗口，但如果去分析每一个字的话，就会发现这里面全都是赞美之词。“於穆不已”——於，是赞美时用的感叹词；穆，是庄严深邃；不已，是循环不止。加起来看，简直就是文学性极强的“万岁万岁万万岁”。后四句是子孙后代在表决心，先祖如此优秀，后代一定要继承，这里也用了大量的赞美之词。“假以溢我”，我们知道，假，是常见的通假字，是“嘉”，美好的意思。溢，是充盈，满溢，引申为戒慎。可见，本诗前面是在歌颂祖宗功德，后面是在表达后世子孙应顺应遗教。

《诗经》起源于一个礼乐的时代，那个时候但凡有国家大事，都会举行盛大的典礼，在典礼上需要唱歌，显然《维天之命》就是在祭祀文王时人们在典礼上唱的歌。今天我们不去考虑旋律，单纯从字面意义上来看，未必能够完全理解一首诗歌的全貌，但是，通过诗我们可以看到一个群族的文化品格。这首诗文全篇极尽恭敬颂扬之辞，可见文王在周人心目中的神圣地位。比起《周颂》中的其他篇章，在这一首中，文王已经开始被神化了，而他又是一个真实存在的人，这就是中国先民的信仰哲学。

中国人一直在讲“天命”，特别是在过去两千多年的封建社会里，“一切皆是命”“君子不和命争”等等，这种所谓“顺天应命”的消极思想，的的确确扼杀了人的创造精神和奋斗意识，获益的是统治阶级。诗中将文王神化，又将他和后来的继承者联系起来，他的继承者也就成了承天授命的人。但是，文王之所以成为了“神”，其实是因为人们认为他的美德和成就不足以描述，所以把他“神化”了。其实早在商周之前，中国先民就有这样习惯。在那个时期，能够懂得立杆测影、懂得天时规律的人，被称为“巫”或者“觋”，他们通常是一个部落的掌权者，因为人们认为他们是能够和上天对话的人，因为他们拥有大众所不具备的能力。渐渐地，巫觋被神化，君权也随之被神化。归根到底，中国人崇拜的“神”并不是虚构的，而是将真实的人“神化”后的样子。同样，中国文化中的“天命论”也不只是鼓励人们“逆来顺受”，更是让人们懂得天道规律、顺势而为，这就是中国人的“天人”哲学。

维　清

维清缉熙❶，文王之典❷。
肇禋❸，迄用有成❹，维周之祯❺。

注释

❶ 清：清明。缉：延续。熙：光明。

❷ 典：前代定下的法则。

❸ 肇：开始。禋（yīn）：祭天的仪式。

❹ 迄：至，到。有成：指拥有天下。

❺ 祯：祥瑞，吉祥。

译文

清明奋发勇向前，文王法则天下传。

始从祭天建功业，直到最终大功成，这是周朝大吉祥。

解读

这是一首祭祀文王的歌舞诗。周文王是周武王之父，他在位的时候先将效忠于商纣的属国崇国和密国消灭，为后来武王伐商奠定了基础，这在《大雅·皇矣》中有相关记载。周民族能克商建国，文王奠基之功不可忘也，所以诗人作诗，在祭祀之时演奏以纪念。

这首诗只有五句，语言简练是它最大的特点。言语虽简而含义却较为深刻。首句"维清缉熙"，比喻天地清明辉煌，而这样的成就源自何人呢？是"文王之典"，是周文王在位时期所制定的典章制度带来了今天的伟大成就。周人建国，周文王有开创之功，故而诗人极尽赞美！

周舞有文舞和武舞两种，这首歌舞属于当时的武舞。人们在祭祀文王典礼上演奏这首乐歌，赞颂文王征伐天下、肇始奠基的伟大功勋。在表演时，演员装饰成文王的样子，通过模仿其外在的征战姿态来表现其内在的武烈精神。

周王朝虽然是由武王伐商灭纣得以开国建政的，但真正为开国奠定基础的则是周文王。周文王被殷纣王封为西伯，遍访贤才，多施善政，周边诸侯国与民众无不归附，著名的“虞芮之讼”的典故就发生在周文王时期。在周文王的勤政之下，周人“三分天下有其二”，虽然如此他仍然臣服殷商。直至后来周人势力壮大到足以翦灭商朝时，周文王之子周武王奋力一搏，发动牧野之战，一举攻克商王朝，开国建政，在这个过程中，周文王功不可没。值得一说的是，相传今日所流传的《周易》就是周文王被殷纣王囚禁在羑里时所演化出来的。

烈　文

烈文辟公❶，锡兹祉福。
惠我无疆，子孙保之。
无封靡于尔邦❷，维王其崇之❸。
念兹戎功，继序其皇之❹。
无竞维人❺，四方其训之。
不显维德，百辟其刑之，於乎前王不忘！

注释

❶ **辟公**：君公，文王初不称王，为诸侯之一。

❷ **封靡**：大累，指大罪。

❸ **崇**：尊重。

❹ 皇：辉煌，光大。

❺ 无：语气助词。竞：逞强。

译 文

有功有德诸侯公，赏赐大家大幸福。
上帝赐恩无穷尽，你们子孙要保住。
莫犯大罪在本国，王才尊重且保护。
牢记你祖大功劳，继承宏扬要思虑。
切勿与人逞豪强，四方诸侯才顺服。
最最显耀是美德，天下诸侯都效法，呜呼不忘先王德！

解读

这是一首周成王祭祀祖先时诫勉诸侯的诗，诗人以周天子的身份和口吻劝诫公卿诸侯向周文王、周武王学习，求贤修德，只有如此才能福禄长存。周成王乃周武王之子，面对曾经追随其父参与伐商革命的诸侯，安抚和训诫共用，从而起到确立君威的作用。

这首诗歌所表述的内容对参与祭祀的诸侯而言具有安抚与约束的双重作用。全诗共十三句，前八句是诫勉诸侯的话语，既有称赞，又有训诫，要求诸侯应遵守法度，不可胡作非为；后五句诫勉周成王，要修德立政，做诸侯效法之模范。

这首诗表明了西周开国初年君臣上下一心、众志成城的大好局面。成王对诸侯的诫勉之语，居高临下，显示出王者君临天下的崇高威严，既对诸侯襄助伐商的功绩有所褒扬，也对他们提出了相应的训诫，要求他们不得违逆法度，这一做法起到了“正名”的作用。

成王是周朝的第二位君主，他继承王位之时年龄尚幼，王叔周公受武王遗命辅政。成王在位期间，周王朝危机四伏，暗流涌动，宗室贵族与殷商遗民勾结发动三监之乱，成王命周公平定叛乱，稳定朝局。在周公的辅佐之下，成王励精图治，赓续先祖余烈，与其子周康王一起开创了中国历史上第一个盛世——成康之治。史书赞曰：成康之际，天下安宁，刑罚四十余年而不用。可见周成王确实是一个难得的圣贤君主。

天作

天作高山❶，大王荒之❷。
彼作矣❸，文王康之❹。
彼徂矣❺，岐有夷之行❻，子孙保之。

注释

❶作：生。高山：指岐山。

❷大王：太王，即古公亶父。荒：治理。

❸彼：指周太王。

❹康：继承发扬。

5 徂：往，到。

6 夷：平，平坦。

译　文

天造高大那岐山，太王开垦费思量。

太王于此创基业，文王继续开周疆。

万民归周皆前往，岐山道路始坦荡，儿孙永保岐山冈。

解读

这是一首歌颂周太王开创基业以及周文王赓续祖烈的乐章。诗中提到的岐山这一地名，旨在点明周太王从豳地迁居至岐山之下的功绩。岐山是周人的发祥地，在周人心目中具有神圣的地位，故而诗人极力歌颂先祖创业奠基之功。

诗歌首句所言由上天所生成的高山，就是周人心目当中的圣山——岐山。周太王迁居到此地开荒扩建，后来周文王又继续开垦治理，终于以此为根据地，开创了周王朝的雄伟基业。

诗歌末三句言："彼徂矣，岐有夷之行，子孙保之。"这句话采用了双关的修辞手法，明面上是说岐山下有祖先开辟的平坦小路，后人要永远保护它，实际上是在告诫后世子孙，不要忘记先祖创业之艰难。

常言道："创业容易守业难。"辉煌的事业必然不是一蹴而就的，往往需要一代人甚至几代人像接力赛那样不断努力才能成功。周人从始祖后稷开始，历经公刘、太王、文王等数代领导者的努力，至武王时才能毕其功于一役，伐商建国，其艰辛可想而知。现在的人常说“富不过三代”，为什么到第三代之后就无法再继续保有前人的富贵和荣耀了呢？就是因为三代以后的子孙忘记了祖先创业时所过的苦日子。他们没有经历过那种创业的辛酸和艰苦，自然也就不会心疼手中的财富和成果，一味地坐享其成，必然导致坐吃山空。

昊天有成命

昊天有成命，二后受之[1]。
成王不敢康，夙夜基命宥密[2]。
於缉熙，单厥心[3]，肆其靖之[4]。

注释

[1] 二后：指文王和武王。

[2] **基**：巩固，踏实。**命**：天命，政权。**宥**：宽厚，仁德。**密**：安静，平和。

[3] **单**（dǎn）：同“亶”，信。

[4] **靖**：太平，安康。

译　文

上天已有成命在，文王武王把王做。
成王哪敢享安乐，日夜谋划为国忙。
呜呼奋力向前闯，用心守信为周邦，遂使世人得安康。

解读

这是一篇周王祭祀周成王的乐章。周成王为周武王之子，在周武王驾崩后继承王位，在周公的辅佐之下，内安宗亲，外平叛乱，能赓续文王、武王的余烈，开创了中国历史上第一个有史可载的大治之世，展现出卓越的执政才能，也成为了后世周王效法的榜样，所以诗人作诗以歌颂之。

诗言天降大任，文王、武王受命，这里实则指的是二王先后伐商的历史功绩。成王继位后，也能够遵守祖训，不贪图享乐，为国家政事而夙兴夜寐，持续不断地追求光明，以求能天下大治。史载，春秋时期晋国名臣叔向评价成王之德“明文昭、定武烈”，可见成王确实为一代有为之君。

诗歌只有七句话，简单明了地介绍了周初三王对周王朝的建立和发展所做出的贡献，其中重点称赞了周成王为继承先王事业所作的努力。周成王虽然没有切身经历伐商之役，但他能勤政爱民，选贤任能，为国事日夜操劳而不知疲倦，能巩固文王、武王的功业，这也是他的功绩。

一般来说，守成之君大多没有经历过创业的辛酸和不易，因而缺乏奋发向上的斗志和能力，只会坐享荣华富贵，比如我们所熟知的《三国演义》中的刘阿斗。他的父亲刘备是何等的英雄气概，开创了蜀汉基业，与魏、吴两国鼎足并立，他却没有能力守住基业，令人不胜惋惜。倘若他能像周成王这样勤政修德，严于律己，蜀国基业也不至于二世而亡。刘备创业之路不比周武王轻松，诸葛亮也有周公的才能和忠心，但刘禅却远远不如周成王那般英明神武。

我　将

我将我享，维羊维牛，
维天其右之[1]。仪式刑文王之典[2]，
日靖四方[3]。伊嘏文王[4]，
既右飨之[5]。我其夙夜，
畏天之威，于时保之[6]。

注释

❶ 右：佑，保佑。
❷ 式：用。刑：法。
❸ 靖：平定。
❹ 嘏：伟大。
❺ 飨：神来享用。
❻ 时：是。

译　文

我捧祭品贡上苍，有那牛来还有羊，
请求上帝把我助。文王美德是榜样，
日思安定那四方。伟大国君周文王，
邀他来把祭品享。我要日夜为国忙，
心怕上天真威严，于是永保我周邦。

解读

这首诗是《大武》舞曲的第一章，叙写武王在出兵伐商前祭祀上帝和文王、祈求他们保佑。《大武》是周代乐曲的一种，是武王伐纣胜利后周人所编创的歌颂武王丰功伟业的乐歌。对武王而言，天命和文王之典是一致的，这就是此诗把祭祀文王和祷告上天合而为一的缘故。

这是一篇武王出征前祭天祭父的乐章，全诗庄重肃穆，结构严整。前三句言向上帝供奉牺牲，祈求天帝保佑。中四句言祭祀文王，要恪守文王所制定的典章制度，继承文王靖四方的遗志。后四句是主祭者自我告诫之语，自己要敬天畏神，不负上帝和祖先的保佑，早日平定天下。

史载武王伐纣前先赴毕地祭祀文王而后起兵伐商，征战时奉文王神位于军中，自称太子发，意为自己讨伐殷商是遵奉文王遗志，文王才是伐商主帅，自己只是代领其事罢了。这则史料与《我将》一诗中四句之意不谋而合。全诗自始至终，都用第一人称的口气，其语言质朴，对文王充满敬畏之情。

周民族讨伐并取代殷商王朝而建政的光辉事业虽然是在周武王的领导下完成的，但真正按下开启周人与殷商博弈按钮的实则是周文王。文王时经过公刘、古公亶父、王季等几代先王的奠基，养精蓄锐，势力不断发展壮大，有了和殷商王朝一较高下的实力，并逐步翦灭殷商的附属小国，寻找最佳的决战时机。至武王时，殷商主力军队远离朝歌，时机出现，武王会天下诸侯于孟津，率师与殷商决战于牧野，一举克商，实现了文王遗志。

时迈

时迈其邦[1]，昊天其子之。
实右序有周，薄言震之[2]，莫不震叠[3]。
怀柔百神[4]，及河乔岳。允王维后[5]！
明昭有周[6]，式序在位。
载戢干戈，载櫜弓矢。
我求懿德，肆于时夏[7]。允王保之！

注释

❶ **时**：是，发语词。**迈**：行。**邦**：指诸侯的国家。

❷ **震**：威慑。

❸ **震叠**：叠，通“慑”，震惊。

❹ **怀柔**：安抚。

❺ **允**：确实。**后**：君王。

❻ **明昭**：明见。

❼ **肆**：施行。**夏**：华夏，指中国。

译　文

巡行天下诸侯国，天视如子显慈祥。

实是保佑我周邦，使用武力威慑他，天下各国全惊慌。

安抚众神来祭祀，黄河四岳把祭享。武王确是好君王！

上帝昭示周王朝，周家代代传为王。

从此收起干和戈，弓矢装袋都收藏。

美德俊才我寻访，普施德政国势强。周王定保国运昌！

解读

这是一首武王克商后巡视诸侯列国并祭祀山川百神的诗。商周易代，周人定鼎，虽然形式上周人已经是天下主宰，但殷商数百年的政治影响力不可能一下子就随着王朝覆灭而消亡，所以武王巡视邦国，实际上也有扩大周人政治影响力的作用。

诗歌通过记叙周武王祭祀天地山川鬼神，一再强调武王作为天命之子的崇高地位以及周人克商的合法性。此后数句，实则是在向天下臣民解释自己的施政纲领，包括息兵止武、任用贤良等措施，这也从根本上体现出周王朝与殷商不同的一面。

在人类对自然现象认识尚不全面的先秦时代，人们对上天和神灵几乎有着盲目的敬畏，所以这也催生出了种种祭祀仪式。周代有吉、凶、宾、军、嘉五种礼仪，以祭祀为主的吉礼居其首，可见人们对祭祀的重视程度。

周武王在建国之后能偃武修文，选贤举能，以恢复生产活动、保障人民生活为执政目标，这一做法对后世有很大影响。从历史上看，改朝换代的过程必然伴随着杀戮征伐，而完成这个过程以后，国家必然是满目疮痍，百废待兴，如果在建政之后能与民休息，是一定可以得到百姓的认可和拥护的。比如西汉初年，汉高祖刘邦以及他的继任者们一直奉行无为而治的国策，采取柔性的“和亲”政策，消弭战事，致力于恢复民生，这一基本国策执行了七十余年，在收拢民心方面发挥了重要作用。

执竞

执竞武王❶，无竞维烈❷。
不显成康，上帝是皇。
自彼成康，奄有四方❸，斤斤其明。
钟鼓喤喤❹，磬筦将将❺，降福穰穰❻。
降福简简❼，威仪反反❽。
既醉既饱，福禄来反。

注释

❶竞：强，指强敌。

❷ 烈：功绩。

❸ 奄：拥有。

❹ 喤（huáng）喤：声音大而和谐。

❺ 筦（guǎn）：管，是一种乐器。

❻ 穰（rǎng）穰：众多。

❼ 简简：广大。

❽ 反反：慎重的样子。

译　文

制服强暴乃武王，灭商伟业世无比。

成王康王好显赫，上帝真心来嘉奖。

周自成王和康王，拥有天下日益强，可察秋毫眼明亮。

钟鼓之声和谐响，磬管和谐声锵锵，三王降福好吉祥。

盛大幸福由天降，礼节井然又端庄。

神灵享祭醉又饱，必将福禄报周王。

解读

这是一首以祭祀武王、成王、康王为主题的乐歌，诗中颂扬三王的功业绵延广大，为万世所瞻仰。周初三王，武王定鼎开国，成王、康王赓续余烈，在巩固江山、开疆拓土方面做出了极大贡献，后世周王感念祖先功业，于是作诗以祭祀，有不敢忘本之意。

诗歌前七句叙述三王的丰功伟绩，高度赞扬了他们建政开国、开拓四方的卓著功勋，同时也祈求他们能降福于子孙，保佑后人福寿绵长，保佑国家繁荣昌盛。后七句则描写了祭祀活动的热闹场面，神灵享用祭祀既醉既饱，于是降下丰厚的福禄，子孙非常感激。

据学者考证，这首诗应作于周昭王时代，距西周开国已经百余年，所以在诗歌用韵等方面，已经有明显的变化，读起来颇为抑扬顿挫，不像周初文风那样刻板生硬。

歌颂祖先是中国传统文化中一个重要的元素，其源头大抵可以追溯到《诗经》，比如《执竞》这样与祭祖相关的诗歌等。此后随着周文化在历史长河中的千年沉淀，这一追述祖德的传统更加深入人心，直到今日，大到达官显贵，小到贫寒农家，提起祖先的时候一定会恭敬肃穆，称道祖先的功绩。东晋著名山水诗人谢灵运，曾作有《述祖德诗》二首，叙述其祖父谢玄的功德，赞颂谢玄于淝水之战中击破苻坚、匡扶国家、拯救人民后功成隐退之事。谢灵运这两首诗的艺术风格与《执竞》一诗大有异曲同工之妙。

思　文

思文后稷，克配彼天[1]。
立我烝民[2]，莫匪尔极[3]。
贻我来牟[4]，帝命率育[5]。
无此疆尔介，陈常于时夏。

注释

[1] **配**：匹配。

❷ **立**：通“粒”，谷粒，指种粮食养人。

❸ **极**：准则。

❹ **来牟**：麦种。

❺ **率育**：普遍种植。

译 文

文德伟大是后稷，能配上帝享郊祀。
养育民众布恩德，耕种准则皆依你。
遗留麦种传后人，上帝命你遍供食。
地界不分彼与此，耕种常法遍华夏。

解读

这是一首祭祀周人始祖后稷、赞颂他以德配天的乐歌。后稷功勋中最卓著的莫过于他将稼穑之法传授给天下百姓，使得农耕成为关乎华夏民族命运发展的关键事业，这首诗就着重赞颂了后稷在农业方面的贡献，赞美他为民造福，其德行可以与上天相配。

诗歌开门见山，先言“思文后稷”，意为后世子孙无比怀念始祖后稷“立我烝民”的恩德。后言“帝命率育”，指出后稷开创农事、养育万民的功德是在上天授意下完成的。这种言必称天的创作迹象在周代文献中特别常见，这反映了周人意识中浓重的天命观念。

这首诗歌可以与《大雅·生民》互相对照，两首诗歌所不同的地方在于，《生民》以叙事为主，较为丰富详尽，形象生动；而《思文》则以颂德为主，情感肃穆且深沉。文体虽然不同，但对始祖后稷的恭敬怀念之心却是别无二致的。

西周王朝建立之后，确立了一种“溥天之下，莫非王土。率土之滨，莫非王臣”的大政治区域观念，虽然这一观念与实际并未完全吻合过，但这种观念却随着分封制的进行而广播天下，深入人心。作为以王权为中心的政权，在祭文或行政命令发布时，其中必然蕴含着这种君临天下的权威。《思文》这首诗中，末二句言“无此疆尔介，陈常于时夏”就是这种权威的宣告。后稷的功德，并非仅仅惠及周民族，而是通过周人对天下的分封和占领已经播散到五湖四海，也就是周人统御下的整个中国。

臣工

嗟嗟臣工，敬尔在公。
王釐尔成[1]，来咨来茹[2]。
嗟嗟保介，维莫之春[3]，
亦又何求[4]？如何新畬[5]？
於皇来牟[6]，将受厥明。
明昭上帝，迄用康年。
命我众人：庤乃钱镈[7]，奄观铚艾[8]。

注释

❶ **鳌**（lí）：整理，治理。
❷ **咨**：询问。**茹**：商讨。
❸ **莫**：通“暮”，晚。
❹ **又**：有。
❺ **新**：新田。**畲**（yú）：旧田。
❻ **皇**：美。
❼ **庤**（zhì）：储备。**钱**：一种类似铁铲的农具。**镈**（bó）：锄田去草的农具。
❽ **铚**（zhì）：农具名，一种短小的镰刀。**艾**（yì）：通“刈”，收割。

译文

啊呀群臣和百官，公事必须认真办。
你有业绩王管理，有事还要询问你。
啊呀田官尽职守，暮春要到快耕田。
农夫还有何请求？新田耕种怎妥善？
啊呀麦种实在好，交给农夫播田间。
光明上帝心良善，赏与我们丰收年。
快去命令农夫们：储备你的锹与锄，快去检验剪与镰。

解读

这是一首周王耕种籍田并劝诫群臣百官的诗歌。所谓籍田，就是周天子所拥有的一大片由农奴耕种的自留地。周人以农立国，所以上至天子，下至黎民，都对农业尤为重视。每年春耕之时，周王会带着公卿大夫到籍田耕种，表示对农业活动的关心。

这首诗歌通篇以周天子的口吻，训诫天下臣民，要求他们务必要严格遵守节令，按时按法耕种田地，勤恳工作，贯彻执行国家发展农业的政策。与此同时，也在向上天祈祷，赐我民众一个丰收之年。

这首诗歌反映了周代籍田礼的概貌。籍田礼即是春耕之时周天子率百官亲赴籍田耕作的典礼，属于周代吉礼中的一种，寓有高层领导者重视农耕之意。自周代起、汉代以后，历朝历代统治者都有实行籍田礼，少有中断。

周王亲自赴籍田耕种，这种行为其实以作秀成分居多。周王生长于深宫妇人之手，学习礼、乐、射、御、书、数等“六艺”，对农事耕种这种劳苦工作的了解，又如何比得了那些常年在土地上劳作的农奴呢？他去田地上扶着犁铧，吆喝着耕牛，象征性地走一段，然后告诉旁边参观的官员百姓，“你们都要像我一样，不辞辛苦、勤劳耕作，这样庄稼才会有个好收成，我们才能过上好日子。”事实上周天子的好日子哪会来得这么艰难？这样的传统一直延续到后世，著名历史剧《雍正王朝》中还有对这一场景的叙述和还原。

噫嘻

噫嘻成王，既昭假尔[1]。
率时农夫，播厥百谷。

骏发尔私[2]，终三十里[3]。
亦服尔耕，十千维耦[4]。

注释

[1] 尔：指招请的神灵。
[2] 骏：快。发：发掘，开发。
[3] 终：尽。
[4] 耦：两人并耜而耕。

译文

成王赞美求上帝，虔诚真情达上天。
率领这些农夫们，播种百谷至田间。
迅速开发你私田，三十里田望到边。
你们快将公田种，万人耦耕齐努力。

解读

这首诗叙述了周王祭毕上天及先公先王后，亲率百官、农民播种百谷，并通过训示田官来勉励农夫播种百谷，共同劳作的情景。诗歌反映了周初农夫的劳动情况和公田、私田的制度，具体地反映了周初的农业生产和典礼实况，具有较高的史料价值。

全诗八句，分两层意思。前四句是周王向臣民庄严宣告自己已祈告先王，得到了他们的准许，以此举行籍田亲耕之礼；后四句则直接训示田官、勉励农夫要全面耕作。

在举行籍田礼时，首先要祭祀上天及农神后稷，祈求来年能够风调雨顺、五谷丰富，其次才开始具体的农事活动。天子在公卿大夫、田官农夫的协助下，在籍田中耕作，为天下做表率，目的是勉励更多的人投身于这项事业当中。

中国大地幅员辽阔，物产丰富，所以农业生产就这样在广袤的华夏大地上发展了起来。自周代以来，农业一直是关乎国家安全的经济命脉，因为国家对农业很重视，所以农民的社会地位也得到了官方的认可，国之四民，士、农、工、商，在其理论构架当中，农民的地位是仅次于士大夫阶层的。但事实永远是残酷的，实际生活中的农民并不可能获得官方规划的那种社会地位，农民依靠土地生存，但同时也和土地牢牢捆绑在一起，若有富商想兼并土地，农民也只能任其宰割，毫无还手之力。

振鹭

振鹭于飞，于彼西雝。
我客戾止[1]，亦有斯容[2]。
在彼无恶，在此无斁[3]。
庶几夙夜，以永终誉[4]。

注释

[1] 戾：到，至。

② 亦有斯容：指有白鹭高洁的容貌。

③ 斁（yì）：厌恶。

④ 誉：声誉，名望。

译　文

成群白鹭天飞上，飞到西郊水泽旁。
我的宾客都来到，也像白鹭真漂亮。
本国无人怨恨他，得到欢迎在周邦。
望你勤勉无日夜，盛大名誉永传扬。

解读

这是一首周天子招待前来助祭的诸侯的乐歌。这些来助祭的诸侯，从诗中称其“客”而言，应该是夏、商后裔，也就是杞国和宋国的国君。周人克商以后封建诸侯，在宗亲之外，还分封先代王朝的后裔，但不敢以之为臣，所以以客礼对待。这首诗即反映了诗人对宾客美好德行的赞美。

▶ **振鹭**

翩翩白鹭飞舞，水边浅草青青，平静的水面泛起微澜，前来此地的宾客仪容高洁、美名远扬，没有人怨他，也没有厌倦他，这就是身为君侯者应有的样子吧。

首二句以飞翔在天空的白鹭起兴，引出下文对诸侯的描写，将他们和美丽高洁的白鹭相比，对他们大加赞美。第五、六句夸誉诸侯在封国内和朝廷内都有比较融洽的人际关系。末二句言周人要团结各邦各族，和诸侯国和睦相处，共同发展。

诗歌虽然简短，但它的艺术手法和思想情感颇有《国风》诗歌的意味。以白鹭起兴，将白鹭和诗人所要赞美的对象联系在一起，从而表达出诗人对前来协助祭祀的诸侯的真挚谢意和美好祝愿。

在改朝换代之后，如何处置前朝的遗老遗少，是新兴王朝必须要慎重考虑的一个问题。既不可赶尽杀绝，因为这样会丧失天下人心；也不能放任不管，因为这样会给新政权留下不可控的政治隐患。周人灭商之后，恩威并用，分封殷纣王之子武庚为诸侯，但后来武庚发动“三监之乱”，被周公平定之后又将殷纣王庶兄微子启分封为诸侯，以安殷商遗老的心。因为周人此前是商人的臣属，所以殷周易代之后，周人也不敢将商人视作臣子，而是将他们当作地位平等的客人对待，从而凸显出对前代的尊重。

丰　年

丰年多黍多稌[1]，
亦有高廪[2]，万亿及秭[3]。

为酒为醴，烝畀祖妣[4]，
以洽百礼[5]，降福孔皆[6]。

注释

❶ 稌（tú）：稻子。

❷ 廪（lǐn）：收藏粮食的米仓。

❸ 亿：数万。秭（zǐ）：数亿。亿、秭都指数量极多。

❹ 烝：进献。畀：给予。

❺ 洽：配合。

❻ 孔：很。皆：普遍。

译　文

丰年收获黍稻丰，
装满高高那粮仓，成万上亿难数尽。
新米酿成酒与醴，进献祖先来品尝，
祭祀礼节都相合，神灵普降大福祥。

解读

这是一首周人在金秋季节五谷丰登之后欢唱的乐歌。农业是一个相当依赖气候因素和地理环境的产业，春种、夏耘、秋收、冬藏，每个时节都有特定的工作和任务，而一年的辛劳，只为金秋之际的丰收。得遇丰年，民众自然嬉笑欢颜，所以由此放声歌唱、庆贺丰收。

这首诗全篇洋溢着一种喜悦和欢快的气氛，首句即言

“丰年多黍多稌”，而后紧接着写了高大的粮仓，数量丰硕的庄稼收成，描绘了一幅粮仓充盈、五谷丰登的壮美景象，显示出西周王朝国力的强盛与发达。而后人们将谷物酿酒进献给祖先，配合名目繁多的礼仪，祈求祖先降福。

周人对祖先和农业的重视几乎是同步且吻合的。始祖后稷善于稼穑，并将这些技艺传授给子孙，惠及后世，所以周人在农事耕种的每个环节中，无时无刻不怀念着他们祖先的功德。这首诗所描绘的在丰收之后祭祖的景象，即是周人敬祖的体现。

在农民的心中，恐怕没有什么词汇比“丰收”二字更令他们欣喜若狂的了。对农民而言，丰收就意味着富足，意味着有饭吃有衣穿，还是个人勤劳的象征。对国家而言，丰收同样也是一件值得普天同庆的喜事，粮仓充盈，就意味着国力兴盛，百姓无忧，国家也才能安定繁荣。在靠天吃饭的农业社会，这种经济形式其实是特别脆弱的，旱涝虫害，都会干扰粮食收成，在预防措施尚不发达的西周时代，丰收其实是个具有偶然性的事件，也正因如此本诗才着力刻画农人丰收之后的喜悦和欢乐。

有瞽

有瞽有瞽，在周之庭。

设业设虡[1]，崇牙树羽[2]。

应田县鼓[3]，鼗磬柷圉[4]，
既备乃奏，箫管备举。
喤喤厥声，肃雍和鸣，先祖是听。
我客戾止，永观厥成[5]。

注释

❶ **虡**（jù）：挂钟鼓的架子。

❷ **崇牙**：设在大版上，形状像牙齿，可以挂钟鼓。**树羽**：在崇牙上饰的五彩鸟羽。

❸ **应**：小鼓。**田**：大鼓。

❹ **鼗**（táo）**磬柷圉**：四种打击乐器。

❺ **永**：长久。

译文

盲人乐师盲乐师，就在宗庙大庭上。
陈设钟架和鼓架，彩羽装饰木齿上。
小鼓大鼓都挂起，打击乐器排成行，
乐器备齐忙演奏，排箫管乐合奏忙。
各种乐声很洪亮，庄严肃穆和谐响，祖宗听罢心欢畅。
我的宾客都来到，一曲奏毕久欣赏。

解读

这是一首表现瞽人在朝堂之上演练鼓乐的诗篇，瞽人，就是我们通常所说的盲人，本诗几乎纯写作乐，描写了庙堂当中祭祀奏乐的盛况。诗中乐师将各种乐器杂合到一起演奏给祖先听，周王和群臣也一并欣赏，这一行为相当于给祖先开了一场盛大的音乐会。

这首诗歌首先讲述乐师在庙堂庭院中的具体方位，其次写各种乐器的陈列，等一切演奏的准备都做好了，就开始奏乐。乐声洪亮和谐，肃穆和顺，感动了先祖及在场的所有人。大家一起听到音乐结束，发出赞叹之声。

也许因为视力不佳的缘故，瞽人有着比常人更加敏锐的听觉，因为目不见物，所以他们的心灵也更加纯净，如此也更能专注于音乐演奏。古代有很多著名的盲人乐师，比如春秋时期晋国的师旷，他博学多识，精于音律，以“师旷之聪”闻名于世，被称为“乐圣”。

中国有着十分悠久的音乐发展史，无论是乐师、乐歌还是乐器，在世界音乐领域都有着独特的地位。古代关于音乐有着许多动人心弦的典故，比如荆轲刺秦之前在易水边辞别燕太子丹时，乐师高渐离击筑，荆轲和而歌，慷慨悲壮；再如高山流水遇知音的俞伯牙和钟子期，知音故去，伯牙终身不再抚琴；还有临刑之际气定神闲、坦然弹奏《广陵散》后慷慨赴死的嵇康等。1978年于湖北随州出土的曾侯乙编钟，是我国考古目前所见最大、最重、音乐性能最完好的一整套打击类乐器，代表了我国乐器制造的辉煌历史。

潜

猗与漆沮[1]！潜有多鱼，
有鳣有鲔，鲦鲿鰋鲤。
以享以祀，以介景福[2]。

注释

1 猗与（yī yú）：赞叹词，好啊。
2 介：祈求。

译文

漆水沮水多美丽！很多鱼藏柴堆旁，
有那鳣鱼和鲔鱼，鲦鲿鰋鲤好多样。
把鱼献给祖宗尝，乞求大福尽情享。

解读

这是一首周王献鱼求福、祭祀于宗庙时所演唱的乐歌。从诗中所写的鱼的数量之多（“潜有多鱼”）、品种之繁以及人们对鱼类品种的熟知，可以看出当时渔业的发达。这是一场表达饮水思源、祈求福佑的祭祀行动，如果将鱼换成其他的祭品，祭祀的意蕴就会大受损害。

这首诗短小精悍，全诗只有六句。首二句写漆水和沮水中鱼的数量很丰盛，中二句写鱼的品种之繁（“有鳣有鲔，鲦鲿鰋鲤”），末二句则展示诗歌主旨，以鱼祭祀先祖，祈求为后世子孙降下福禄。

古代人们祭祀所供奉的物品，多为牛羊等家畜，要求家畜毛色统一、肢体健全，这些祭品也称为“牺牲”，色纯为“牺”，体全为“牲”。但从这首诗中可以看出，古代祭品除畜类以外，鱼类也是可以的。

从诗歌中可以看出，早在先秦时代，中国的渔业就已经十分发达。华夏文明是依托于黄河和长江这两条母亲河发源起来的，俗话说“靠山吃山，靠水吃水”，在水边生活的人们自然对水中之物别有一番感情，所以人们也就为鱼赋予了多种文化内涵：比如除夕夜贴春联、剪窗花的时候，很多人都会在家门或者墙壁上贴一张“鱼”的图案，这就是取“年年有余”之意；再如农家子弟考上大学或者摆脱穷困以后，乡间父老多赞誉其为“鲤鱼跃龙门”；再比如很多地方的婚礼中也有在婚房内贴鲤鱼图案的习俗，取“鲤鱼撒子，多子多福”的寓意。

雍

有来雍雍[1]，至止肃肃。
相维辟公[2]，天子穆穆。

於荐广牡[3]，相予肆祀。
假哉皇考！绥予孝子[4]。
宣哲维人，文武维后。
燕及皇天，克昌厥后。
绥我眉寿[5]，介以繁祉[6]。
既右烈考，亦右文母。

注释

1 **雍雍**：和睦的样子。
2 **相**（xiàng）：助祭。
3 **荐**：进献。**广牡**：大的公牛。
4 **绥**：安。
5 **绥**：给，助。
6 **介**：赏赐。

译 文

前来祭者皆和睦，进入宗庙真严肃。
助祭之人是诸侯，周王容止很静穆。
进献公牛躯体大，助我摆设众祭物。
美好伟大我的父！把我孝子来安抚。
文王作臣好明哲，作君才能兼文武。
治国能使天帝安，子孙昌盛永继祖。
文王赐我寿命长，帮我获得大幸福。
既请先父保佑我，保佑我者还有母。

解读

这是一首周武王祭祀周文王之后撤去祭品时所用的乐歌。史载周文王逝世之后，周武王继承大位，在周公的辅佐之下，对内亲和宗室，对外安抚诸侯，四海宾服，国事祥顺，其后武王率周公等人祭祀先祖，《雍》就是武王祭祀时所用到的祭诗，取四方和谐之意。

诗歌写前来祭祖的人们举止恭敬，他们都是各国诸侯，周天子作为主祭者端庄肃穆，进献祭品，祈求降福。诗歌随之又赞美文王做人臣时通达事理，做人君时又有文德武功，人们祈求文王能使他的后人长寿多福。这首诗除祭祀文王外，还提及文母，可见这是一首父母同祭的诗歌。

这首诗歌多用对偶、排比的艺术手法，如首二句“有来雍雍，至止肃肃”；用词精准严谨，情感真挚热烈，如“宣哲维人，文武维后”。总的来说，这些艺术手法为展现诗歌内容平添了不少亮色。

中国古人对祭祀活动极其重视，他们认为祖先的肉体虽然已经幻灭，但他们的精神却可以一直存在下去，并可以通过超自然的力量来为子孙后世避灾赐福。因为古人怀揣着对祖先的这种敬畏，所以他们无比重视与祖先交流的祭祀仪式。古人云：“事死如事生，事亡如事存”，意思是说对待逝者应当像他活着的时候一样恭敬，不管是祭品，还是仪式流程，都应对祖先显示出极大的虔诚。

载见

载见辟王，曰求厥章。
龙旂阳阳[1]，和铃央央[2]。
鞗革有鸧[3]，休有烈光[4]。
率见昭考，以孝以享。
以介眉寿，永言保之。
思皇多祜[5]，烈文辟公[6]，
绥以多福，俾缉熙于纯嘏[7]。

注释

❶ **阳阳**：鲜艳夺目。

❷ **央央**：指响动铃声。

❸ **鞗革**：马龙头上的装饰。**鸧**（qiāng）：饰物的撞击声。

❹ **休**：华美。

❺ **祜**（hù）：福。

❻ **辟公**：指诸侯。

❼ **俾**：使。**缉熙**：光明。**纯嘏**：大福。

译文

诸侯初次拜成王，求取王朝众典章。
交龙旗子多鲜亮，车行和铃叮当响。

缰绳饰玉声悦耳，既华美来又光亮。
率领诸侯祭武王，献上祭品武王品。
祈求长寿心乐畅，永久保佑参祭者。
成王伟大福祥多，有功有德诸侯王。
先王赐福靠你帮，让我光明福禄长。

解读

这是一首祭祀乐歌，产生于周成王时期，其祭祀对象是周武王。其时，周成王刚刚即位，年岁尚幼，尚未确立天子的威严。于是，成王率领前来朝见的诸侯拜谒武王庙，祭祀求福。这首诗歌反映了成王祭祖祈福的场景。

诗歌首二句言诸侯初次朝觐成王，成王为他们确定了不同等级的诸侯所能享用的车马服饰的典章制度。三至六句写诸侯来朝之时旌旗车马的盛况。七至九句点明诗歌主题，即成王率众祭祀武王。至于后四句则点明向祖先神灵祈求降福的目的。

诗歌以叙写诸侯始，以赞美诸侯终，如“烈文辟公”等句，均体现了周成王对来朝诸侯的拉拢与示恩。成王对其委以重任，以防其离心离德。

成王即位时是一黄口孺子，殷商残余势力还在虎视眈眈（后来发生的“三监之乱”就是一个例证），王朝宗室内部也面临着分崩离析的风险（管叔对周公有猜忌之心），这就是历史中经常出现的“主少国疑”的危机局面。新主根基未稳，老臣功勋卓著，新主不一定具备他父亲那样驾驭群臣的手腕和魄力。在这种情况下，老臣未必会对新主恭敬顺从，他们甚至会产生取而代之的不臣之心。为避免这样的情况发生，成王对诸侯示恩拉拢，以加深彼此之间的感情。

有　客

有客有客，亦白其马❶。
有萋有且，敦琢其旅❷。
有客宿宿❸，有客信信❹。
言授之絷，以絷其马。
薄言追之，左右绥之❺。
既有淫威，降福孔夷❻。

注释

❶ 亦：语气助词。
❷ 敦（duī）琢：装饰打扮。旅：众。
❸ 宿宿：两宿。
❹ 信信：四宿。
❺ 绥：安抚。
❻ 孔夷：很大。

译　文

骑着白马入京城，宾客微子朝周王。

随从官员人很多，服饰美丽花样多。
宾客住了两夜晚，嘉宾住了四晚上。
快把绳索交与他，绊住马腿不要放。
宾客难留且饯行，群臣安抚情意浓。
终有大德封宋国，很大福禄从天降。

解读

这是一首宋国国君微子启朝拜周王室祖庙后周王设宴为其饯行时所唱的乐歌。周人克商之后，将殷纣王之子武庚分封为诸侯，但武庚不甘心王朝覆灭，于是在武王驾崩后发动叛乱，不过很快就被周公平定。而后周人又改封殷纣王庶兄微子启于宋，以奉殷商祭祀。微子启朝拜周王室祖庙，亦是向周人展示效忠之心。

首四句写微子启骑白马朝见周王，他的随从者人数众多，都是经过精心挑选的干练之人。次四句写微子启在周朝延居住了很长一段时间，周王好客，舍不得他离开，一次次地挽留。末四句写周王率群臣为微子启践行，还向他赠送礼物等。

诗歌完整地记叙了微子启朝见、留宿、离开的全过程，既展现出了微子启作为殷商后裔雍容华贵的气度与排场，也表现出了周人对待微子启的热情与真诚。这一对过去的政敌现在变成了亲密的朋友，对化解商周之间的宿怨是有帮助的。

纣王因昏庸无道而失去政权，但周人并未毁灭他们的祭祀。起先为示荣宠，灭商之后即分封纣王之子武庚为诸侯，命他供奉先祖祭祀，但武庚狼子野心，因阴谋叛乱而被平定，周人为笼络安抚殷商遗民，又改封微子启供奉祭祀。虽然微子启和太公望、周公旦等人都是诸侯国君，但微子启却不像其他诸侯那样是周王朝的臣子，而是以客人的身份与周天子平等交往的，这也显示出周人对曾经君主后裔的一种优待。这也是古代的“三恪”制度的起源。

武

於皇武王，无竞维烈[1]。
允文文王[2]，克开厥后。
嗣武受之，胜殷遏刘[3]，耆定尔功[4]。

注释

1 烈：业。
2 文：文德，文彩。
3 刘：杀。
4 耆（zhǐ）定：成就，促成。

译　文

啊呀伟岸周武王，功业无人比得上。
文王确实有文德，能替后代把业创。

武王继承文王业，战胜纣王杀人狂，终成大功美名传。

解读

这是一首歌颂周武王文治武功的乐歌，也是《大武》系列乐曲之中的一章，赞美了周武王英明神武、赓续余烈，能够率领周人翦灭强大的商王朝，建立周人自己的王朝。周武王作为开国之君，其文治武功非比寻常，所以后人作诗歌以赞颂之。

诗歌虽只有七句，却情感激昂、思想深沉。首二句开门见山，直接赞美武王开国定鼎的不世之功；次二句写武王之所以能建立王朝是因为文王已经奠基，武王是继承父志，砥砺前行；末三句则具体讲述武王的功绩，即伐商灭纣，建政立国。全诗虽然以颂武王为主，却不忘文王的奠基之功，颇具实事求是的精神。

这首诗也可以视为一首述祖德诗。文王、武王作为周王朝的始祖，为壮大部族建立了丰功伟绩，后人坐享其成，但不忘祖先创业功德，所以作诗以记之，追述祖德，以示后人孝心。

按《礼记·乐记》云，《大武》乐章由六首乐歌组成，是一套宏观地展现开国之君雄伟气魄的记功之曲。这种宣扬国君功德的乐歌，在后世得到了广泛的发扬，比如唐朝初年被官方认定的《秦王破阵乐》，就是属于这一类的乐歌。《秦王破阵乐》是一首宫廷乐舞，最初用于宴飨，后来也用于祭祀，属武舞类，是大唐鼎盛时期的象征，气势不凡。歌名中的秦王，即唐太宗李世民，“秦”是其登基之前的封号。李世民尚为秦王时，东征西讨，平定隋末以来的四方诸侯，为唐朝统一立下了卓越功勋，其称帝之后，这些功勋也就被制作成乐歌，被人世代传颂。

闵予小子

闵予小子[1]，遭家不造[2]，嬛嬛在疚[3]。
於乎皇考！永世克孝。
念兹皇祖，陟降庭止。
维予小子，夙夜敬止[4]。
於乎皇王！继序思不忘[5]。

注释

❶ 闵：可怜。
❷ 遭：遇上。不造：不幸。
❸ 嬛（qióng）嬛：孤独忧伤、无所停靠的样子。疚：生病。
❹ 敬止：戒慎。
❺ 继：继承。

译　文

可怜我这小孩子，遭逢家庭大不幸，孤苦无依心忧伤。
哎呀伟大我父王！毕生能孝爹和娘。
想起祖父周文王，上下推行直道忙。

现在我这小孩子，终日勤劳理朝纲。
哎呀文王和武王！我承祖业永不忘。

解读

这是一首武王驾崩之后成王悲痛告于祖庙、思慕父祖同时也自我诫勉的诗歌。武王去世之时，成王才是一个幼童，虽然有周公旦等叔伯照料政事，但毕竟比不得父亲那样亲近可靠。成王遭遇丧父之痛，心中孤独而又悲伤，所以写下了这首哀伤之诗。

这首诗歌首三句语气沉重，刻画出丧父孤儿无依无靠的悲凉场面。次四句讲述追慕祖父、父亲艰苦创业的英雄风姿。末四句则是成王对自己的诫勉之语，指出自己也要像父祖那样夙夜辛劳，勤于政事，不敢忘父祖之功德。

这首诗歌所蕴含的感情悲怆哀怨，读之令人感伤不已，“茕茕孑立，形影相吊”大概就是成王创作这首诗歌时的内心写照吧。不过成王虽然幼年丧父，但却有周公这样尽忠职守的叔父辅政。周公之于成王，大概也替武王履行了一部分做父亲的职责吧！

这首诗写出了幼童在丧父之后那种悲凉与无助的心情，同时也夹杂有不忘先辈意志、锐意进取的斗志和精神。通篇而下，读之令人心生同情且多了几分敬佩之意。生老病死，悲欢离合，这些事情在每个人的人生中必然要经历，纵然有万千不舍，奈何敌不过自然规律。逝者已矣，生者坚强。正如《寻梦环游记》这部电影中说的那样：“死亡不是永别，遗忘才是！”像成王这样常思先辈功德，并坚定地继承遗志，壮大先辈功业的做法，才是最令逝者欣慰的！

访　落

访予落止[1]，率时昭考[2]。
於乎悠哉，朕未有艾[3]。
将予就之，继犹判涣[4]。
维予小子，未堪家多难。
绍庭上下[5]，陟降厥家。
休矣皇考，以保明其身。

注释

1. 访：询问。落：始。
2. 率：遵照。
3. 艾：经验。
4. 判涣：分散。
5. 绍：继。

译　文

执政之始即谋划，追随父道治周邦。
武王之道真远大，阅历很浅难追上。
扶我因袭你王法，继承大业未理想。

现在我尚年纪轻，周家多灾难担当。
父继大道施上下，暗中保佑周国强。
美好伟岸周先王，保护我身享大康。

解读

这是成王在祭祀武王庙时和文武群臣商议国政的诗歌。成王开始执政，对政事不甚明了，希望公卿大夫可以勉力辅佐，他也将继承武王遗志，勤政爱民，善纳谏言。全诗表现出了成王谦恭谨慎的优良品格。

这首诗可以分为三小节，首二句言明执政之初召集群臣的宗旨。中六句是成王向群臣请教治国理政的细节。末四句是成王向武王祈祷之语。虽只有十二句，但却活灵活现地表现出了成王诚惶诚恐的心理状态。

诗歌言“维予小子，未堪家多难”，指出了成王即位时所面临的国势背景。成王初即位时，正处于主少国疑的危急时刻，内有武王之丧，外有三监叛乱和淮夷之乱，虽然这些朝堂危机都已经由周公指挥平定，但依然给幼小的成王留下了深刻的印象，所以他在诗中有此感叹。

从这首诗歌中可以看出成王对群臣谦恭谨慎的态度。西周建国初年，能在短时间内稳定局势，并且出现了中国历史上第一个盛世——成康之治，虽然与周公的辅佐密切相关，但也离不开成王本人的勤勉英明。成王虽然是普天之下地位最高的君王，但是他却没有倚仗地位尊崇而作威作福，坐享其成，而是依然能保持谦恭的态度，并诚恳地请求臣子们辅佐他，这为西周王朝的兴盛奠定了基础。君明则臣忠，周成王执政贤明，群臣自然也就鞠躬尽瘁，尽心辅佐。他们君臣携手，一起开创了大好的国家盛世。

敬之

敬之敬之[1]，天维显思，命不易哉[2]！
无曰高高在上，陟降厥士，日监在兹。
维予小子，不聪敬止[3]。
日就月将[4]，学有缉熙于光明[5]。
佛时仔肩[6]，示我显德行。

注释

1. **敬**：戒慎。
2. **不易**：言其难也。
3. **敬**：小心谨慎。
4. **日就**：天天积累。**月将**：月月进步。
5. **缉熙**：继承发扬。
6. **佛**（bì）：通“弼”，辅佐。**仔**（zī）**肩**：责任，重担。

译文

行事处处要警惕，上天省察眼睛亮，天命不易保持长！
别说天帝高在上，他派众臣时升降，日日监视大地上。

我当君王年纪轻，听从教诲常自省。
日积月累无懈怠，学问广大心明亮。
群臣辅我肩重担，指示明德为榜样。

解读

这是一首成王自我诫勉的诗歌。成王少年即位，所面对的都是复杂晦暗的国家政事，还有功勋卓著、资历深厚的臣子，成王不甘于只当一个坐享其成的国君，而是要做一个君临天下、统御万邦的天子，所以他对自己提出了严格的要求，同时也希望群臣尽心辅佐。这些心意在这首诗歌中都有所展现。

诗歌有两层意思，首六句为第一层，成王利用天命思想告诫群臣，他是天命所归的君王，群臣要尽心辅佐。后六句为第二层，是成王自我警戒之语，表示自己要严于律己，善于学习，日有所成，以达到政治上的成熟。

诗歌使用隐喻的艺术手法，含蓄地表明了成王对群臣的忠告和训诫。诗言“无曰高高在上，陟降厥士，日监在兹”，意思是不要认为天帝高高在上而不体察人间民情，其实他每天都在观察着世间发生的事情。言下之意就是不要认为我年岁尚幼就不理朝政了，其实我依然可以履行我作为君王的职权和使命。

诗言“日就月将，学有缉熙于光明”，这句话所蕴含的意思对我们有很强的教育意义，意思是说学习在于日积月累，争取每天都能有所进步，能将这种进步长久地保持下去，这样才能无限地趋近于光明的前途和未来。《礼记·大学》中“苟日新，日日新，又日新”和这句话有异曲同工之妙。现代著名画家齐白石先生有言：“不教一日闲过也。”

小毖

予其惩[1]，而毖后患[2]。
莫予荓蜂[3]，自求辛螫[4]。
肇允彼桃虫[5]，拚飞维鸟[6]，
未堪家多难，予又集于蓼[7]。

注释

1 惩：警戒，警惕。
2 毖：小心谨慎。
3 荓（píng）：牵扯，扰动。
4 辛螫（zhē）：指祸害。
5 肇：开始。允：语气助词，没有实义。桃虫：指小鹪鹩。
6 拚（fān）飞：拚通“翻”，上下飞舞。
7 蓼（liǎo）：一种苦草，比喻陷入困境。

译文

我以管蔡作警戒，慎防后患莫生祸。
不去打击那蜂虫，自惹祸患遭毒螫。

始信那只小鹪鹩，翻飞可以成大雕。
家遭多乱难承当，我又栖止在蓼草。

解读

这是一首成王在诛灭管、蔡，平定武庚叛乱后自我惩戒并请求群臣辅佐的诗歌。成王即位之时，周公奉武王遗命辅政，管叔鲜、蔡叔度联合殷纣王之子武庚发动叛乱，造成了宗室内部自相残杀的动乱，成王心中惶恐不安，于是作诗自省。

诗歌首句即言成王吸取教训、惩前毖后之决心。次四句采用比喻的修辞手法，指出小问题不及时除去，随着时间的推延，必然会酿成巨大的祸患。末二句是成王的自省之语，指出因为没有及时处置管蔡之事使得国家陷入动乱，让他陷入了困境。

这首诗的主旨在于惩前毖后，对管、蔡等人的惩罚是前提条件，而对后来人的警醒则是成王作此诗的最终目的。此时的成王，虽然在周公的辅佐之下已经顺利度过危机，但是他不能不为以后考虑，所以他要自省并保持政治上的清醒。

这首诗为后世创造了一个成语——惩前毖后，意思是惩罚已经发生了的错误是为了警醒后面的人不要再犯同样的错误。人生处世，不可能不犯错误，但一定要有自省之心。正如曾子所言："吾日三省吾身，为人谋而不忠乎，与朋友交而不信乎，传不习乎？"很多错误的发展，其实是一个由小变大的过程。刘备临终前告诫刘禅："勿以恶小而为之。"其意就是不要觉得是个小错误就可以去犯，大错误往往都是由一个个小错误积累发展而成的。在刚开始出现苗头的时候如果可以及时止损，则为时未晚，等到铸成大错之后再悔改就为时已晚了。

载芟

载芟载柞[1]，其耕泽泽[2]。
千耦其耘，徂隰徂畛。
侯主侯伯，侯亚侯旅，侯彊侯以。
有嗿其馌[3]，思媚其妇，有依其士。
有略其耜，俶载南亩。
播厥百谷，实函斯活[4]。
驿驿其达[5]，有厌其杰[6]。
厌厌其苗，绵绵其麃[7]。
载获济济，有实其积[8]，万亿及秭。
为酒为醴，烝畀祖妣，以洽百礼。
有飶其香[9]，邦家之光。
有椒其馨[10]，胡考之宁[11]。
匪且有且，匪今斯今，振古如兹。

注释

❶ **芟**（shān）：除草。**柞**（zé）：砍伐树木。

❷ **泽**（shì）**泽**：细碎的样子。

❸ **喷**（tǎn）：众人吃饭时发出的声响。**馌**（yè）：饭食。

❹ **实**：果实。**函**：蕴含。**活**：生机，活力。

❺ **驿驿**：接连不断的样子。

❻ **厌**：佳，好。**杰**：生长旺盛的。

❼ **麃**：耕耘。

❽ **实**：指粮食。

❾ **飶**（bì）：食物芳香。

❿ **馨**：芳香。

⓫ **胡**：寿。

译　文

除去杂草砍树木，用力翻地土松散。

千对农夫除田草，前往湿地与路间。

主人率领大儿子，小儿晚辈走向前，还有雇工和壮汉。

大家吃饭有响声，送饭妇女真美丽，种田男子真健壮。

翻地犁头很锋利，起土耕种南亩间。

农夫皆来播百谷，种粒勃勃欲发芽。

禾苗陆续钻出土，初生苗儿真好看。

禾苗长得很整齐，谷穗连绵一大片。

开始收获人众多，场上谷堆一片片，上亿上秭数难算。

新粮酿酒好香甜，进献男女老祖先，祭祀合礼很周全。

祭物香味都飘散，国家光荣心欢喜。

酒味醇香很浓厚，进献老人得平安。

耕种非从今日起，丰收祭祀非自今，自古至今就如此。

解读

这是一首记载春季周天子在籍田耕种、祭祀土神、谷神的诗歌。“一年之计在于春”，对于土地耕种来说，春季至关重要。在这个时节，农民要按照时令开荒播种，侍弄庄稼，以期在秋天能有个好收成，所以周人对春耕一事是极为重视的，这首诗就反映了这个现象。

这首诗歌铺叙农事，先写春耕，次写禾苗长势，继而写丰收景象，最后写秋冬之际祭祀祖妣，结构井然，极有次第。“厌厌其苗，绵绵其麃。载获济济，有实其积，万亿及秭”，这几句诗写出了庄稼成熟丰收的景象，读之令人欣喜！

诗中几乎全家男女老少尽数参与到了农耕当中，这也反映出中国两千年来以家庭为基本单位的农业生产模式。这种集体劳作的生产方式把每个人都纳入到国家或者家族当中，人们为了共同的利益而努力奋斗，一起创造更美好的生活。

在靠天吃饭的农业社会，农民对上天的依赖和敬畏程度是很深的。农民以土地为根本，其命运与土地和庄稼牢牢地捆绑在一起。只有五谷丰登，农民才能过上丰衣足食的好日子，而这一切的基本前提是风调雨顺。农业在灾害面前显得十分脆弱，所以一旦庄稼丰收，农民在欣喜之余自然会祭拜天地神灵，感谢他们的保佑和照顾，并献上丰盛的祭品，以求来年继续五谷丰登，这在《载芟》一诗中也有相应的体现。

良耜

畟畟良耜，俶载南亩[1]。
播厥百谷，实函斯活。
或来瞻女，载筐及筥，其馕伊黍[2]。
其笠伊纠[3]，其镈斯赵[4]，以薅荼蓼。
荼蓼朽止，黍稷茂止。
获之挃挃[5]，积之栗栗[6]。
其崇如墉，其比如栉，以开百室。
百室盈止，妇子宁止。
杀时犉牡[7]，有捄其角。
以似以续，续古之人。

注释

1. 俶（chù）：翻土。载：除草。
2. 馕（xiǎng）：送来的饭。
3. 纠：编织。
4. 赵：除草。
5. 挃（zhì）挃：收割作物的声音。
6. 栗栗：众多的样子。
7. 犉（rún）：大公牛。

译文

良好犁头深翻地，起土翻草南亩上。
大家携手播百谷，种有生机芽欲发。
有的妇女来看你，手持方筐和圆筐，送来米饭给你尝。
头上斗笠用草编，手拿锄头来锄田，清除荼蓼使禾长。
荼蓼已经都腐烂，黍稷繁茂长得旺。
收获庄稼挥刀响，田间谷堆小山样。
粮垛高高像城墙，谷堆排列如篦齿，储粮打开上百仓。
上百仓房堆满粮，老婆孩子心安详。
祭祀宰杀壮公牛，牛角弯弯好模样。
丰收祭祀社稷神，先人传统需发扬。

解读

这是一首秋冬之际人们祭祀土神、谷神的乐歌。从其风格和用语来看，本诗应该和《载芟》是同时期的诗歌。这首诗写了农夫农妇们躬耕、除草施肥以及丰收之后的祭祀，与《载芟》内容有颇多相似之处，都反映了周代农业发展的概貌，为我们了解周代的农事提供了一个窗口。

本诗一开头展示在读者面前的是一幅春耕夏耘的画面，勾勒了一幅辛勤耕作、有条不紊的春耕图。而在秋天大丰收的时候，本诗展示的是另一种欢快愉悦的画面，五谷丰登，粮仓充盈，众人喜气洋洋，准备祭品，祭祀天地神灵。

周人以农立国，周文化又是以农事为根本特色的文化，所以周人对农业耕种有着相当深厚的感情。他们在田地间挥洒汗水、辛勤劳作的同时，也有诗人运用笔墨、饱含深情地将这些农耕画面一一记录下来，体现出周人对农业活动的深沉热爱。

这首诗歌最大的艺术特色就是“诗中有画，画中有诗”，本诗中无论是农民的辛劳，作物的生长，还是秋收的喜悦，无不生动形象，形成了诗画一体的艺术风格。唐代著名诗人白居易所写的《观刈麦》，其文思运笔，与这首诗别无二致，诗歌形象生动地描摹了妇孺丁壮在田地耕作的情景，表达了白居易对劳动人民的深切同情，这与《良耜》所表现的那种展现民众热心农事、喜迎丰收的激动心情大不相同。

丝　衣

丝衣其紑[1]，载弁俅俅[2]。
自堂徂基[3]，自羊徂牛，鼐鼎及鼒[4]。
兕觥其觩，旨酒思柔。
不吴不敖[5]，胡考之休。

注释

1 丝衣：祭服。紑（fóu）：指衣服鲜洁的样子。
2 俅俅：恭顺的样子。
3 基：门槛。

❹ 鼐：大鼎。鼒（zī）：小鼎。
❺ 敖：傲慢。

译　文

丝绸祭服光又亮，漂亮礼帽戴头上。
察看庙堂到墙根，看完牛来又看羊，摸摸大鼎和小鼎。
犀牛角杯弯弯样，味道柔和甜酒浆。
大家不嚷不骄傲，愿都美好又寿长。

解读

这是一首周王在祭祀神灵之后绎祭神尸的诗歌。先秦时代的祭祀活动，一般选择一个人扮演神灵接受祭祀，这个人称为“尸”。在祭祀活动结束后会再举行一次典礼招待尸，这个仪式叫作“宾尸”。丝衣一般称作纯衣，就是代替神灵受祭的神尸所穿的衣服。

本诗赞美了祭祀者能遵守礼仪、饮酒能把握分寸和度量。前五句主要描写祭祀仪式，写丝衣的洁净，助祭者行为恭谨有礼等。后四句写祭祀后宴饮宾客的情形，写参与宴会的人恪守礼节，不喧哗等。

古人对祭祀的重视，具体到了祭祀仪式的每一个环节、每一件物品甚至参与者的每一个表情上，在这个过程中，不同等级不同身份的人要穿相应的祭服，使用符合身份的器具，这些环节不能有一丝一毫的差错。

古语云：“事死如事生，事亡如事存，孝之至也。”这句话的意思是说，虽然逝者已矣，但在世的人对待亡灵却不能有任何懈怠或不敬，否则就是亵渎神灵的行为，这在庄重肃穆的祭祀氛围中，是绝对不被允许的。在古人朴素的意识形态中，他们虔诚地相信，逝者的亡灵会一直守护在子孙的身边，会为后代赐福辟邪。当然，如果子孙不孝，他们也会降下相应的惩罚。出于对亡灵的感恩和敬畏，世人对祭祀礼仪的安排可以说煞费苦心，这反映出古人对生老病死等现象的思考和认识。

酌

於铄王师❶，遵养时晦❷。
时纯熙矣❸，是用大介❹。
我龙受之❺，蹻蹻王之造。
载用有嗣，实维尔公允师❻。

注释

❶铄：辉煌。
❷遵：率。养：取。晦：韬晦。
❸时：时机。纯：大，极。熙：光明。
❹大介：大军。
❺龙：宠的借字，光荣。
❻师：效法。

译　文

啊呀周军真辉煌，养精蓄锐待时机。
天下形势大光明，大举进兵得胜利。
承受天宠做君王，勇武有功周武王。
伐商是继文王业，效法先王有榜样。

解读

这是一曲歌颂周武王伐商灭纣、建立丰功伟绩的赞歌，是成王时代的《大武》乐歌之一。先祖艰辛创业打天下，后世子孙安享其成坐江山，虽然子孙并未经历过那种苦难，但为显示出对祖先功业的崇敬，他们编排了很多作品以纪念先祖的功德。

这首诗歌比较简短，写武王率领的军队善于伺机而动，善于韬光养晦，从而挥师东征，翦灭殷商，建立了前景光明的周王朝。这实则是在称颂武王对军队领导有方，指挥若定，善于判断形势，以取得最终的胜利。

这首诗有歌舞剧的感觉，表演出了武王克商灭纣的情景。首二句一声赞美，音节洪亮而又有悠扬之感，唱出了王师雄伟强盛的气势。此后几句表演了一种四海升平、人们欢庆的情形。末句写成王祈祷之语有余音绕梁的感觉。

这一类颂诗，虽然气势雄伟，情感激昂，但仔细读起来，倍觉空洞乏味，没有什么实质性的内容。灭商之战真的就如同诗歌中描写的这样所向披靡、一马平川吗？事实上并非如此。这就是史实与文学的差距，史实要求实事求是，而文学作品则允许在史实的框架内进行一定程度上的艺术性修饰，使得旁人了解起来更容易更有趣味，这也正是这些颂诗的文学意义所在。

桓

绥万邦，娄丰年[1]，天命匪解。

桓桓武王[2]，保有厥士。

于以四方，克定厥家。

於昭于天，皇以间之[3]。

注释

❶娄（lǚ）：通“屡”，多次。

❷桓（huán）桓：威武的样子。

❸间：取代，接替。

译　文

安定天下安万邦，年年丰收得吉祥，遵奉天命无懈怠。

勇猛威武周武王，保有祖传好土地。

前往伐商取四方，能定天下使兴旺。

武王光辉照天上，皇天让他代殷商。

解读

本诗是《大武》乐歌系列的第六章，依然是一首为武王伐纣歌功颂德的诗歌。《大武》在周人历史上具有很高的艺术成就，代表了周人高超的音乐水准。这一乐章结构比较复杂，概括而相对真实地表现了周人克商的过程。

从诗意来看，这首诗歌所表现的应是武王克商以后君临万邦时的情景。首句言“绥万邦、娄丰年”，这是在赞美周人建政以后显著的政绩，其后几句依然如同其他《周颂》之诗一样，大力宣扬周人所获得的天命，无人可以撼动。

史料载春秋时期卫国大夫宁庄子之言，“昔周饥，克殷而年丰”，也就是这首诗当中所说的“娄丰年”，因为在饥荒过后连年丰收，使得周人对天命所归这一事实坚信不疑，他们认为这是上天眷顾周人的祥瑞之兆。

相比于《大武》的其他几章，这首诗多了几分祥和之气，少了很多杀伐之音，这说明周人克商后给天下带来了安宁和太平，这一观念对后世执政者也产生了很大的影响。一般在经历流血漂杵的连年战争以后，受苦最深的莫过于征战的士兵和手无寸铁的底层民众，他们或死或伤或残，战争带来的创伤在他们心里留下了深刻的阴影。所以一般在开国之初，统治者大都会采取息战养民的整治措施。比如在西汉建国之初的几十年间，统治者奉行无为而治的黄老思想，国力和民力就得到了很好的恢复。

赉[1]

文王既勤止，我应受之[2]，
敷时绎思[3]，我徂维求定[4]。
时周之命，於绎思[5]！

注释

[1] 赉（lài）：赏赐，给予。
[2] 受：继承，接受。
[3] 敷：推广，普及。
[4] 徂：往。求定：寻求安定。
[5] 绎：继，继续。思：句末语气词。

译　文

文王一生很勤劳，他的基业我继承，
普天归向周王朝，我征南国使安定。
各国承奉周王令，继续伟业忙不停！

解读

这是《大武》的第三章，是武王克商以后率师还都、祭祀文王并大封功臣的乐歌。虽然克商这一壮举是在武王手中完成的，但真正的奠基者乃是周文王，这是周人心知肚明的事情，所以武王在大功告成以后的第一件事就是祭告文王，向他汇报伐商之事的战果。

这首诗歌只有六句，语意简单，表现了西周初年语言方面趋近古朴的形态特征。诗言文王创业辛劳，武王继承遗志，文王生前所制定的政策也将一直延续下去，周人能够继承天命，文王功高至伟。

赉，就是赏赐、赠送的意思，对应到诗意当中，应该是指武王继承文王所赐予的勤劳功德而战胜殷商，取得天下，诸位臣子又跟着武王征战沙场，出生入死，建立了赫赫战功，受到了周王朝的封赏。

文王为周人克商奠定了坚实的基础，但寿命有限，未完成的事业只能传递到武王手中。周文王的生平经历不断被后世提起，东汉末年的政治家曹操就曾以周文王自诩。统一中国北方后的曹操志得意满，他其实就是实际上的皇帝，群臣劝进，想让他改朝换代。曹操称自己只想做周文王，言下之意就是希望他的继承人能像周武王一样，去完成他没有完成的事业。历史就这样完美地重合到了一起。

般[1]

於皇时周，陟其高山，
隳山乔岳[2]，允犹翕河[3]。
敷天之下，裒时之对[4]，时周之命。

注释

❶ 般（pán）：通“泮（pàn）”，水边高处。
❷ 隋（duò）：狭长连绵的小山。
❸ 允：通“沇”，亦名济水。犹：通“湭”，水名。翕：汇聚。河：黄河。
❹ 裒（póu）：聚集。时（shì）：世代。对：配，指配祭。

译　文

壮伟美好周王朝，登上它的高高山，
狭长小山大高山，众川流进黄河川。
普天之下各诸侯，聚集在此受封疆，承奉周王将令传。

解读

本诗是《大武》乐歌的第四首，是周人克商大功告成以后祭祀山川的乐歌。《般》的命名规则和《酌》《赉》很像，都是一个字的篇名，诗歌表现了周王功成以后巡视四海、登山祭祀的历史事实，抒发了四海宾服以后的喜悦。汉代史学家司马迁认为这首诗是周成王时期的作品。

这首诗只有七句，诗歌中以“隋山乔岳，允犹翕河”二句最有诗意，雄峻连绵的山岳矗立云霄，万千蜿蜒曲折的河流汇入黄河，虽然描写的是景物，但实则表现周王朝四海归心的宏图。

这首诗歌短小精悍，气势高扬，短短几句就表现出了周王朝统御下的各地邦国百川归海、万岳朝宗的雄伟气象。周王登高望远，睥睨群雄，那种君临天下的骄傲感和满足感在这首诗中得到了酣畅淋漓的释放。

祭祀山川是历代帝王最为热衷却也最难做到的事情。何以如此？因为若要封禅山川，就必须得有令世人瞩目的成就和功绩，若没有功绩而欲强行封禅之事，只会招致阻拦和嘲笑。封禅一事，看似是在祭祀山川，实则是昭告统治者的赫赫武功和巍巍文治，宣扬他至高无上的权威，比如我们所熟知的秦始皇、汉武帝、唐玄宗，在他们统治之时，国力强盛，四海宾服，为满足自己的虚荣心，都曾有过封禅泰山之举。

駉

駉駉牡马[1]，在坰之野。
薄言駉者！有驈有皇[2]，
有骊有黄，以车彭彭。
思无疆，思马斯臧！

注释

1. 駉（jiōng）：歌颂鲁侯养马肥壮。
2. 驈（yù）：身为黑色股间为白色的马。

译　文

群马高大又肥壮，远郊原野把牧放。
众马之中品种全！有驈马来还有皇，
又有骊马又有黄，用来驾车真雄壮。
养马事业无止境，马儿如此美无双！

駉駉牡马，在坰之野。
薄言駉者！有骓有駓[1]，

有骍有骐[2]，以车伾伾[3]。
思无期，思马斯才！

注释

[1] 骓（zhuī）：苍白杂色的马。駓（pī）：黄白杂色的马。
[2] 骍（xīn）：赤黄色的马。骐：青黑色的马。
[3] 伾（pī）伾：有力的样子。

译文

群马高大又肥壮，远郊原野来放牧。
众马之中品种多！有骓有駓很多种，
又有骍来又有骐，用来驾车力量大。
养马事业无止境，马儿成才事业旺！

駉駉牡马，在坰之野。
薄言駉者！有驒有骆[1]，
有駵有雒[2]，以车绎绎[3]。
思无斁，思马斯作！

注释

[1] 驒（tuó）：青骊马。

❷ **骝**（liú）：赤身黑鬣的马。**雒**：黑身白鬣的马。
❸ **绎绎**：跑得快。**无斁**（yì）：不厌倦。**作**：善，好。

译 文

群马高大且肥壮，远郊田野把牧放，
众马之中品种多！有骍有骆好多样，
又有骝马又有雒，用来驾车腿力强。
养马事业无止境，马儿振作精神爽！

駉駉牡马，在坰之野。
薄言駉者！有骃有騢❶，
有驔有鱼❷，以车祛祛。
思无邪❸，思马斯徂❹！

注释

❶ **骃**：浅黑带白色的杂色马。**騢**（xiá）：赤白杂色的马。
❷ **驔**（diàn）：脚胫有长毛的马。**鱼**：二目毛色白的马。
❸ **无邪**：不坏，不错。
❹ **徂**：行，指善行。

译 文

群马高大且肥壮，远郊田野来放牧，

众马之中品种多！有骃有騢好多样，
又有驔马和鱼马，用来驾车腿力强。
养马事业无止境，马儿如此真雄壮！

解读

这是一首赞美鲁僖公注重马政的诗歌。先秦时期的国防力量，主要依靠兵车战马，所以各国无不在这方面狠下功夫，以求在日益激烈的兼并战争中能保持战力。《駉》就是春秋时期鲁国马政建设的一个缩影。

这首诗歌的语言风格与《国风》相似，在艺术手法上全诗用赋法而不用比兴，马的形象既生动传神，又没有过分的张扬。诗歌直言鲁国郊野上蓄养着很多肥壮彪悍且拥有不同毛色的良马，颜色纷杂说明战马数量繁多，也说明鲁国国防力量强大。

西周克商建政以后，周天子分封宗亲诸侯以守四方，鲁国（今山东曲阜一带）是周公旦的封地，因周公要留朝辅政，所以委派自己长子伯禽前去就封。周成王因周公有大功于天下，故赐伯禽以天子之礼乐，鲁国于是有了《颂》诗，作为庙堂的乐歌。

《论语》中经常提到“千乘之国”，指的就是拥有一千辆战车的国家。战车虽多，但仍要依赖战马驱使才可发挥出它的最大威力，驾驶一辆兵车，需要四匹良马，所以国防力量的强弱，很大程度上就取决于战马的数量。先秦时期尚属冷兵器时代，战马是最重要的战备资源，其作战威力不亚于现在的坦克、装甲车一类，所以那个时期的各大诸侯国格外注重马政。这一政策在此后两千余年的冷兵器时代，一直被坚定地执行着。

有 駜

有駜有駜[1]，駜彼乘黄。
夙夜在公，在公明明[2]。
振振鹭[3]，鹭于下[4]。
鼓咽咽[5]，醉言舞。于胥乐兮[6]！

注释

1 駜（bì）：马肥壮有力的样子。
2 明明：勤勉的样子。
3 鹭：指持鹭羽的舞蹈。
4 鹭于下：舞者仿鹭蹲下。
5 咽（yuān）咽：鼓声。
6 胥：皆，都。

译 文

马肥壮啊马肥壮，四匹黄马肥且壮。
日夜为公事务多，勤勉努力忙又忙。
手拿鹭羽舞翩翩，好像白鹭从天降。
鼓声咚咚声深长，酒醉起舞意飞扬。君臣全都乐陶陶！

有駜有駜，駜彼乘牡。
夙夜在公，在公饮酒。
振振鹭，鹭于飞。
鼓咽咽，醉言归。于胥乐兮！

译　文

马肥壮啊马肥壮，四匹公马肥且壮。
日夜为公不得歇，今日休闲把酒尝。
手执鹭羽翩翩舞，好像白鹭在飞翔。
鼓声咚咚声深长，醉酒而舞心意畅。君臣全都喜滋滋！

有駜有駜，駜彼乘駽[1]。
夙夜在公，在公载燕。
自今以始，岁其有。
君子有穀，诒孙子。于胥乐兮！

注释

[1] 駽（xuān）：铁青色的马。

译　文

马肥壮啊马肥壮，四匹青马肥且壮。
日夜操劳为公事，公事完了来宴上。
打从今年为开始，年年丰收多打粮。
鲁君始终得福祥，传给子孙大发扬。君臣全部喜洋洋！

解读

这是一首颂扬鲁僖公和群臣宴会饮酒的诗歌。据史料记载，鲁国连续多年闹饥荒，到僖公时采取了一系列措施致力于克服自然灾害，从而获得了农事的丰收。诗歌中表达了喜庆丰收、宴饮欢乐之意。

这首诗有三章，首章写骏马肥壮，乘车之人也就是鲁国君臣勤于公事，而后言鹭羽之舞，跳舞演奏之人陶醉其中。次章写鲁国大夫们忙碌公事之余，也会饮酒消遣。末章点明主题，君臣宴饮，祝愿农事丰收，也希望僖公的福禄能荫庇子孙。

鲁国因为周公对周王朝的卓越功勋，周成王赐予鲁国可以世代使用天子礼乐。发展到春秋时期，周天子的地位一落千丈，不再像往常那样受到诸侯各国尊崇与敬畏，鲁国作为与周王朝关系最紧密的诸侯国，仍然有振兴周人礼乐的远大志向，所以诗人极力赞扬。

在周王朝分封的若干诸侯国中，论血缘，鲁国无疑是周王室最为尊贵最为亲近的诸侯。早在周成王分封鲁国时就授予了鲁国“大启尔宇，为周室辅”的征伐大权，就像周公忠心耿耿地辅佐着周成王一样，鲁国也一直都是周王朝的忠诚拥护者和保卫者。正是因为鲁国与周王朝的这种特殊的亲缘关系，所以天子娶亲或嫁女之时，鲁国总是担任着主婚人的角色；在诸侯列国都逐渐舍弃周王朝礼乐制度的时候，也只有鲁国一如既往地遵循着王室礼乐。可以说，鲁国真正地做到了和周王朝同呼吸、共命运。

泮　水

思乐泮水[1]，薄采其芹。
鲁侯戾止，言观其旂。
其旂茷茷，鸾声哕哕。
无小无大，从公于迈。

注释

1 泮（pàn）：泮宫外的水。

译　文

泮水岸边真欢乐，人们采芹泮水间。
鲁侯亲自来此地，看那龙旗在前面。
龙旗飘飘迎风展，车铃叮当无间断。
无论大官或小官，跟随鲁侯迈向前。

思乐泮水，薄采其藻。
鲁侯戾止，其马蹻蹻。
其马蹻蹻，其音昭昭[1]。
载色载笑，匪怒伊教。

注释

[1] 音：指德行声誉。

译 文

泮水岸边真欢乐，人们采藻泮水间。
鲁侯亲自来这里，他的马儿真雄健。
他的马儿好雄健，话音洪亮四方传。
表情和善笑开颜，他不发怒善言传。

思乐泮水，薄采其茆。
鲁侯戾止，在泮饮酒。
既饮旨酒，永锡难老。
顺彼长道，屈此群丑[1]。

注释

❶屈：收。

译文

泮水岸边真欢乐，人们采茆泮水间。
鲁侯亲自来此地，泮宫之中设酒宴。
大家畅喝甜美酒，赐予长寿永保全。
沿着漫漫长征路，征服淮夷灭祸患。

穆穆鲁侯，敬明其德。
敬慎威仪，维民之则。
允文允武，昭假烈祖[1]。
靡有不孝[2]，自求伊祜[3]。

注释

❶昭假：祈祷。
❷孝：通“效”，效法。
❸祜（hù）：赐福。

译文

威严庄重鲁僖公，美德显耀天下扬。

严肃认真举止好，是民榜样人称赞。
他既能文又能武，功追列祖不一般。
敬祖没有不孝事，祈求幸福乐无边。

明明鲁侯，克明其德。
既作泮宫，淮夷攸服。
矫矫虎臣，在泮献馘[1]。
淑问如皋陶，在泮献囚。

注释

[1] **献馘**（guó）：献上敌人的左耳请功。

▶ 泮水

人们在泮水旁游乐，在岸边采摘水芹。远山茫茫处有白鸟在飞翔。依稀可见旌旗飘扬，那是鲁侯的大驾将要光临此地。泮宫里有美酒，已经有宾客举起酒杯，敬祝鲁侯年寿久长。

译　文

事事勤勉鲁僖公，能修美德天下传。
筑建泮宫泮水旁，征服淮夷淮水间。
官兵勇武猛若虎，泮宫尽把敌耳献。
法官善审如皋陶，俘虏皆献泮宫前。

济济多士，克广德心。
桓桓于征[1]，狄彼东南。
烝烝皇皇，不吴不扬[2]。
不告于讻[3]，在泮献功。

注释

❶ 桓桓：威武的样子。
❷ 吴（wù）：通“误”，错误。
❸ 告：拷问。讻：争辩。

译　文

贤才众多都献力，鲁侯善意广流传。
威武大军去征讨，铲除东南大祸患。
军容盛美班师回，不夸军功不骄蛮。
不对顽敌穷治罪，泮宫献功事周全。

角弓其觩[1]，束矢其搜[2]。
戎车孔博，徒御无斁[3]。
既克淮夷，孔淑不逆。
式固尔犹，淮夷卒获。

注释

[1] 觩：弯曲的样子。
[2] 搜：众多的样子。
[3] 斁（yì）：疲倦，厌烦。

译　文

牛角饰弓弯又弯，束束弓箭查不完。
兵车众多奔向前，步兵车御不疲倦。
淮夷已经被战胜，尽说好话哪敢反。
坚定你的好计谋，终胜淮夷得平安。

翩彼飞鸮，集于泮林。
食我桑黮，怀我好音[1]。
憬彼淮夷[2]，来献其琛。

元龟象齿，大赂南金。

注释

❶ 怀：回馈。

❷ 憬：远。

译　文

翩翩飞舞猫头鹰，栖于泮边树林中。
吃我鲁国桑树果，说尽好话给我听。
淮夷觉悟从心中，稀有珍宝来上呈。
大龟象牙都献上，大贝南金双手擎。

解读

这是一首赞美鲁僖公战胜淮夷之后在泮宫庆功、宴请宾客的诗歌。鲁僖公在位三十三年，其在位期间，正值诸侯争霸进入白热化阶段，鲁国先后追随霸主齐桓公、晋文公攘退荆楚和淮夷，在国际关系中游刃有余，以最小的代价换取了最大的收获。

这是一篇阿谀逢迎之作，大力夸耀鲁僖公的文治武功。首二章言鲁侯驾临泮宫，第三章写鲁侯宴饮之事，其后几章都是对鲁僖公的赞美。他不仅举止庄重，德行高大，还能指挥军队平定淮夷，在泮水接受敌人献俘，风姿雄伟，令人臣服。

周代贵族子弟接受教育的学校叫泮宫，泮宫外围环绕着的水称为泮水。后世在孔庙中也设有泮池，上面一般有石桥，或三座三洞、或单座多洞不等，被称为泮桥。在古代举行科举考试时，学生过桥去拜孔子，称为“入泮”。

本诗盛赞鲁僖公平定淮夷之事，但僖公并无此壮举，只是几次因为淮夷之事盟会诸侯，所以后世学者多认为这首诗言过其实，纯属阿谀逢迎之作。这一类作品，文辞华丽，气势雄伟，情感丰沛，极其夸饰，在后世有很多效仿者，如秦代李斯为秦始皇书写的石刻碑文，就沿袭了这种谀美之风，《之罘刻石》言曰“皇帝哀众，遂发讨师，奋扬武德。义诛信行，威燀旁达，莫不宾服”，其文风与《泮水》一脉相承。

閟宫

閟宫有侐[1]，实实枚枚[2]。
赫赫姜嫄，其德不回。
上帝是依，无灾无害，
弥月不迟[3]，是生后稷。
降之百福：黍稷重穋，稙稺菽麦[4]。
奄有下国[5]，俾民稼穑。
有稷有黍，有稻有秬。
奄有下土，缵禹之绪。

注释

❶ 闷（bì）：关闭，不让人随便进入。侐（xù）：清静。
❷ 枚枚：细密的样子。
❸ 弥：满。迟：推迟，拖延。
❹ 稙（zhī）：先种的庄稼。稺：后种的庄稼。
❺ 奄：覆盖，拥有。下国：天下。

译 文

闷宫神庙很清静，广大严密不一般。
光辉显耀那姜嫄，道德纯正不违天。
依赖天帝来行事，无灾无害保平安，
怀胎满月未拖延，生下后稷周祖先。
上天赐予许多福：黍稷重穋品种繁，豆麦播种分后先。
普天之下稷所有，他教百姓会种田。
会种稷来会植黍，稻秬丰收人开颜。
天下土地全归稷，禹王事业由他传。

后稷之孙，实维大王。
居岐之阳，实始翦商。
至于文武，缵大王之绪。
致天之届，于牧之野。
无贰无虞，上帝临女。

敦商之旅，克咸厥功[1]。
王曰叔父，建尔元子，
俾侯于鲁。大启尔宇，为周室辅。

注释

[1] 咸：同，共同。

译　文

后稷子孙代代传，古公亶父是太王。
居于岐山面向南，奠定基业为灭商。
待到文王与武王，太王事业得发扬。
执行天命来惩罚，牧野大战歼纣王：
勿有二心莫惊慌，上帝监视在上方。
消灭殷商的军队，能成大业建大功。
成王开口喊叔父，立你长子为侯王，
让他去鲁建新邦。开拓疆域多占有，辅佐周朝守东方。

乃命鲁公，俾侯于东。
锡之山川，土田附庸。
周公之孙，庄公之子。
龙旂承祀，六辔耳耳。

春秋匪解，享祀不忒，
皇皇后帝，皇祖后稷。
享以骍牺，是飨是宜[1]，降福孔多。
周公皇祖，亦其福女。

注释

[1] **飨、宜：**鬼神享用祭品。

译　文

以前成王命伯禽，封他为侯在东方。
赏赐大山与河川，还有土地和城墙。
周公子孙鲁僖公，庄公儿子做侯王。
树起龙旗承祭祀，华美四马有六缰。
四季祭祀不懈怠，供奉祭品没差错，
光明伟大是天帝，先祖后稷多辉煌。
进献一头赤公牛，飨祭宜祭真风光，天赐幸福多无量。
光明先祖乃周公，赐福给你尽情享。

秋而载尝，夏而楅衡。
白牡骍刚，牺尊将将。
毛炰胾羹，笾豆大房[1]。

万舞洋洋，孝孙有庆。
俾尔炽而昌，俾尔寿而臧。
保彼东方，鲁邦是常。
不亏不崩，不震不腾。
三寿作朋，如冈如陵。

注释

❶ **大房**：玉饰的俎。

译　文

秋天开始行尝祭，夏天便把牛饲养。
白赤公牛好多样，牺尊相碰锵锵响。
烤成乳猪做肉汤，捧上笾豆与大杯。
跳起万舞场面宏，僖公祭祀得福祥。
使你昌盛而兴旺，让你长寿又安康。
你要保卫那东方，永远守住那鲁邦。
永不亏损不崩溃，久不震动不摇晃。
大寿为伴生命长，坚固似山不动荡。

公车千乘，朱英绿縢，二矛重弓。
公徒三万，贝胄朱綅[1]，烝徒增增。

戎狄是膺[2]，荆舒是惩，则莫我敢承[3]。
俾尔昌而炽，俾尔寿而富。
黄发台背，寿胥与试。
俾尔昌而大，俾尔耆而艾。
万有千岁，眉寿无有害。

注释

❶ **贝胄**：用贝装饰的甲。**绶**（qīn）：线。
❷ **膺**：击。
❸ **承**：制止，抵御。

译 文

鲁侯兵车几千辆，矛弓系缨丝绒长，备用矛弓都成双。
鲁公步卒三万整，贝饰头盔垂红缨，步卒层层向前方。
打击北狄和西戎，惩罚荆舒护边疆，没人敢把鲁兵挡。
让你兴旺国势旺，使你幸福寿命长。
白发变黄肤黑纹，长寿无人能匹敌。
使你兴旺国运强，使你寿命长又长。
万年千年永无疆，长寿没灾无损伤。

泰山岩岩，鲁邦所詹。

奄有龟蒙，遂荒大东[1]。
至于海邦，淮夷来同。
莫不率从，鲁侯之功。

注释

[1] 大东：极东。

译文

泰山高高耸天上，鲁国人人全仰望。
龟山蒙山在鲁邦，地面扩展至东方。
直到沿海水边上，淮夷朝见鲁君王。
他们没人不顺从，鲁侯之功不可忘。

保有凫绎[1]，遂荒徐宅。
至于海邦，淮夷蛮貊。
及彼南夷，莫不率从。
莫敢不诺，鲁侯是若[2]。

注释

[1] 保：抚，安定。
[2] 若：归顺。

译　文

凫山绎山皆占有，徐国旧地归鲁邦。
势力发展到海边，淮夷蛮族全投降。
军威达到荆楚乡，无人胆敢来对抗。
人人都得很听话，顺从鲁侯不逞强。

天锡公纯嘏，眉寿保鲁。
居常与许，复周公之宇。
鲁侯燕喜，令妻寿母。
宜大夫庶士，邦国是有。
既多受祉，黄发儿齿。

译　文

天赐鲁公大幸福，长寿永远安鲁邦。
收复失地常与许，恢复周公旧封疆。
鲁侯安乐又喜庆，贤妻寿母喜洋洋。
大夫众臣都和谐，鲁国方能长兴旺。
屡得上天把福降，白发变黄新齿长。

徂来之松，新甫之柏，
是断是度[1]，是寻是尺。
松桷有舄，路寝孔硕。
新庙奕奕，奚斯所作。
孔曼且硕[2]，万民是若。

注释

[1] 度：剖。
[2] 曼：长。

译　文

徂徕山上生苍松，新甫山中柏树长，
砍伐松柏劈成柴，大小长短细细量。
松木方椽真粗大，庙后正室很宽敞。
新庙落成很漂亮，奚斯写诗来颂扬。
诗篇很长意义深，顺应万民把诗唱。

解读

这是一首赞美鲁僖公能振兴祖业、恢复疆土、筹建新庙的诗歌。鲁僖公是鲁庄公之子，其在位时追随齐桓公争霸，同时也提高了鲁国的国际地位。在建立功勋之后，僖公为祭祀女祖姜嫄而建新庙，新庙就是这首诗歌所言的閟宫，用以彰显自己的高贵身份。

本诗是《诗经》中篇幅最长的一首诗歌，首章追叙周人始祖姜嫄和后稷稼穑务农的功绩，次章则追叙了周人在开国建政之际几代领导者的功绩，特别提到了鲁国受封的原委。第三章引出诗歌颂美的对象——鲁僖公，此后各章皆颂美鲁僖公的功业，开后代谀美诗文之先河。

这首诗歌文辞华美，艳丽浮夸，对君主的赞美可以说已到极致，但鲁僖公真实的功绩是否能与诗歌中所高度赞扬的内容相匹配，是一个值得商榷的问题。在这个问题上，诗歌并没有做到实事求是。

中国历史上向来不乏阿谀奉承、逢迎上级的诗歌作品，《閟宫》可谓是这类作品当中的代表作了。《鲁颂》四首诗歌，全是媚上之作，为后世文人替帝王将相、权贵显宦歌功颂德产生了深远的影响，就连唐代著名的诗仙李白在这方面也未能免俗，李白曾作《鼓吹入朝曲》一诗，诗言“日出照万户，簪裾灿明星”，虽然写的是阳光普照，实则是对当朝皇帝的奉承。

那

猗与那与，置我鞉鼓。
奏鼓简简，衎我烈祖。
汤孙奏假[1]，绥我思成。
鞉鼓渊渊，嘒嘒管声。
既和且平，依我磬声[2]。
於赫汤孙，穆穆厥声。
庸鼓有斁[3]，万舞有奕[4]。
我有嘉客，亦不夷怿[5]。
自古在昔，先民有作。
温恭朝夕，执事有恪[6]。
顾予烝尝[7]，汤孙之将。

注释

1. **奏假**（gé）：奏，进。
2. **依我磬**（qìng）**声**：指奏乐时依磬声相终始。
3. **庸**：大钟。
4. **奕**：舞影闪动的样子。
5. **夷怿**：高兴，欢快。
6. **恪**（kè）：恭敬。
7. **顾**：光顾，光临。**烝**：冬祭。**尝**：秋祭。

译 文

舞姿婀娜真美丽，竖起摇鼓在堂上。
敲起鼓儿咚咚响，娱乐先祖纵情享。
国君虔诚祭神明，赐我成就定辉煌。
摇鼓声声咚咚响，竹管吹得好洪亮。
乐声和谐且纯正，随声磬声而抑扬。
啊呀赫赫宋襄公，和美音乐真悠扬。
敲打钟鼓声锵锵，跳起万舞人攘攘。
我有嘉宾去助祭，人人欢乐喜洋洋。
回首古代好遥远，先民祭祀也这样。
子孙早晚温且恭，主持礼仪怀敬仰。
秋冬祭祀盼神降，宋君献祭神来享。

解读

这是春秋时期宋国国君祭祀祖先商汤的乐歌。商汤是商朝的开国之君，建立了商王朝的百年基业，他在商人心目当中的地位正如周文王、周武王在周人心中的地位一样崇高伟大。宋人作为殷商后裔，虽然王朝已经灭亡，但并不影响他们对先祖的怀念和敬意。于是，宋人作此乐歌以祭祀之。

本诗与《周颂》当中的众多祭祀乐歌一样，都具有庄重肃穆的语言风格。这首乐歌先写祭祀时所用的鼓乐舞蹈，后写协助祭祀的宾客，最后写宋人遵循古礼，恭谨温顺。诗言“自古在昔，先民有作。温恭朝夕，执事有恪”就是恭谨温顺的反映。

这首诗是研究先秦时期音乐、舞蹈的重要文献，诗中出现了多种乐器，如鼓、管、磬，还出现了一种名为《万舞》的舞蹈。可见，在春秋时期，我国在音乐方面就有了较为显著的发展和成就。

这首诗歌对音乐的描写颇为生动形象，用“简简”“渊渊”“既和且平”等词语形容相关乐器的声音，音乐仿佛犹在耳畔回响。唐代著名诗人白居易所写的《琵琶行》，其中也有描写音乐的诗句，与这首诗似有异曲同工之妙。诗言“大弦嘈嘈如急雨，小弦切切如私语”“间关莺语花底滑，幽咽泉流冰下难”，用形象生动的比喻，将读者带入到琵琶女所弹奏的美妙乐曲当中，仿佛让人亲耳聆听了一曲天籁之音，回味无穷，大有绕梁三日之感。

烈 祖

嗟嗟烈祖，有秩斯祜[1]。
申锡无疆，及尔斯所。
既载清酤[2]，赉我思成[3]。
亦有和羹[4]，既戒既平[5]。
鬷假无言[6]，时靡有争。
绥我眉寿，黄耇无疆。
约軧错衡，八鸾鸧鸧[7]。

以假以享[8]，我受命溥将[9]。
自天降康，丰年穰穰。
来假来飨，降福无疆。
顾予烝尝，汤孙之将。

注释

1 秩：大。
2 载：陈列。酤（gū）：酒。
3 赉（lài）：赐予。思：助词，无实义。成：和平。
4 和羹：五味调和的浓汤。
5 戒：到，及。平：平静。
6 鬷假（zōng gǔ）无言：指默默祈祷。
7 鸧（qiāng）：同“锵”，铃铛作响。
8 假（gé）：到。
9 溥：广大。

译　文

啊呀先祖功业大，绵绵大福任他享。
再三赏赐福无疆，大福延至宋君王。
祭祖清酒已摆上，赏赐成功兴宋邦。
五味醇羹献神灵，神灵肃穆至祭场。
祭者默默来祷告，这时没有乐声响。
神灵赐我寿命长，黄发之年福无量。
皮绳缠衡绘彩色，八个车铃叮当响。
宋君告神来受祭，我受天命大而长。

安定康乐由天降，五谷丰收乐洋洋。
先祖神灵尝祭品，奖赏五福永无疆。
秋冬祭祀企神降，宋君献祭神来享。

解读

这首诗仍然是宋国国君祭祀祖先的乐歌。在重视祭祀、敬畏神明的先秦时代，对祖先的崇拜和怀念，可以说是烙在每一个家族或族群记忆深处的印迹，周人如是，商人也不例外。对于殷商易代之后的宋人来说，先祖诸王所建的功业已是过眼云烟，但这丝毫不影响他们对祖先的那种虔诚和敬畏。

这首诗歌有二十二句，句意可分为四层来表现祭祀烈祖的盛况。首四句是第一层，指出祭祀缘由，称颂烈祖洪福齐天；次八句写主祭者向烈祖敬献清酒，静默祷告。后八句写助祭者所乘坐的豪华车驾，也衬托出主祭者的高贵身份。末二句点明主祭者身份。

“鬷假无言，时靡有争”，这句诗的意思是所有参与祭祀的人都在默默无声地祈福祷告，这个时候大家都很肃静，没有争吵的声音，表现出了参与祭祀之人内心的虔诚，也烘托出了祭祀环境的肃穆。

商汤是殷商王朝的开国之君，所以一直深受后裔的赞美怀念。他原是夏王朝的一个邦国部落的首领，夏桀残暴，商汤会合天下诸侯讨伐他，最终一举推翻夏朝，建立商朝，开辟了王朝基业。商汤是历史上著名的仁义之君，据史料记载，他看到有猎人四面张网捕捉禽兽，心有不忍，命令撤去三张网，只留下一面，这也是成语“网开一面”的出处。这个故事表现出商汤的高尚品德和仁义之心，后世将他与尧、舜、禹等并称为上古贤明之君，后人对他也极为景仰。

玄鸟

天命玄鸟，降而生商，宅殷土芒芒❶。
古帝命武汤，正域彼四方❷。
方命厥后，奄有九有❸。
商之先后，受命不殆，在武丁孙子。
武丁孙子，武王靡不胜。
龙旂十乘，大糦是承❹。
邦畿千里，维民所止，肇域彼四海❺。
四海来假，来假祁祁。
景员维河，殷受命咸宜❻，百禄是何❼。

注释

❶宅：住在。
❷正（zhēng）域：征服拥有。
❸九有：九州，九域。
❹糦（chì）：祭祀。

❺ **肇**：助词，无义。**域**：统治。**四海**：天下。

❻ **咸**：都。**宜**：适宜，相称。

❼ **何**（hè）：通“荷”，承受。

译　文

天帝命令燕飞翔，下临人间生商王，居于殷土地茫茫。

帝命勇武那成汤，征伐占领有四方。

普遍命令部落长，尽取九州做君王。

商朝前代诸先君，承受天命无懈怠，武王子孙乃贤王。

武王子孙有好多，武丁常胜继成汤。

兵车十辆插龙旗，承担大祭走在前。

国境千里很漫长，百姓所住好地方，才有四海地面广。

四海共来朝商王，来朝官员熙攘攘。

幅员广阔绕黄河，殷商受命很适宜，承受大福万代享。

解读

《玄鸟》是《商颂》中的一篇，开头两句非常有名：“天命玄鸟，降而生商”。玄鸟是《山海经》里记载的一种神鸟，《离骚》中说：玄鸟是黑色的燕子。东汉科学家张衡又说：玄鸟，就是鹤。后来还有人说玄鸟是凤凰。无论玄鸟长成什么样子，它都被认为是商的祖先。就连《史记·殷本纪》里都记载了“天命玄鸟，降而生商”的传说，所以商氏族人更是深信自己祖先是由玄鸟坠卵而生的。在《诗经》中，《商颂》仅有五篇，都是殷商后裔在祭祀时歌颂商代祖先的乐歌。这一篇《玄鸟》比较有代表性，它歌颂的是殷高宗——武丁。武丁在位时，商朝的政治、经济、军事、文化等方面都得到了空前的发展，历史上把这一段时期称为“武丁中兴”。

这是一首杂言诗，读起来朗朗上口，同时也是一首格局非常大的赞美诗。本诗从殷商先祖开创基业开始，说到殷高宗武丁的主要成绩，最后又摆出了武丁最辉煌的成就。“古帝命武汤，正域彼四方”这说的是先祖的功绩，殷商开朝的时候，国土面积就很大了，那是因为成汤承受天命，征战四方得来的。但是到了武丁这一代，“邦畿千里，维民所止”，国土面积已经上千里了，这么大的国土中，人民安居乐业，已经少有征战了。这显然是一种对比的方式，主旨是说，武丁的功绩尤胜成汤。另外，这首诗之所以读起来很有趣味性，还因为它用了顶真的修辞方法。也就是上句的结尾与下句的开头使用相同的字或词，这会让两句的声韵得到更好的修饰。比如“肇域彼四海，四海来假，来假祁祁。景员维河……”顶真修辞在《诗经》其他篇章中也有，但在后世的诗歌中更为多见，比如现代人很熟悉的《木兰辞》有：“归来见天子，天子坐明堂。”这样的修辞手法，让《玄鸟》这篇赞美诗的结构更加紧凑，而且韵律更加清晰。

除了对比、顶真这样的修辞方法，《玄鸟》中另一个特别显眼的特点，就是数字。“四方”“九有”“十乘”“千里”等等，用今天的语言来评价，看上去特别数据化。虽然这些数字并非实指而是代指，但仍然让读者感受到一种大气磅礴的感觉。和祭祀周文王的《维天之命》不同，这一篇的架构格局更大，气势也更为庄严，但有一点是相同的，它们都在塑造一个有神性的英雄人物，都在昭示自己的先祖是“神人合一”的代表。这个特点也一直保留在中国历代的祭文、颂文之中。

据说在武丁时期，商朝的统治区域已经到了长江以南地区，可见《玄鸟》中说的“四海来假，来假祁祁”，并不是单纯的夸张手法。“武丁中兴”是中国历史上有记载的第一个大盛世，“盛世”这个词是中国特有的，西方历史之中没有“盛世”的叫法。中国历史上被称之为“盛世”的时期不少，被我们熟知的大盛世有汉朝的“武昭宣盛世”，唐朝的“开元盛世”和清代的“康乾盛世”。我们会发现，这些历史的高光时刻是有共同特征的：内无严重的政治腐败，外无迫在眉睫的敌国外患，社会治安良好，经济文化高速发展，老百姓普遍能吃饱饭。当然，有学者统计过，历史上的盛世局面加起来也不过四百年左右的时间，相对于五千余年的中国历史而言，的确是显得短暂了些，所以显得弥足珍贵，其他绝大多数时间，中国历史都处于灾荒，动乱，纷争和休养生息之中。也许正是因为盛世难得，后世才会有大量的文学作品来歌颂那个时代。在《玄鸟》中我们就可以看出，人们对盛世是渴望的，对武丁这样能够开创盛世的统治者是极为崇拜的。

长发

濬哲维商[1]，长发其祥。
洪水芒芒，禹敷下土方[2]。
外大国是疆，幅陨既长[3]。
有娀方将[4]，帝立子生商。

注释

1. 濬（jùn）哲：英明睿智。
2. 敷：治理。
3. 幅陨（yuán）：幅员。
4. 将：大，指长大。

译文

智慧深邃属契王，久远时代呈吉祥。
大水荡荡白茫茫，夏禹治水安四方。
安邑以外定封疆，幅员已经好宽广。
有贼之国正兴旺，天助简狄生商王。

玄王桓拨，受小国是达[1]，受大国是达。

率履不越，遂视既发[2]。
相土烈烈[3]，海外有截[4]。

注释

[1] 达：顺畅。

[2] 遂：遍。

[3] 烈烈：威武的样子。

[4] 截：整齐。

译 文

玄王威武且刚强，尧授小国治得好，舜授大国政令畅。
遵循礼法不越轨，巡视天下业辉煌。
契孙相土真威武，海外齐心都归降。

帝命不违，至于汤齐。
汤降不迟，圣敬日跻[1]。
昭假迟迟，上帝是祗，帝命式于九围[2]。

注释

[1] 跻：升。

[2] 九围：九州。

译　文

不敢违背上帝令，传至成汤王业成。
生逢其时成汤王，勤于治事威望高。
天帝降临久不去，汤心牢记天旨意，定作九州好楷模。

受小球大球，为下国缀旒[1]。
何天之休，不竞不絿[2]。
不刚不柔，敷政优优[3]，百禄是遒。

注释

1. 缀旒（liú）：表率。
2. 絿：心急，烦躁。
3. 优优：平和的样子。

译　文

接受上帝大小法，作为诸侯好典范。
汤承上帝庇护多，不争不躁性平缓。
不刚烈来不柔软，推行政令好宽和，各种福气皆聚全。

受小共大共，为下国骏厖[1]。
何天之龙，敷奏其勇。
不震不动，不戁难不竦[2]，百禄是总。

注释

1 骏厖（máng）：庇护。
2 戁（nǎn）、竦（sǒng）：恐惧。

译　文

接受上天小大法，诸侯依靠他庇护。
承受上天之荣宠，向天广进那武功。
成汤不惊又不动，不胆怯来不惶恐，各种福气皆聚拢。

武王载旆，有虔秉钺[1]。
如火烈烈，则莫我敢曷。
苞有三蘖，莫遂莫达。
九有九截，韦顾既伐，昆吾夏桀。

注释

1 虔：牢固。

译　文

汤王开始发雄师，勇猛持钺向前闯。
汤军势盛若烈火，没人胆敢来阻挡。
一棵树干生三杈，没有谁能把叶长。
九州大地大一统，韦顾先后全荡平，昆吾夏桀全扫光。

昔在中叶，有震且业。
允也天子，降予卿士。
实维阿衡[1]，实左右商王[2]。

注释

[1] 阿（ē）衡：宰相，指伊尹。
[2] 左右：辅佐。

译　文

商王终生拼搏忙，功业威武好雄壮。
确是上天一骄子，天降卿士来相帮。
卿士就是那伊尹，是他辅佐商汤王。

解读

这是一首宋国国君祭祀商汤的乐歌。商汤创立殷商王朝，功勋赫赫，受子孙后代祭祀，理所当然；伊尹作为辅佐商汤翦灭夏朝、荡平四海的重要功臣，也一并被祭祀。此诗具有史诗的因素，叙述的事件以殷商的史实为基础，也加入了一些神话素材。

这首诗歌有七章，前两章言殷商始祖契受天命开疆拓土，后五章主要记叙成汤的历史功绩，赞美他能承继先祖功业，会合诸侯讨伐夏桀，平定天下。诗的最后指出成汤之所以得天下是因为有贤臣伊尹辅佐，故而商人祭祀商汤时也一并祭祀伊尹，以示不忘贤臣、功臣。

功臣配祀是帝王笼络臣子的重要手段，能够配享太庙，与帝王一起接受后世的祭祀，对臣子来说是莫大的殊荣。当然，能够配享的大都是忠贞不贰的大功之臣，如配享唐太宗的有长孙无忌、李靖等人，配享明太祖的有徐达、常遇春等人，莫不如是。

伊尹是商汤建国的第一功臣。他辅佐商汤东征西讨，荡平四海，在商汤去世后，又忠心耿耿地辅佐后世国君。关于伊尹最著名的典故就是“放太甲于桐宫”。太甲是商汤之孙，即位后胡作非为，伊尹将他放逐于成汤墓葬之地——桐宫，令他反省悔过。后来太甲幡然醒悟，弃恶从善，伊尹又亲赴桐宫，将他接回王朝，重新立为国君。在伊尹的耐心教育下，太甲复位后勤政修德，继承商汤之政，终于成为有为之君。

殷武

挞彼殷武[1]，奋伐荆楚。
罙入其阻[2]，裒荆之旅。
有截其所[3]，汤孙之绪[4]。

注释

❶ 挞（tà）：“达”的假借，勇武。
❷ 罙（shēn）：“深”的本字，险阻。
❸ 截：治服。
❹ 绪：功绩。

译文

勇武伟大殷高宗，奋力伐楚至南方。
深入荆楚险阻地，俘获敌军胜楚王。
尽夺楚地扩封疆，商汤子孙功业旺。

维女荆楚，居国南乡[1]。
昔有成汤，自彼氐羌，
莫敢不来享[2]，莫敢不来王，曰商是常[3]。

注释

❶ 国：中国。
❷ 享：进贡。
❸ 常：长。

译文

你们荆楚诸国民，居于我国大南方。
从前商朝有成汤，虽然氐羌逞凶狂，
没人胆敢不进贡，没谁不来朝商王，商王永远是君王。

天命多辟，设都于禹之绩。
岁事来辟[1]，勿予祸适，稼穑匪解。

注释

❶ 来辟：来朝君。

译文

上天命令各诸侯，建都九州大地上。
年年朝见殷商王，不对你们加谴责，努力农耕生产忙。

天命降监，下民有严[1]。
不僭不滥，不敢怠遑。
命于下国，封建厥福。

注释

[1] 严：敬。

译文

天子命令去巡察，百姓严谨皆守法。
不越礼法没过失，不敢松懈无闲暇。
天子命令遍天下，树立大福享天下。

商邑翼翼，四方之极。
赫赫厥声，濯濯厥灵。
寿考且宁，以保我后生。

译文

商朝京都真繁华，各国以它为榜样。

武丁名声甚显赫，威灵光明闪闪亮。
他既安宁又寿长，保佑后世永兴旺。

陟彼景山，松伯丸丸。
是断是迁，方斫是虔。
松桷有梴[1]，旅楹有闲，寝成孔安。

注释

1 松桷（jué）：松树作椽。梴（chān）：长。

译　文

踏上景山高山冈，松柏挺直在成长。
砍下松柏搬回来，又砍又削将材量。
松木椽子长又长，个个楹柱都粗壮，寝庙修毕神安详。

解读

这是一首宋国国君修建宗庙祭祀殷高宗的乐歌。殷高宗，就是商代开创中兴盛世的商王武丁。他即位之前国家衰弱，荆楚叛乱，可以说前代商王给他留下的就是一个烂摊子，但是他能收拾旧山河，讨伐叛乱，整修宫室，最终开创了历史上有名的“武丁中兴”，后世子孙感念其功德，所以作诗以祭祀。

这首诗歌主要叙述了殷高宗攻伐荆楚的赫赫功勋，前五章集中描写了武丁伐楚、中兴王朝的功绩，赞扬他运筹帷幄，君临万邦，最后一章写高宗寝庙落成后的情景，用“陟彼景山，松柏丸丸”两句诗比兴，象征殷武丁的中兴业绩永恒不朽。

王朝中兴最明显的一个标志就是中央对地方诸侯管控力度得到了加强。一般国势衰微之际，地方多会各自为政，甚至可能会生贰心，诗歌中所言的荆楚就是这样。武丁兴兵讨伐，也正是向天下发出重振中央权威的信号。“莫敢不来享，莫敢不来王”，显示出武丁中兴的强盛气势。

在王朝的兴衰历史中，最为后人津津乐道的君王大致有三类：开国之君、亡国之君和中兴之君，其中虽然开国之君和中兴之君都享受赞美之声，但细致比较起来，两种赞美似乎也有不同。开国之君筚路蓝缕，创立基业，自然值得赞颂，而中兴之君能够力挽狂澜，挽救国家和王朝于危难之中，为王朝的延续做出巨大贡献，其艰难程度亦不低于开国定鼎的难度。历史上像商王武丁一样的中兴之君，还有周宣王、汉光武帝、明孝宗等，他们都在历史上受到了赞誉。

图书在版编目（CIP）数据

大家读诗经 ：全三册 / 余世存译注. -- 北京 ：北京联合出版公司，2022.6

（名典名选丛书）

ISBN 978-7-5596-6172-2

Ⅰ. ①大… Ⅱ. ①余… Ⅲ. ①《诗经》－诗歌欣赏②《诗经》－译文③《诗经》－注释 Ⅳ. ①I207.222

中国版本图书馆CIP数据核字(2022)第067204号

大家读诗经

作　　者：余世存

出 品 人：赵红仕

责任编辑：高霁月

装帧设计：周　亮

图文制作：北京崇贤馆

北京联合出版公司出版

（北京市西城区德外大街83号楼9层　100088）

艺堂印刷（天津）有限公司印刷 新华书店经销

字数450千字　889毫米×1194毫米　1/32　27.75印张

2022年6月第1版　2022年6月第1次印刷

ISBN 978-7-5596-6172-2

定价：128.00元（全三册）
